横光利一の文学世界

YOKOMITSU RIICHI

石田仁志 Ishida Hitoshi
渋谷香織 Shibuya Kaori
中村三春 Nakamura Miharu

翰林書房

横光利一の文学世界

目次

III 読むための事典

IV 資料

横光利一研究への／からのアプローチ——本書のプロローグとして

石田仁志

1．本書の構成

一人の作家の研究というのは最近の近現代文学研究の場ではあまり流行っていない。文学研究の最先端は今や作家や作品の研究ではなく、作家・作品を取り巻く時代や社会の文化研究にあると言える。むろん研究というものは時代の要請に呼応するところがあり、これまでも構造主義、記号論、都市論、フェミニズム論など様々な批評理論と切り結びながら文学研究は推移してきた。文化研究もこの先どこへ向かうのかは、決して明確ではない。そのような状況の中で本書を上梓する意味はどこにあるのかと疑問に思われる方もあろう。その疑問に対する答えは、一つである。横光利一の文学は決して狭隘な個人的な営為に収斂するものではなく、常に時代や社会と深く接合し、彼の文学を通して彼が生きた時代や社会の様態から現代に至る様々な問題までを考察することが出来るのである。

文化研究と作家・作品研究は、大地とそこに根を下ろす樹木との関係に似ている。横光利一という一本の大樹の世界を学ぶことは、その大樹が時代や社会という文化的な大地からどのような養分を（あるいは毒素を）吸収して成長した（そして枯れた）のかを知ることであり、その大地のあり方そのものも学ぶことになる。本書をそうした観点から読んでもらいたい。

本書の構成もそうした理念に基づいている。第一部は、横光利一の文学に対していくつかの批評理論的な視座からアプローチしている。横光利一の研究に対する新たな切り口の可能性をそこに見ることが出来よう。そしてまたそのアプローチの方法は、横光利一の研究に限らず、他の作家・作品で応用できるものであろうと思う。第二部は、作品ごとに多様な研究のあり方を提示している。そこでは第一部の応用例とも言うべき、ジェンダー論や身体表象論、都市論といった批評理論を具体的な作品分析に活用している論考が多くある。しかしそれだけはなく、大正末期から昭和初期の機械芸術文化や日本の大陸侵略、あるいは戦後のGHQによる検閲など、時代状況・文化状況と作品との不可分な結びつきをあぶりだしてくる論考も含まれている。一つ一つの論考が、新たな作品論であると同時に、方法的な実践例でもあるので、本書を利用する学部生や大学院生、研究者の方々にここからさらに発展させていって欲しい。

そして第三部は、本書が横光利一だけの研究書として終わることのないように企図した部分である。先の比喩で言うのなら、作品という大樹が根を下ろしている大地、つまりは大正末期以降の横光の活躍した時代を十四のキーワードから照らし出して見た。観点が異なれば、見えてくる大地の姿もまた異なってこよう。第二部では取り上げられていないテーマもその中には隠されている。そこから横光利一に関する研究の領域を拡充していくことも可能だろうが、横光に限らず、同時代を生きた作家たちの研究にも活用して欲しい。そしてまた、時代や社会を見詰める多様な視点の獲得は、横光以降の戦後現代文学の研究へのアプローチともなりうると信じている。

巻末には詳細な年譜を付けた。関連事項と合わせて、一人の作家が生きた時代の流れを読んで欲しい。参考文献は、各論考で言及されているものを除いて、必読と思われる最新の研究文献を精選して掲げてある。

2. 本書の特長

第一部の論考は、横光利一文学への視座ということで、〈テロセクシズム〉（石田）、文化論（中村）、語り論（渋谷）、ジェンダー論（小平）といった切り口を掲げている。それぞれの視座は、必ずしも独立したものではなく、〈性〉に関する意識や表象の問題（石田、小平）、〈言葉〉に関する問題（中村、渋谷）というくくり方が出来る。**石田仁志「横光利一の恋愛小説」**では、横光が描く多くの恋愛小説の中に隠蔽されている〈性〉の問題を取り上げている。彼の描く恋愛や結婚には異性愛への強迫観念めいた様相が窺われ、セクシュアリティの抑圧や忌避、さらにはナショナリズムへの回収といった問題が見えてくる。**中村三春「横光利一の文化創造論」**では、横光の新感覚論や形式主義論争から彼の文化観は記号学的な発想によるものと指摘している。しかもそれは「文字」を物質として捉えるのではなく、「物質的価値や物質の法則性を否定する思考」であり、その先に虚無主義を見ている。これまでの形式主義理解を揺さぶり、横光の文化観の意義を捉えている。**渋谷香織「『文藝時代』の表現」**は、「新感覚的」と評される初期の横光の文体を、「非人称的で即物的」なフローベールの客観描写への試み・模索と捉えている。また、メトニミー（換喩）表現が多用され「異質」なものが表現の中に挿入されることの中に、人間相互のコミュニケーション不全を見詰める横光の人間観が見え隠れするとも。**小平麻衣子「〈文学的〉実験の実際的効果」**は、「眼に見えた虱」と「古い女」という小説から、横光の文学的な実験の中に窺えるジェンダー規範のあり方をあぶりだしている。特にこれまでの研究でほとんど言及されていない小説「古い女」に着目して、掲載誌『若草』の女性読者の位置づけや雑誌メディアとしての戦略性と、横光が描き出す女性像との関連を取り上げている。

　第二部の各論考は、作品ごとに多様なテーマが取り上げられているといえる。詳しくはそれぞれを読んでもらうのが一番だが、ここでは各論考の特色を概略的に説明する。

「日輪」（安藤恭子）、**「春は馬車に乗つて」（内藤千珠子）**ではともに横光の女性表象の問題を、セクシュアリティのあり方や当時の日本社会における女性像や身体表象との関連の中で取り上げている。「日輪」では卑弥呼を「人間」一般へと回収せずに十九世紀末西欧芸術の受容という枠組の中での女性像として捉えている。また、「春は馬車に乗つて」では病んだ妻の身体表象において生成される両義性（苦痛と快楽の融和）を浮き彫りにしている。**「無礼な街」（田口律男）**では、二律背反的な価値が共存状況にある場として「街」＝都市が発見され、それは自己・他者の表象のあり方に新たな枠組みを与えている。そうした都市空間と表現構造の連関は**「機械」（中沢弥）**にも言い得ることであろう。「機械」と映画「カリガリ博士」、機械芸術論、ロボット（映画「メトロポリス」）と共有する時代的な価値観の中で、語り手の「私」の叫びの意味を考えていく。**「ナポレオンと田虫」（黒田大河）**では作中に多用される「かのように」という直喩表現に着目し、意味の二重性が作り出されると指摘している。それは「無礼な街」で田口が指摘したような対義結合と類似した表現の特色であろう。

　「上海」以降の横光利一の作品はいずれも長編であるため、アプローチの仕方も多面的である。**「上海」（山本亮介）**では現実の日本の植民地主義の台頭と民族意識の興隆の中で、主人公の参木の倫理性の質を問うている。**「紋章」（島村輝）**では、そうした倫理や価値といった〈意味〉を宙吊り状態にするテクストとして作品を捉えている。また**「天使」（中村三春）**も人生観や「純粋小説論」の枠組みの中で読むことの不可能性を指摘。「紋章」「天使」の二つの論考から共通に浮き彫りになるのは、横光の長編小説が常に〈小説〉というものの定型を破壊し、ずらし続けているということである。「純粋小説論」での問題提起とどう向き合うべきかを考えねばならないだろう。**「旅愁」（十重田裕一）**では、これまでほとんど取り上げられることのなかった戦後版の出版状況に焦点をあててＧＨＱ／ＳＣＡＰの検閲の中で作品が書き直させられた経緯を浮き彫りにする。テクストがまさしく時代の中で生きていたことがよくわかる。**「夜の靴」（日置俊次）**では横光の敗戦直後の疎開先での生活ぶりを写したこの作品に、横光自身の死を見詰めるかのように芭蕉の「奥の細道」の世界を重ねあわせていく。しかし、横光は俳句の世界に沈潜することを拒否し、表現者としての「寂しさ」を抱きつつ言葉に向き合い続けたと論じている。

第三部は、大正末期から昭和初期の文学を学ぶ上で不可欠な基本的な用語やテーマを、横光と関連させながら解説している。項目は大きく分けて文学史的項目とテーマ的項目の二つに分類できる。「アヴァンギャルド芸術」（島村健司）「レスプリ・ヌーヴォー」（佐山美佳）「関東大震災と文学」（水野麗）「プロレタリア文学」（松村良）「新感覚派」（掛野剛史）「形式主義文学論争」（伊藤佐枝）「新心理主義」（錦咲やか）「純粋小説論」（重松恵美）「日本浪漫派」（沖野厚太郎）「戦時体制と文学」（米村みゆき）の一〇項目は、文学史上のキーワードをほぼ時系列に沿って配列した。「メディア文化」（小林洋介）「科学と文学」（河田和子）「ポストコロニアル」（土屋忍）「都会と田舎」（米倉強）の四項目はこの時代に対する切り口となり得るものである。第三部は基礎知識の確認や、対象に対する多面的な視点の獲得のために活用して欲しい。

第一部、第二部の論考は、是非とも単発的に読むのではなく、全体を通して読んでいただきたい。個々の論考はそれぞれに自立していながら、互いに深く共鳴しあっている。第三部の事項解説と併せて、読者各自の研究領域の拡大や深化に役立てていただければ幸いである。

Ⅰ　横光利一文学への視座

昭和12年春、東京世田谷区北沢の自宅にて

横光利一の恋愛小説
――ヘテロセクシズムの観点から

石田仁志

1
ヘテロセクシズムとは――問題の枠組《フレーム》

「ヘテロセクシズム」という用語はフェミニズム思想の中で使われてきたものであり、「ヘテロセクシュアル」（異性愛＝性欲の対象が異性であること）という用語に対して、一般には「強制（的）異性愛主義」と訳される。ここで「強制（的）」という形容が付属することからわかるように、「異性愛」を自然で自明のものとはしないという立場から、既存の性体制に対する批判の意味をこめて、人間の恋愛の形を問う姿勢がこの用語の根底にはある。[*1]

人間の性を、自分が「男」なのか「女」なのかという、その意識（性自認）のあり方から考えたとき、「性」とは生物学的に規定される部分（セックス）以上に、社会的・歴史的・文化的な環境の中で決定されていく部分が多い（ジェンダーとはそうした性の側面をいう）。同様に、男女の性的な関係についても生殖という観点から見るなら雌雄を一対と捉えられるが（むろん生物の多様な生殖を見る限り、それが絶対ではないが）、ジェンダーが後天的に学習するものである以上、「愛」の対象が「異性」であることは必ずしも必然ではないと考えられる。「愛」が常に生殖のみを目的とした感情・行為であるとしたら、身も蓋もないが、人間は「愛」という感情・行為をより広範なものとして捉えてきている。「異性愛」だけが「愛」でなければならないということはない。しかし、「同性愛」（ホモセクシュアル）に対して近代社会は強い拒否反応を示してきた。「異性愛」だけが自然で正常であるという観念を暗黙のうちに押し付けられてきた（あるいはそのことに気づかされずに来たわけで、「同性愛嫌悪」とヘテロセクシズムは表裏をなす）。そうだとしたら、近代の「恋愛」は、極言すればほとんどがヘテロセクシズムの産物だと言える。だが、ヘテロセクシズムという視点から、改めて「恋愛」を見つめなおしたとき、人が近代社会とどのように向き合ってきたか、あるいは、近代社会（そして近代文学）が〈性〉を通してどのような価値規範を形成しようとしてきたかが、見えてくる。

横光利一の文学には、非常に多くの恋愛（する男女）が描かれている。彼の文学における「恋愛」「結婚」をヘテロセクシズムの問題枠に照らし合わせて考察したとき、彼の文学における〈性〉の構造と、それを支える価値規範のあり方が見えてくるのではないだろうか。但し、横光利一自身の性指向がヘテロセクシュアルであるか、ホモセクシュアルであるかを問うこと自体は生産的ではない（彼がホモセクシュアルであったという可能性は資料的には皆無）。「ヘテロセクシズム」を直接的に問題化する作品は、彼の文学の中にはないだろう。しかし、彼が描く「恋愛」はその多くが苦悩的であり、観念的である。その「恋愛」に対する意識を分析することで、彼の文学が内包していた問題を浮き彫りにできるのではないだろうか。[*2]

2　横光利一の作品における〈恋愛〉〈結婚〉

◉セクシュアリティの闘争――「日輪」

横光の作品には、恋愛に苦悩する登場人物が数多く登場する。その嚆矢といえるのが、「日輪」（大正12・5）の卑弥呼と彼女を取り巻く長羅や反絵らであろう。この作品の背後に横光の私生活上の恋愛体験を読み取るということは古くから用いられてきた観点だが、そうした事実の有無にかかわらず、この作品には、男女関係を一種の闘争として見る姿勢が強く、初期の横光文学の特色のひとつが明確に窺える。この作品では、卑弥呼が邪馬台国の女王になって行く物語を、彼女をめぐる男性たちの欲望がぶつかり合う中で翻弄されていく女性の物語として描いている。[*3]最初の夫である卑狗の大兄を奴国の長羅に殺され、その復讐のために一緒になった二番目の夫の訶和郎をも殺された彼女は、「地上の特権であつた暴虐な男性の腕力に刃向ふ」「怨恨を含めた惨忍な征服慾」を胸に抱き、自らの美貌を武器にして邪馬台国の反耶・反絵兄弟を利用して権力を手にし、ついには奴国を攻め滅ぼし、長羅も反絵も戦死する。卑弥呼はこうして女王として君臨するのであるが、この作品では、ラストで彼女は自分の美貌の犠牲になった男たちに対して「我を赦せ」と謝罪している。古い衣を脱ぎ捨てるようにして、愛の対象として男性を求めることを止め、征服欲に身を投じたはずの彼女だが、ここではそうした異性愛に再び絡めとられている。彼女は、男性権力（「地上の王」）に対して武力で征服しようとする点で、男性化しようとしている。そこでは、自らの女性としての身体を異性のセクシュアリティを誘引する道具と化そうとしている。しかし、彼女の身体はそれを裏切る。

彼女は膝の上から反絵と反耶の頭を降ろして、静に彼女の部屋へ帰つて来た。しかし、彼女はひとりになると、またも毎夜のやうに、幻の中で卑狗の大兄の匂を嗅いだ。彼は彼女を見詰めて微笑むと、立ちすくむ小鳥のやうな彼女の傍へ大手を拡げて近寄つて来た。

「卑弥呼。卑弥呼。」

彼女は卑狗の囁を聞き乍ら、卑狗の波打つ胸の力を感じると、崩れる花束のやうに彼の胸の中へ身を投げた。

二人を誘惑しようとする一方で彼女は大兄の「匂」「囁」「胸の力」といったものを呼び出してしまっており、男性化しようとする欲望によって抑圧しようとした自身のセクシュアリティがここに表出している。しかも、そのセクシュアリティは、卑弥呼を、弱々しく泣き崩れる〈女〉、穢れを知らない純真な〈女〉というジェンダーの中へ回収していく。そこに反復されるヘテロセクシュアルの構造は、支配する男と支配される女という既存の枠組みでしかない。従って、彼女が復讐のために男たちの異性愛を指向するセクシュアリティを利用しようとしたとき、彼女自身のセクシュアリティは抑圧され、隠蔽されなければならないものと位置づけられる。そしてそれが抑圧できない（あるいは抑圧しようとしない）時、誰かの死という不幸を呼び込むものとして、物語は彼女を処罰する。

それと同じ構造は、死んでいく男たちにも言える。彼らが卑弥呼をまさしく所有しようと求める姿は性的な主体というジェンダー化された〈男〉のものである。しかし、例えば長羅はそれゆえに父親を殺し、彼を愛していた香取という女性を自殺に追いやり、国を滅亡へと導いてしまっている。そしてそれでも死の間際に卑弥呼の名を呼び続ける。ここで描かれるセクシュアリティの闘争では、異性愛はすべて死と混乱を誘引する。結果として誕生しているのは、個々の感情を踏みつぶして大河の如き流れとなった「軍隊」という集団であり、邪馬台国という国家であり、女王卑弥呼という象徴である。ヘテロセクシュアリティの追求は、ここでは最終的に人間性の疎外にまで向かっており、それは根底で、そうしたヘテロセクシュアリティへの留保や忌避を内包する。[*4]

◉セクシュアリティの抑圧——初期作品群

「日輪」以外にも横光の初期作品には、例えば「御身」(大正13・5)のように姉の妊娠を「不行儀」の結果だと考える場面や、片腕を切り落としたと早合点した主人公がその姪を自分の妻としてやろうと考える場面など、「近親的エロスへの執着」(吉本隆明)[*5]が多く見られる。吉本も指摘するように、同様の傾向は大正一〇年頃に見られ、「悲しめる顔」(大正10・6)では主人公の金六が姉に自分を好きだといってくれる女性がいないが、自分の顔はどうかと訪ねる場面で「姉との対話が生温く感じる」とあり、年端も行かない姪をやはり「妻にしよう」と考えたりもしている。この点について、吉本は次のように指摘する。

「彼」が嬰児である姪を成熟したおとなの異性にたいする感情で接するのは、姪を尊重しているからでもないし、異性として愛しているからでもない。「彼」がそれ以外に他者に接する方法を知らないからである。いいかえれば「彼」は本当は姪に姪のように接しているのではなく、ただじぶん自身のエロスで色彩を塗った姪に接しているだけだ。

先の「日輪」では男性たちは卑弥呼に愛されることを求めて得られずに嫉妬に苦しみ、自らのエロスを追い求めることで破滅して行った。しかし性愛の対象としての卑弥呼は常に男性たちの現前に妖艶な姿で立っていた。男性たちは、卑弥呼という女性(美)をめぐる闘争の敗北者として死んでいっている。それに対して、ここで見られるような、姪に仮託された異性愛は、本来の性愛の対象足るべき女性を本質的に欠落させているため、愛されない原因を自分自身の中に求めてしまい、それゆえに必然的に自己処罰的な苦悩を生み出さざるをえない。「悲しめる顔」のラストで、金六は「自分の醜い杓子顔をその庖丁で一層醜く傷つけたくなつた」と自傷衝動にとらわれ、顔を切りつける「真似」をして泣き崩れている。「悲しみの代価」でも、夫の友人・三島と肉体関係を持ってしまった妻・辰子に対して夫が「自分の器官を斬り落して」投げつけることを空想する場面がある。こうした自傷衝動や自己去勢願望は、「性的な魅力によって自己をかく乱する相手にたいする憎しみ、まさに、典型的なミソジニーと一体になったもの」[*6]であると同時に、自己の男性的なセクシュアリティの抑圧を誘引する。そこに内包されるのは、自らの性的指向性への懐疑であろう。吉本は「「彼」の性愛が近親姦、同性愛、自己愛が連鎖する領域のところで強い被害妄想にかられるのはなぜだろうか」（吉本前掲書）と疑問を呈しているが、ミソジニーという観点からすれば「彼」は「被害」者と位置づけられるが、それは一面的な見方でしかなく、自らの性的指向性をヘテロからホモへと転換する契機を内包するものとしては、まさしく「同性愛」的な「自己愛」の様相を呈し、被害／加害の関係は明確ではなくなる。

ただし、空想することと行為することとの隔たりは一足飛びに超えられるものではない。横光利一が描き出す「恋愛」がホモセクシュアリティを指向するかといえば、そうした傾向を読むことはできない。むしろ、男性的セクシュアリティの抑圧は、「無防備」な「結婚の聖化」[*7]によって再びヘテロセクシュアリティの中へ解消されていく。そしてそれは、セクシュアリティの空洞化とホモソーシャリティへの傾斜という二つの流れを生み出していく。

例えば「表現派の役者」（大正14・1）や「ナポレオンと田虫」（大正15・1）では異性愛は依然として一種の闘争と捉えられている。だが、「妻」（大正14・10）では病気の妻を前にして、雌に食われている雄のカマキリを見ている場面がある。そこでは、「その雄の容子が私には苦痛を訴えてゐる表情だとは思へなかつた。どこかむしろ悠長な歓喜を感じた。」とあるように、昆虫の生殖行動の上に自分たちの夫婦関係をなぞらえて、「苦痛」そのものを「歓喜」をもって受け入れようとしているかのような受苦的・自虐的な傾向が見受けられる。それを決定的にしたのが、「春は馬車に乗つて」（大正15・8）であろう。

彼は自分に向つて次ぎ次ぎに来る苦痛の波を避けようと思つたことはまだなかつた。此夫々に質を違へて襲つて来る苦痛の波の原因は、自分の肉体の存在の最初に於て働いてゐるやうに思はれたからである。彼は苦痛を、譬へば砂糖を甜めるやうに、あらゆる感覚の眼を光らせて吟味しながら甜め尽してやらうと決心した。さうして最後に、どの味が美味かつたか。――俺の身体は一本のフラスコだ。何ものよりも、先づ透明でなければならぬ。と、彼は考へた。

夫婦間の心理的な葛藤の原因を「自分の肉体の存在」に見るというのは、「悲しみの代価」の自己去勢願望と同じ発想である。しかし、「肉体」を「フラスコ」へと読み替えるのは、身体のモノ化（それは自己の機械化＝ロボット化へとつながる[*8]）であり、そこでは主体的なセクシュアリティは抑圧という次元を超えて、形骸化され空洞化される。だが、「苦痛」を「甜め尽」そうとする受身的な指向性が残されることで、ヘテロセクシュアリティへの指向も、共有できる性愛を見失いつつも残存させられる。「鳥」（昭和５・２）では、「リカ子」という女性が、「私」とＱという二人の男性の間で、まるでキャッチボールでもするかのようにやり取りされる。この作品でのセクシュアリティは、「デアテルミイ」という電気温熱機によって支配されているかのように強められたり弱められたりしており、「私」は「リカ子」の性欲に誘引され、敗北するかのように「結婚」[*9]してしまう。その後、「私」は彼女を間に挟んで、Ｑとの三角関係に苦しむことになるが、ここで着目すべきは、「私」がそれでも最後には「リカ子」との結婚に執着する点にある。Ｑから「リカ子」を取り戻した「私」は、結局は自分が彼女を背負い込むことで「負けたものはＱではない此の俺だ」と思いながらも、「敗けたら敗けたでそれでも良い。先づ何よりも雲を突き抜けたやうな明るさだ」として、「リカ子」と飛行機に乗って旅行（新婚旅行ということ）に出る。どこまでも「過去」や「地上」からつながる「一本の線」を「私」が感じながらも、それを振り払うかのように「一つの連つた虹」の「群生」の中を突き抜けていく光景で終わるラストには、無防備な「結婚の聖化」よりも空洞化したヘテロセクシュアリティの中に懸命に明るさを希求する痛々しさを感じる。

◉セクシュアリティからナショナリズムへ

しかし、結局は「私」はホモセクシュアルへと向かうわけではない。「鳥」の場合、「リカ子」との結婚が「私」とＱとの勝ち負けの負債のようにやり取りされている。男女の三角関係では普通は恋愛の勝者がその対象の異性を獲得すると考えられそうだが、この作品では、「私」はＱに対して地質学の研究上で敗北し続けＱを常に尊敬し続ける立場に置かれることで「謙譲さ」を獲得し、それゆえに「リカ子」の愛を得たと最初は思う。しかし、実際に彼女が愛していたのは優秀なＱであったとわかり、自分以外の男を愛する女を妻としていることの不幸を痛感する。そこから、「結婚とは負けたことだ」という認識が「私」の中に植え付けられる。そこに独特な敗北意識が形成され、「私」とＱとは一人の異性を共有しつつ、それを排除することで一種の同性社会（ホモソーシャル）を指向すると言える。[*10]ただ、ヘテロセクシズムがホモセクシュアルへと反転することを忌避する通路として、ホモソーシャルへの指向と結びつくのは、横光に限らず男性文学に多く見受けられることで、それをもって横光の文学の瑕疵としてもあまり生産的ではない。むしろ問題は、「機械」（昭和５・９）

「上海」（昭和3・11〜同7・7）「紋章」（昭和9・1〜9）「旅愁」（昭和12・4〜同21・4）と次第にホモソーシャルへの指向を強めていく中で、セクシュアリティの抑圧・忌避に代わって、別の倫理がその指向を支える形となっていくことにある。

「上海」では、参木／芳秋蘭・競子、参木／お杉・宮子・オルガ／甲谷といった複数の男女関係が絡み合わされるが、結果としてどの恋愛も成就することなく終わる。そして浮かび上がってくるのは、五三〇事件の騒乱の中で絡まりあうナショナリズムではなかっただろうか。たとえば秋蘭と参木との間では互いに好意を抱きながらも、中国人と日本人という民族意識がセクシュアリティの介在を排除する。お杉と参木との間では、同じ日本人でありながら、売春婦に身を落としたお杉は自分が「日本の陸戦隊」によって救済される邦人の範疇にはないことを自覚するがゆえに、同じ明日を夢見ることはない。参木という男性は、作中で多くの女性たちと交流を持ちながらも、男性的ヘテロセクシュアリティを成就することなく（お杉とはラストで性交渉を持つが、その最中でさえ参木は秋蘭の幻影を追い求めている）、「日本の故郷の匂ひ」の中に沈潜していく。それが「紋章」の雁金では恋愛よりも、発明による窮民救済という理想を選択する。「旅愁」では古神道を信じる矢代とカトリック教徒の千鶴子との恋愛・婚約を軸に物語が展開するが、ここでもセクシュアリティは抑圧され、その結婚は古神道による異教徒の包摂という論理で物語られる。こうした男性登場人物たちは共通に、ヘテロセクシュアリティへの指向を持ちながらもそれを明確な性愛として貫くことなく、むしろ異性にたいする嫉妬、不信などに苦しむことを民族意識や郷土愛、宗教観といった観念の中に回収してしまっている。そしてその観念が指向するのは、日本・日本人としてのナショナリズムに他ならない。

ヘテロセクシズムの観点から、横光利一の文学の中の恋愛を紐解いて見ると、以上のようなセクシュアリティの闘争、抑圧、空洞化からナショナリズムへの回収という問題が見えてくるように思える。ただし、「上海」以降の作品で多く見られるところの一対となる男性登場人物たち（参木／甲谷、雁金／久内、矢代／久慈など）のうち、ナショナリズムの自覚を強めるのとは対照的な人物が常に組み合わされていることの意味は、慎重に考える必要がある。男性同士のホモソーシャルな絆というものがそこでは単純には共有されていないように見える。横光の作品におけるヘテロセクシュアリティの行方は、まだ十全には解明されているとは言えない。

【注】

＊1　性に関する用語については、江原由美子・金井淑子編『ワードマップ　フェミニズム』（一九九七・九、新曜社）、跡上史郎「セクシュアル語彙解説」（『国文学　解釈と教材の研究』一九九九年一月号）などを参照。

＊2　本論考は、拙稿「横光文学における異性愛表象」（『国文学　解釈と鑑賞』二〇〇二年三月号所収「シンポジウム　横光利一とヘテロ・セクシズムの機構」）の延長線上にあり、またそのときのシンポジウムの議論を下敷きとしている。

＊3　「日輪」に関する近年の研究では、野中潤氏が『横光利一と敗戦後文学』（二〇〇五・三、笠間書院）の中で、「横光利一の自己像がもっとも濃密に投影されている長羅」（二〇五頁）が主人公であると見るべきとの論を提示している。人間をモノ化して捉える「機械論的〈世界〉認識」の中に回収されてしまうものとしての「長羅の生」への着目はとても興味深い指摘である。

＊4　「蝿」の場合も、転落事故の原因となる御者の居眠りを引き起こす遠因に、「誰も手をつけない蒸し立ての饅頭に初手をつける」という「潔癖」な欲望が置かれ、それは横光自身によって「性欲」を象徴すると解説されている。ここでもセクシュアリティは忌避すべきものと位置づけられている。

＊5　『悲劇の解読』（一九七九・一二、筑摩書房）九一頁〜。

＊6　安藤恭子・飯田祐子「ヘテロ・セクシズムと自己去勢願望」（『国文学　解釈と鑑賞』二〇〇二年三月号所収「シンポジウム　横光利一とヘテロ・セクシズムの機構」）

＊7　＊4に同じ。

＊8　「花園の思想」（昭和二・二）では「あの激しい情熱をもつて妻を愛した彼は、今は擦り切れた一個の機械となつてゐる」という一節がある。

＊9　横光の作品で使われる「結婚」という言葉は、多くは肉体関係を持つことや生活を共にすることを指しており、制度的な婚姻関係を結ぶことは意味されていない。その点、安藤・飯田両氏が言うような意味で「結婚の聖化」が無防備に信じられているというのとは、ずれる所で横光は「結婚」という事態を考えている。

＊10　横光の作品にホモソーシャルな指向性を見るというのは、吉田司雄「洋行帰りのピグマリオン」、中川成美「恋愛と友情の弁証法」（いずれも『国文学　解釈と鑑賞』二〇〇二年三月号所収「シンポジウム　横光利一とヘテロ・セクシズムの機構」所収）によって「春園」「薔薇」などにおいて指摘されている。

横光利一の文化創造論

中村三春

はじめに

横光利一の文学的生涯は、大正末期から昭和戦前期までの二十年余りの時間的スケールにおいて、新感覚派から新心理主義へ、さらに純粋小説、そして『旅愁』の伝統回帰の時代へと、めまぐるしく変遷しつつ、また一貫した要素も培っていた。その様式と文芸理論の概要と内実については、ここでは繰り返さない。[*1] ここでの課題は、横光が文化全般の生成・創造について、どのような思想を持ち、いかにして推進しようとしたかである。文芸様式論を起点としつつ、より本質的な文化創造論における横光の独自性を探ってみたい。

1 虚構主義の記号学

◉記号主義・虚構主義

文化創造論の観点から見れば、横光の思考には、中軸を同じくしながらも、前期から後期へと、かなり大きな変化を感じ取ることができるだろう。なお、ここで前期・後期というのは、まさしく便宜上の呼称に過ぎない。ほぼ昭和九年がその境界と思われるが、確定的な区分ではない。

さて、前期横光の文化観は、いわば記号学的文化観であり、敢えて言えば、一種の文化記号学であった。それは単純化してまとめれば、文字・文芸・文化を記号としてとらえ、記号と他の記号との間の差異と、その記号内部の構造によって、記号自体の価値を測定するような、構造主義的方法に基づいていたと言うことができる。

第一評論集『書方草紙』（昭和6・11、白水社）に収められたエッセーに絞ってみると、まず「肝臓と神について」（『中央公論』昭5・1）で、横光は一見特異なことを述べる。新感覚派時代の小説「計算した女」（『新潮』昭2・1）に、「でも、あの人は気の毒よ。結核で肝臓がいつでもぶるんぶるん慄へてゐるの。もうあの人も危ないわ」という会話が出てくる。この表現に対する評者からの批判に抗して、「私の文章も譬へ間違つてゐるとしても間違つたことに於て正しいのだ。だから、肝臓が慄へようと慄へまいと、文字で肝臓が慄へたと書けば、肝臓は文字の上で慄へたのだ」と強弁するのである。実在しなくとも、文字で書かれたことこそが文芸においては真実となるという発想は、言葉（名前）で明示される対象だけが普遍性を持ち、普遍性は言葉で明示されると考える唯名論（nominalism）に近く[*2]、また、虚構によって制作された事実が真に実在と見なされるとする虚構実在論の発想でもある[*3]。

◉文字物体論

この立場は、形式主義文学論争におけるエッセー群において、横光が主張した文字物体論と結びつけることができる。「文字は物体である」と断言する「文字について―形式とメカニズムについて―」（『創作月刊』昭和4・3）の有名な言葉がある。

　これを云ひ換へると、内容とは、読者と文字の形式との間に起るエネルギーで、エネルギーは同一なる文字の形式からは変化せられず、読者の頭脳のために変化を生じると云ふことが明瞭になる。即ち、私が、内容とは形式から受ける読者の幻想であると云つたのは、これを意味する。〔…〕

　それなら、その形式を選ぶ作者が、自分の幻想に従つて文字を選ぶとしても、その幻想と同一なる文字を選ぶことが出来るであらうか。これまた絶対的に不可能なことである。何ぜなら、文字そのものの物体と、その文字を意味する実物の物体とは絶対に同一物体ではあり得ないからである。そこで、われわれの描いた作物である文字の羅列なる文学作品は、われわれ作者からも全く独立したものであり、また同時にわれわれ読者からも全く独立した形式のみの物体となつて横はるのだ。

「内容とは形式から受ける読者の幻想である」とは、「文字で肝臓が慄へたと書けば、肝臓は文字の上で慄へたのだ」の原理と同じである。つまり、「肝臓が慄へた」という内容＝実質は「肝臓が慄へた」という文字＝形式を読者が受容することによって生ずるエネルギーであり、このエネルギーそのものが真実あるいは真実の代用となるという発想である。なぜなら、エネルギーは実物そのものではないが、しかし実在はしていて、その限りにおいて真実となりうるからである。「文字そのものの物体と、その文字を意味する実物の物体とは絶対に同一物体ではあり得ない」というのは、一般の虚構・非虚構の別を超えて、文字によって表現される言葉は決して実物と一致しえないということである。

これは虚構という作用の根元を指し示した、一種の根元的虚構論にほかならない。すなわち、エネルギーは幻想であり、また虚構であるのだが、そのような幻想＝虚構こそが、テクストにとって可能である唯一の帰結ということになる。あるいはまた、「文字で肝臓が慄へたと書けば、肝臓は文字の上で慄へたのだ」という作者の原理を、読者側の原理として言い換えたものが、「内容とは形式から受ける読者の幻想である」という命題なのである。こうして実在としての「実物の物体」とは決して同一ではないような文字表現は、また「実物の物体」の一つである作者や読者とも、一致することはない。このようなテクスト主義の主張は、形式主義文学論争当時の横光理論の基調をなしていたと言えるだろう。

2　形式主義および象徴と科学

◉横光の記号学

もちろん、「文字は物体である」という命題は正しくない。文字は記号なのであり、記号の本質は差異である。差異の本質はエントロピーであってエネルギーではなく、また差異はエネルギー体でない限りにおいて質量も速度も位置も持たない。差異を生む差異、すなわち価値を予想せしめる差異が情報と呼ばれる。[*4] 文字・記号・情報はすべて、他のそれとの間の差異によって意味を持ち、差異という関係性に依拠するのであり、実体・物体ではない。要するに文字は物体ではない。（物体であるのは、インク・液晶・チョークなどの媒材である。）しかし、用語法を割り引いて考えるならば、横光の発想が記号学的であることには間違いがない。「内容とは、読者と文字の形式との間に起るエネルギー」であるという思想は形式主義である。この形式なるものは、記号、特にシニフィアン（記号表現）ととらえてよく、シニフィエ（記号内容）に対して、シニフィアンが受容者によって意味（「エネルギー」）を発生させる契機となる現象を言い当てている。[*5]
ただし、横光は「感覚のある作家達」（『文藝春秋』昭和3・8）で記号言語学の泰斗ソシュールに言及しているが、実は、二項対立原理を採用したソシュールと同じく、横光記号学においても実在する対象への指示は欠落しているのであって、例えば指示対象を常に介在させたパースの三項対の記号学とは異なっている。[*6]意外とも当然とも評しうるだろうが、その結果として横光の文芸・文化論は、実在する現実なしにでも運用できる純粋文芸論となり、また純粋文化論となった。それは横光理論の独自な生産性を裏打ちすると同時に、また後述のように、横光の伝統回帰と軍国主義への協力をも帰結するものとなったのである。

◉象徴主義・科学主義

いずれによせ、このような発想が、前期の一連の論説において、形式主義のほか、象徴主義、反リアリズム、科学主義などを標榜する根拠となるのである。「此の詩と云ふ不可思議な魅力を感じたが最後、彼は、アナキスト以外の何者でもなくなる筈だ。彼にとつては、そのとき、詩が、象徴が、主客合一の神になる」。これは「天才と象徴」（『文芸公論』昭和2・8）の言葉であるが、この時期の代表的評論「新感覚論―感覚活動と感覚的作物に対する非難への逆説―」（『文芸時代』大正14・2）で展開された「感覚的表徴」への傾注の延長線上にある。「先づ長さを」（『文章倶楽部』昭和4・2）では、自らの新感覚派時代を「再び象徴へ舞ひ戻つた」時期としてとらえる。

また、「形式物と実感物」（『文藝春秋』昭和3・3）では、同じ論理から、「実感物」に根拠を置くリアリズムは「古い」と断じている。後に、「書翰」（『文芸』昭和8・11）では、より明白に、「リアリズムといふことも、実を云へば、私はそんなものなどあらうとは思へないのでありますが」と述べる。今日から見れば、象徴主義よりも、むしろ表現主義と言うべきだろうが、いずれにせよ、反リアリズムとしては同系列に属する芸術思潮である。

さらに、「文学の科学主義が、他の科学である自然科学や精神科学や社会科学や歴史科学から離れて独立した厳密科学となるためには、とにかく他の科学の持ち得ない文学の特質である心理描写、及び、それを使用しなければどうしやうもない人間生活の運命の計算といふことが、何よりも武器である」と、「芸術派の真理主義について」（「読売新聞」昭和5・3・

19付）で述べている。「真理は人間を離れて存在しない」という「人間学的文芸論」（『改造』昭和5・6）の言葉を併せると、科学的真理は人間に即したものでなければならず、他の諸科学よりも、「心理描写」を持つ文学こそが、人間を的確にとらえる真の科学であるということなのだろう。記号も虚構も文字通りには自然界に存在しない。常に人間の介在した世界を問題とするこの態度も、横光の記号学に由来していたのである。

3 反物質の虚無主義へ

◉物質・法則の否定

「文字は物体である」という命題の主張は、唯物論すなわちマルクス主義を標榜するプロレタリア文学との論争においては、物体である文字の形式を重視する横光側こそ、真の唯物論であると主張するための根拠として機能した。だが、本質的に横光の文字主義は記号学であって、実体の否定に根拠を置いていたわけであるから、形式主義文学論争の時期を過ぎた後で、むしろ物質的価値や物質の法則性を否定する思考へと、横光の文化論が軸足を移して行ったのは自然の成り行きであったとも言える。

横光の二冊目の感想評論集『覚書』（昭和10・6、沙羅書店）を、『書方草紙』と読み比べると、この傾向は明瞭に読み取れる。例えば冒頭の「日記一」（『中央公論』昭和9・9）には、物質・実証主義・法則などに重点を置く西洋の思想・科学に対する反発と、仏教を中心とする伝来の日本・東洋思想に寄せる期待とが開陳されている。それによれば、「ヨーロッパ人」は、科学の限界に達すると「神」という概念を持ち出して困惑させられることがあるという。

どうも神が出て来る前までは整然と乱れずに思考移入が言葉につき従って流れて行き得られるにも拘らず、一度び神が出て来ると、もうわれわれには天国も浮んで来なければ極楽も浮んで来ない。ただ浮んで来るのは神も仏も小馬鹿にしてしまった実証主義の権化の物質ばかりで、法則が第一番に物を自分に云ひ始める。［…］物といふものを感知するには、何といつても知性が先き立つものではなく感性が先き立つのであつてみれば、物自体の持つ何よりの力は法則ではなくて趣味である。唯物論者は法則から趣味を払へといふのであるが趣味を払つた法則は、これまた不思議に色即是空の境地と等しい落莫たる情緒をもつて趣味の匂ひを放つてゐるのである。[…]恐らく仏教の一番の奥底は、法則そのものの趣味にあるにちがひない。

この「法則そのものの趣味」の実践として、他に老子、幸田露伴、正宗白鳥、道元などが挙げられる。「趣味」とはすなわち、物質・実証主義・法則に対して、その支配下に人間が入るのではなく、その権威を否定または無化するような仕方で、それらを人間が意識的に籠絡しようとする傾向とでも言い換えられるだろうか。既にマルクス主義に対抗した「人間学的文芸論」で、「真理は人間を離れて存在しない」とか、「人間なき自然」は「無を意味する」とも述べていた。「文字は物体である」という言明が、上記のように記号主義の表明であると理解できるとすれば、後期に至って、記号の持つ人為性・精神性、すなわち記号は、人間が物質や自然法則との関係の中で、それらを自らの様式に合うように統一的に理解しようと試みた帰結であるという性質が強調されるに至っている。実体としては「無」であるものが、人間的には意味を持ちうるという現象そのものの中に、横光は文化の意義を認めたのである。[*7]

◉道元の引用

特に、「日記一」では、道元に触れた部分が注目される。

永平寺を起した道元の、鳥飛んで鳥に似たり、魚行きて魚に似たり、といふ有名な句も、法則と趣味との関係を説いたものと見ても良からうが、こんなにも簡潔に自然と純粋を云ひ現した言葉も、日本人の頭脳から出た言葉の中には曾てなかつたといつても良からう。そこへいくとヨーロッパの法則は中ごろからギリシャの数学のために、人間を馬鹿にしてしまつた。

この道元の句は、この時期以降のエッセーにたびたび現れるが、元々は『正法眼蔵』の「坐禅箴」の章にある。[*8]

水清徹地兮、魚行似魚。《水清徹地ナリ兮、魚ノ行クモ魚に似たり。》
空闊透天兮、鳥飛如鳥。《空闊透天ナリ兮、鳥飛ブニ鳥ノ如し。》

これは坐禅のあり方を述べた一節であり、「無限無辺際な水の中を泳いで限りのない魚の姿が魚の本来のあり方であり、無限無辺際な空の広さを飛んで限りのない鳥の姿が鳥の本来のあり方であるように、坐禅・只管打坐こそは、自己の本来のあり方にほかならない」というような意味だろう。これが「法則と趣味との関係を説いたもの」とはいささか分かり難いが、強いて解釈するならば、鳥や魚がその生態系に生きていることの法則を、人間が禅の境地として積極的に認める時、それは単なる法則ではなく「趣味」に合致した生き方ともなる。横光はこれこそ、自らの反物質・反実証・反法則の立場に合致した教えであると考えたのである。従って、前期においてあれだけ科学主義を唱えた横光が、後期においては、「人が現実に法則を与へたり、法則を現実から発見したりすることを、われわれは科学といつた。しかし、文学は現実から法則や体系を拭き消すことだ」（「覚書　四（現実界隈）」、『改造』昭和7・5）と科学否定へと逆転するのは、端から見れば逆転だが、虚構主義を本質とする記号学のむしろ徹底とも言えるのである。

4　民族・国家的差異の表現

◉虚無主義・民族主義

こうして、横光は法則を否定し、論理を否定し、虚無主義を標榜するに至る。「一切の文学運動はただ一条の虚無へと達し、そこから脱出せんがための手段である」（「覚書　二」、『文学界』昭和8・2）とか、「論理のために頭と足とを逆にして歩いてゐる人間には、人間の生命力の不思議さを示す以外に法はつかぬ」（「スフィンクス――（覚書）――」、『改造』昭14・2、『考へる葦』所収、昭14・4、創元社）などの言葉遣いによって、西洋的合理主義は限界に達したと断じる。かつて記号学的文化論であったものが、日本主義と同じ相貌を示す瞬間がやって来る。前期においても、「もし新感覚派の形式運動が正統なら、その正統さはその民族の正統さを表現するのだ」と「偶感」（『雄弁』昭和3・1）で述べていた。文芸様式が民族性の表現となるという説は、あながち横光だけのものではないだろうが、ここでは文芸思潮や文芸様式が、「民族の正統さ」の証明にまで格上げされたのである。

ただし、横光は言語とテクストの国家性・民族性については、独自の思考を持っていた。「戦争と平和」（『作品』昭和5・8）は外国人から求められる美しさ、「つまり即ち同化出来得るものよりも同化出来得ざるものを慕ひ出す」と述べ、外国語で考えることを書くことの根幹として論じており、また『欧州紀行』（昭和12・4、創元社）の六月五日の条では、パリのある新聞記事に触れて、より明確に次のように述べられている。

これは日本に起こつた出来事の報道と批判の部分を、外国新聞と日本の新聞から抜き出したものだが、同一事件が、東西かやうに解釈を異にしてゐるものかといふ見本になり、非常に興味が深い。ヨーロッパは東洋を知らずに動き、東洋またヨーロッパを知らずに廻つてゐる。この互に知らない差が為替となり、戦争となる。よく知るとは心理に入るといふ事だ。文学はここから起り、これが世界の平和を保証していく唯一の武器となるのだ。

これがかりそめの言葉でないことは、『欧州紀行』に収められた「人間の研究」（『東京日日新聞』昭和12・1・10～14）において、『ソビエト紀行』でソビエトを批判したジイドの言葉を引用しつつ、「今一番の文化の問題として、また人間の問題として重要なことは、何より人命を尊重しなければならぬといふことだ。この意識の強さが種族の知性であり、一切の文化の根底をなすものだと思ふ」と力強く述べるところからも分かる。これらの発言は、文化や歴史を作り出す差異の起源として、民族や国家というファクターを大きく算入したことを示している。これは明らかに前期には見られなかった変化であり、この限りにおいては誰も否定できない言葉である。[*9]

◉横光文化論の意義

もちろん、いかなる侵略も軍国主義も「世界の平和」を標榜して行われる。既に先行研究が追跡している通り、実際に横光もその後は『旅愁』を書いて「古神道」の復活を描き、特に昭和一六年以降には、文芸銃後運動や大政翼賛会、日本文学報国会で活動するという道に入り込んだのは動かない事実である。「平和」や「人命」は、作家の思考においては観念であっても、アクチュアルな現実においては観念ではない。後に横光も『夜の靴』（昭和22・11、鎌倉文庫）においてはそれを痛感するだろう。しかし、実体から関係への方向を究極まで推し進めようとした横光は、恐らくは必然的に、観念的関係性の究極の姿（「八紘一宇」）を追求する側に加担する以外になかった。横光記号学には、時局を超越してまで充足すべき指示対象は欠落していたからである。

しかしながら、逆に言えば、銃後運動への加担者とならざるを得なかったとはいえ、記号主義・虚構主義の志向が脱西洋へと向かい、その志向によって新たな文化を切り開いていこうとする運動の水準において、横光の思想を否定することまではできない。また、横光の発想を汲んで極言すれば、文化は、総体として見た場合には、正邪で裁断できるようなことを言うことだけに意味があるのではない。いかに極端であっても、歴史の場に介在して、同時代と時代を制作する文化の弁証法の構成要素となることこそ、文化人の存在意義にほかならないだろう。そのようなわけで、私は、横光の「戦争協力」を理由として、その文化創造論を葬り去ることには、どうしても賛成できないのである。

【注】

＊1 横光の文芸理論については、中村三春「横光利一の文芸理論」（井上謙ほか編『横光利一事典』、二〇〇二・一〇、おうふう）参照。

＊2 「唯名論」については、ネルソン・グッドマン『世界制作の方法』（菅野盾樹・中村雅之訳、一九八七・一〇、みすず書房）参照。

＊3 「虚構実在論」については、三浦俊彦『虚構世界の存在論』（一九九五・四、勁草書房）参照。

＊4 「差異」と「情報」については、グレゴリー・ベイトソン『精神の生態学』（佐藤良明ほか訳、一九八六・一、思索社）参照。

＊5 小森陽一「エクリチュールの時空─相対性理論と文学─」（『構造としての語り』、一九八八・四、新曜社）は、横光の形式主義文学論と、夏目漱石『文学論』の思想、同時代の記号学、さらにはアインシュタイン相対性理論との関連を論じて、この様相を多方面から詳説して秀逸である。ただし、文字は「物体」ではない、ということは念頭に置かなければならない。

＊6 チャールズ・サンダース・パースの記号学については、『パース著作集』2「記号学」（内田種臣編訳、一九八六・九、勁草書房）参照。

＊7 田口律男「いかがわしい『旅愁』の〈日本〉」（『早稲田文学』一九九九・一一）は、『旅愁』に即し、ここで述べた横光の虚無主義にあたる事柄に対して、論理以前的な事柄を論理（言語）によって表象しようとした結果としての、「理念とは懸け離れたグロテスクなもの」の表現として批判している。イデーとしては正しい批評であり、まさに横光はそのような表象を求めたのだろう。しかし、イデーの強度と表象の強度とは、尺度が異なるのではないだろうか。「グロテスク」もまた様式なのである。詳細は中村三春「係争する身体─『旅愁』の表象とイデー─」（『横光利一研究』創刊号、二〇〇三・二）参照。

＊8 西尾実ほか校注『正法眼蔵　正法眼蔵随聞記』（日本古典文学大系、一九六五・一二、岩波書店）による。

＊9　もちろん、相手との差異において自己を表象するために、相手の民族イメージを統一体として表象するという仕方で、民族という観念が生成されるという、酒井直樹『死産される日本語・日本人―「日本」の歴史―地政的配置』（一九九六・五、新曜社）の「対―形象化」の概念を用いれば、横光のこの発想はまさにその好例に過ぎない。彼我の差異は、検証もなく、前提とされているからである。しかし、だからと言って、たとえこの発想の枠内にあったとしても、横光がかりそめにも、「平和」のための文化交流を思い描いていたことの意味を過小評価するのも、また妥当ではないだろう。

『文藝時代』の表現
――文体・語りの観点から

渋谷香織

はじめに

横光利一はわずかに二十数年ほどの執筆生活の中でその表現方法やスタイルを次々に変えていった作家である。習作期の白樺派的文体からはじまり、新感覚派的文体、新心理主義的文体と文体が変遷するなかで、新感覚派時代の文体については幾度となく繰り返し論じられてきた。

「新感覚派」という呼称は、周知のとおり『文藝時代』創刊号(大正13・10)を読んだ千葉亀雄が翌月の『世紀』一一月号に「新感覚派の誕生」というエッセイを発表し、『文藝時代』同人を総括して「新感覚派」と呼んで新時代文学と位置づけたことによるが、この新感覚派という呼称は横光の表現スタイルを称する場合にも使用され、現在に至っている。しかし、新感覚派と呼ばれるようになった『文藝時代』という表現媒体における横光利一の表現の問題についてはあまり論じられていないのではないだろうか。

同人処女作号に再掲された「笑はれた子」を除き横光利一は『文藝時代』に「頭ならびに腹」(創刊号)「園」(大正14・4)「街の底」(大正14・8)「ナポレオンと田虫」(大正15・1)「盲腸」(昭和2・4)という五編の書き下ろし小説とコント「立てる言葉」(大正14・2)を発表している。

後に「書方草紙」(昭和6・11)の序で横光利一は大正時代から昭和初期のちょうどこの時期を「国語との不逞極る血戦時代」と言っているが、「新感覚派」という命名によっていわば牽引されることになった横光利一の作品のこの表現媒体の中での表現とはどのようなものだったのか、ここでは横光利一の文章に見られるスタイルという観点から文体や語りについて考えてみたい。

1　起点としての「頭ならびに腹」

「今日まで現はれたところの、どんなわが感覚芸術家よりも、ずつと新らしい、語彙と詩とリズムの新しい感覚に生きて居る」という『文藝時代』創刊号への千葉亀雄の評言にあたるのは横光利一の「頭ならびに腹」である。[*1] 横光はこのエッセイに牽引されるかのように次々と「新感覚」の作品を発表し、新感覚派の驍将として走り続けた。

「頭ならびに腹」は次の一行で始まる。

真昼である。特別急行列車は満員のまま全速力で馳けてゐた。沿線の小駅は石のやうに黙殺された。

第三文が新感覚派論争の発端にもなるなど、この冒頭部分はつねに「新感覚的」表現の代表として俎上にあげられてきた。近年でも小林國雄が「横光利一の文体」[*2]でこの部分を取り上げて「特殊異様な表現」とし、第三文を「即物的な比喩であり、新感覚派の典型的な表現である。」と述べている。

わずか五文字からなる冒頭の文に始まり、一文が短く、簡潔で、接続詞も用いられず、歯切れよく続くこの最初の一行には、特別急行列車が「馳けてゐ」くという擬人法、「石のやうに黙殺された」小駅という直喩など、横光の「新感覚」表現のモデルが提示されているのはまちがいない。しかし、この部分の表現にとらわれてしまったがゆえに、この例があたかも「頭ならびに腹」のすべてであるかのように錯覚されてしまってきたことも否めない事実である。近年、様々な読みの可能性が指摘されるなかで、あえてこの冒頭の一行を起点として発展的にこの小説全体の表現を考えてみたい。

「頭ならびに腹」は特別急行列車が突然停車し、復旧の見込みはないという状況に乗客がどのように対処するかという単純な内容の小説である。このような状況下における乗客をはじめとする人間模様をあたかも読み手が「劇」を見ているかのように客観的に描いているのがこの作品ではないだろうか。

作中人物について考察してみると、乗客の応対をする車掌や駅員は機械的に事実を伝える存在でしかなく、乗客の中には俗謡を歌い続ける子僧という異端者が混じっている。このような人物を形容するのが無機質な「モノ」である。彼らは

「人形のやうに各室を平然として通り抜け」る車掌、「白と黒との眼玉」を振り子のように振りながら歌い続ける子僧というように、無機質な「モノ」でたとえられている。また、タイトルにもなっている「頭」や「腹」は文中ではメトニミー（換喩）の一種として「盡くの頭は太つた腹に巻き込まれて盛り上がつた」等と表現されている。このように人と物を等価にとらえ、擬人法、擬物法を駆使する表現や簡潔な文体などは「新感覚」の作品そのものである。

この作品では、個別の表現対象である物や人間がこのように「新感覚」的に表現されると同時に、小説に描かれている人間同士の関係もまた、機械的で「新感覚」的に捉えられている。突然停車したあとの車掌と群集の関係について見てみたい。「H、K間の線路に故障が起りました」「皆さん、この列車はもうここより進みません」と繰り返す車掌に、乗客は「車掌！」「どうしたツ。」「金を返せツ。」「通過はいつだ？」と一方的に言葉を発するのみで、決して会話は成り立たない。両者は言葉を介在しても理解しあえない存在として表現されているのである。また、乗客の一人である子僧は俗謡を歌うのみで、乗客とのコミュニケーションをとる姿は一切描かれていない。それぞれ異なる世界の人々とコミュニケーションを取れない存在として描かれた人間が、「モノ」で形容されるように描かれているのである。関係を結べない人間たちの「劇」が演じられているかのような表現である。このような表現の背景には、全て異質なものの総体である世界では人間もそのひとつにすぎず、人間同士もまた異質なもので関わりを持てないという横光の人間観が表徴されているのではないだろうか。子僧の歌う五つの俗謡もこの世界の中で異質なものである。[*3] このように、異質なものの挿入は異質なもの同士を結びつけた比喩表現だけにはとどまらない。異質なものを挿入させるためのさまざまな手法が「頭ならびに腹」には見られる。それは万物等価の視点で、客観的に表現することを意識した横光の方法なのではないだろうか。

前田彰一は『物語のナラトロジー――言語と文体の分析』[*4] で「客観化とは、小説においては〈劇化〉ということを意味している。〈劇化〉とは、言い換えれば、人物や出来事を劇の中で演ぜられているように客観的に、非人称的に描写することである。」と述べている。横光と戯曲との関わりは深く、彼の文学的出発がほかならぬ戯曲であったことは、この時期のエッセイ「私の事――イプセンの戯曲」（『文章倶楽部』大正14・1）で述べられている。また、大正一三年の『御身』にもすでに戯曲が収録されていることからも、横光の中には小説と戯曲の融合的な文体意識があり、それが「頭ならびに腹」にも反映していると思われる。

ではこの小説の語りのスタイルとはどのようなものであろうか。前田は前掲書で、小説の語りには以下の三つのタイプがあるとしている。[*5]

語り手が「物語の仲介者として物語世界の外に位置し、人物や出来事を外側の視点から描写し、必要に応じて解説や注釈などをさしはさむ」という特徴を持った「《語り手》の語りによる物語（三人称小説）」、語り手が「物語の中の人物として登場し、自ら体験したり、観察したり、他の登場人物から聞き知った事柄を語る」という「《私》（一人称の語り手）が語る物語（一人称小説）」、「読者が媒介者なしに直接物語世界を目の前にしているような印象を抱く」という特徴をもつ「《映し手》による物語（語り手不在の三人称小説）」という三つである。

そのなかで、「客観性の要請という文芸思潮上の傾向」により十九世紀半ば以降に登場し、小説技法の重要な地位に上り詰めた「《映し手》による物語（語り手不在の三人称小説）」の語りの特徴は「読者が媒介者なしに直接物語を目の前にしているような印象を抱く」ものであり、この傾向を代表する最初の作家がフローベールであったという。

さらに、前田はフローベールの「リアリズムが公平無私で、非人称的で即物的なもの」[*6]であるとし、「語り手の後退、描写の中立性、場面的描写の優位、会話の多様、体験話法、作中人物の意識による反映、視点の固定化」を「語り手不在の三人称小説」の小説の特徴と言うが、これは横光の「頭ならびに腹」の表現の特徴に重なる部分が多いのである。

横光の文壇処女作といわれる「日輪」は生田長江訳のフローベールの「サラムボオ」を下敷きにしているといわれている。前田の論考をもとに横光の表現を考えてみると、このフローベールの「語り」に極めて類似していると思われる。横光は「サラムボオ」を通してフローベールの客観的描写を感得していったのではないか。

「頭ならびに腹」をはじめとするこの時期の『文藝時代』の小説はフローベール的小説、「語り手不在の三人称小説」への試みであったのではないだろうか。

2　「感覚活動」以降の小説――「園」「街の底」

横光利一は大正一四年、『文藝時代』二月号に「立てる言葉」というコントを掲載すると同時に「感覚活動―感覚活動と感覚的作物に対する非難への逆説」という七つの節からなる評論を発表している。「自分は自分の指標とした感覚なるものについて今一度感覚入門的な独断論を課題としてここで埋草に代へてをく」と断ったうえで、「新感覚派の感覚的表徴とは、一言で云ふと自然の外相を剥奪し、物自体に踊りこむ主観の直感的触発物を云ふ。」といわば、千葉亀雄の評言に応えるかのような理論を展開し、その後、四月号に「園」、八月号に「街の底」という新感覚的な作品を発表していった。

「園」は肺結核に冒された兄妹の死を見つめる日常を描いた単純な作品である。

井上謙が新感覚時代の横光の作品を列挙した上で、「〈新感覚〉の理念をもっとも大胆に表現した」作品だと述べている[*7]ように、「新感覚」的な表現が多用されている小説である。「医者の眼鏡の金に果樹園の雪が映つた」という主客が逆転するような表現もみられる一方で、医者の行動を形容する言葉は、「悪事をして来たやうな顔をして。」、「僧侶を呼べと云ふやうに急ぎながら。」というような直喩を用いた連用止めの表現になっているのである。「一つの処女と童貞とは依然と平行線の上を馳けて行く」、「優生学に殺された」というメトニミー（換喩）も見られる。

そして、この作品でも「頭ならびに腹」と同様、異質なものの挿入という手法が取り入れられている。挿入されているのはボイルの法則という言葉や数式だけではない。円柱、プリズム、優生学など、科学的なことばが次々と挿入されていく。なかでも、ボイルの法則の数式は、妹が兄を呼びかける会話の中に挿入され二人の会話を切断する。そして、感情が異質な科学の法則によって計算されるもの、感覚的な割り切れるものに交換されていくのである。この異なる世界の結び付け方や切り離し方が横光の「新感覚」の一端に他ならない。この小説でも異質なもの同士が結びついた比喩が見られるとともに、異質なものの挿入がいとも簡単に行われている。それが「新感覚」表現となっているが、逆に人間同士を直接結びつける表現は見られない。それは「彼」と妹のボイルの法則の数式に阻まれた会話からも明らかである。

井上謙は一節の「兄と妹の肺臓が壁を隔てて腐つて行く、これは事実だ。」以降の部分を引用し、死の悲しさという人間的な心情を押し殺し、ボイルの法則で非情な死を表徴しているとしたうえで、「自然主義的レアリズムでは描けなかった冷徹な死の世界と非情なまでに自然感情を突き放した言語のメカニズムがある」*8と述べているが、「自然感情を突き放した言語のメカニズム」というより、これも「人物や出来事を劇の中で演ぜられているように客観的に、非人称的に描写する」手法なのではないだろうか。四節から成るこの小説は、四場の戯曲構成になっているように思われる。

二節の主人公「彼」と恋人町子との会話ははじめのうち、「どうしてこんな所に立つてらつしやるの。」「どこかへ行くんですか。」「私、来てはいけなかつたの」と成り立たない。それはそれ以降の狂人や死にゆく妹とのことばのやりとりでも同様である。生きる「世界」が違うことの証しとして成立しない会話が描かれていく。人間は各々異なる世界を生きていて、わかりあえない存在であるということを客観的な〈劇〉として描いているのではないだろうか。そして、この主人公の「彼」こそがこの小説世界の中で「異端」なのではあるまいか。

この小説には会話の部分が多く、「――俺は愛してゐるんだ！――俺は逢つてはならんのだ！――俺の肺は腐つて行く！」というダッシュを使った心中表現なども見られる。このような点は「語り手不在の三人称小説」の特徴でもある。この作品も「頭ならびに腹」と同様「語り手不在の三人称小説」への試みにほかならない。

四ヵ月後に発表された「街の底」も「園」と同様に、主人公「彼」の何でもない日常を描写した作品である。

この小説の冒頭の街の風景描写も「新感覚」的表現と捉えられてきた。一文が短く、「重い扉のやうな黒靴」、「繋つてゐる時計」、「冷膽な医院のやうな白さ」、「鎧のやうな本屋」など、異質な「モノ」と「モノ」の組み合わせの直喩がまず目をひく。また、「膨れ上がつた首が気隋るさうに成熟してゐる」というメトニミー表現もみられる。

さらに、「南方の狭い谷底のやうな街を見下ろした」「彼」が見た街の描写にも、「狭い谷底のやうな街」という直喩、「塵埃を吹き込む東風とチブスと工廠の煙ばかりが自由であつた」という擬人法、「集まるものは瓦と黴菌と空壜と、市場の売れ残つた品物と労働者と売春婦と鼠とだ」という異質なものを等価に捉える「新感覚」的手法が埋め込まれている。

主人公の「彼」に注目してみると、この風景を見る「彼」は「保護色を求める虫のやうに一日丘の青草の上へ座つてゐ」て、自然と一体化した存在のようである。しかし、丘をおりて街に戻った「彼」は決して街と同化することなく居場所がない。小説世界の中での「異端者」として描かれているのである。この作品でも「雑誌を三冊売れば十銭の金になる」法則や「円錐の傾斜線」などの形へのこだわりを新たに加え、描写の中立性、場面的描写の優位、作中人物の意識による反映、「《映し手》による物語（語り手不在の三人称小説）」というフローベールの手法への模索が続いている。

3 『文藝時代』の表現

『文藝時代』の三作品を取り上げて表現について考察してみたが、物語性のないある一日、あるいはわずか数日の動静を観察し、場面描写をしていくこれらの作品に共通するのは「頭ならびに腹」の冒頭部分に見られる「新感覚」的表現のモデルだけではない。「異質のもの」同士を結びつけた比喩表現をはじめ、「異質なもの」の挿入というのが、この表現媒体における特徴であろう。これは取り上げた作品のみならず、「ナポレオンと田虫」や「盲腸」にも通じる。このスタイルは『文藝時代』の小説に共通なものである。

いずれの作品にも「異質なもの」を挿入した表現の背景には人間同士のコミュニケーション不全、阻害された人間など横光の様々な人間観が見え隠れする。

「異質なもの」を挿入した表現は客観的な表現へのこだわりだったのだろうか。客観性を盛り込むために、人物や出来事が劇の中で演じられているかのように、非人称的に描写することをフローベールの「サラムボオ」から感得した横光の『文藝時代』の表現は「新感覚」以前にフローベール的スタイルの模索だったのではないだろうか。いや『文藝時代』における横光のスタイルはフローベールの小説的な語りを中心としたスタイルの実践であったのではないだろうか。それはヨーロッパの文学との同時代性を感得し実践した横光独自の認識であったといえよう。

横光の表現や語りの問題はまだ十分に議論されてはいない。フローベールはもちろん、様々な比較文学的観点をふまえ、横光の表現形式や表現意図などについて論じられる必要があるであろう。

島村健司が「横光利一『愛の挨拶』の背景と方法―戯曲と小説・表現形式の混在―」[*9]で戯曲と小説の方法について分析しているように、『文藝時代』においても戯曲表現と小説表現との関わりについて検証されなければならない。

【注】

＊1　栗坪良樹「誤解の時代と横光利一」（『表現と構想』第十八輯　一九八〇、『横光利一論』一九九〇、永田書房所収）ほかで詳細に検討されている。

＊2　「横光利一の文体」（井上謙ほか編『横光利一事典』二〇〇二、おうふう）

＊3　佐山美佳は「横光利一『頭ならびに腹』試論―子僧の唄と悲劇の反転―」（二〇〇四・三）で先行研究を踏まえ、五つの俗謡の解釈を行なっている。

＊4　前田彰一『物語のナラトロジー―言語と文体の分析』（二〇〇四、彩流社）

＊5　＊4の第Ⅱ章「語り」の現象学でF. K. Stanzel: Typische Formen des Romanns. Göttingen 1981. を参照して三つの語りの類型について説明している。

＊6　＊4と同

＊7　『横光利一　評伝と研究』（一九九四、おうふう）

＊8　＊7と同

＊9　『日本言語文化研究』第二号（二〇〇〇・一二）

文学的実験の実際的効果

――「眼に見えた虱」と「古い女」を結ぶジェンダー規範

小平麻衣子

横光研究における近年のジェンダー論的アプローチとして成果を挙げているものに、島村健司「横光利一『春園』成立までの背景―横光利一と「主婦之友」の関係を軸として」(『国文学論叢』一九九八・二)、同「横光利一『春園』論―発表媒体との交錯」(『国文学論叢』一九九九・二)、また掛野剛史「啓蒙装置としての雑誌と小説―「新女苑」と横光利一「実いまだ熟せず」」(『昭和文学研究』二〇〇三・九)など、掲載された女性誌との関わりでテクストを読み解く研究がある。だが、対象とする雑誌の時代的限界によるところが大きいにしても、夫婦関係や母性といったテーマと女性とのつながりを自明視する限り、これら女性向きに書かれたテクストは、横光〈本来の〉評価されるべきテクストと分離され、それぞれについての論も、より分裂するだけなのではないか。ここでは、一般誌に発表され、主にその文学的手法が論じられてきたテクストと、近い時期に女性誌に発表されたテクストの連続性を通して、文学上の実験と見られるものが、どのように現実のジェンダー規範として実現されていくかを探る一つの試みとしたい。紙面の関係上長編を扱う余裕はないため、「眼に見えた虱」(『文芸春秋』一九二八・一)[*1]と、翌月掲載された「古い女」(『若草』一九二八・二)をとりあげる。

1 〈娼婦〉という死体

「眼に見えた虱」で、大学の解剖科で死人係の職についた「私」は、解剖されて「人間の形を無くし」、すでに死体という統一体ですらない耳を見て、「私と云ふ存在が、生きてゐるより死んだときに於て有用な物質となると云ふことを発見」する。医学の進歩の養分となり、「世の病者を救ふ」はずの死体の生前は、己自身をすらよく生かせなかった「行路病者」であり、ホルマリンの「黒く濁つた水底」に沈むその姿は、仲間に「おい、此奴ア、お前に似てらア。」と言われる通り、「眼に見えた虱」を自称し、「橋の上から泥溝の水を覗いて」みたりもする「私」の未来である。が同時に、死体と似ているのは、生きる限り「職業を捜」さざるを得ない「私」の、他ならぬ現在の姿であり、「死体」が価値生成のための人間のパーツ化、資本主義社会における疎外された生のもっともわかりやすい比喩であることはいうまでもない。*2

このような社会における男性と女性の関係はいかなるものであろうか。「私」の家に住みつくようになった別れた妻・辰子は、男性の客を取って生活している。それは、かつて「私は彼女に金銭を与へることが出来なかつた代りに絶対の自由を与へた。すると、彼女は私の与へた自由を売つて金を勝手に買つた」、つまり、男性の経済的保護と引き換えに束縛される主婦からの解放だが、それが自由を意味するわけではない。「私」が「金を払つて彼女の身体を買」った際、「襟首をひつ攫むと膝の上へ捻じ伏せ」、「頭を続けさまにひつ叩」き、「いかなることをしても良い」「絶対の権利」を行使したように、ここで娼婦とは、絶対の服従を強いられるべきものである。

もちろん、「私」が警官に宣言するように、この娼婦こそが「家内」なのだとすれば、妻の貞淑さと娼婦の奔放さが対照されているのではなく、妻もやはり性行為を夫に切り売りする点で娼婦と変わりないとの認識が示されている。が、いずれにしろ、義眼のH——これもパーツ化された身体を持つ——が、常に恋愛を探していながら、「私は彼のステッキの先にひつかかつて来た恋愛を、まだ一度も見たことがない」ように、すべての男女関係が、身体のパーツ化とそれによる金銭のやりとりに侵されており、その意味でロマンチックな恋愛など成立しない。まさに「われわれのいかなる肉体が、その器官を売らずに金を買ふことが出来たであらうか。われわれは永久買ひ手のつく器官から売つていかねばならんのだ」の言葉どおり、そして標本室に「環切りにされた人の胴、子宮、肝臓、胃袋、腸」が並べられているように、すべての男が「死体」として切り刻まれて金を得るのと、女が「子宮」を売るのは同列であるというわけだ。

だが、このような「子宮」は男と同列であるどころか、「私」から懲罰を受けるものでもある。「私」は、隣室で客を取る辰子の「毒々しい嬌傲な色香」に「嫉妬」するが、「眼前の事実とは全く別な、闇室の水面にひよつこり浮き上つた死体の姿を思ひ出し」て精神の落ち着きを取り戻す。死体は「眼前の事実とは全く別」と言われるが、その想像によって浮上する「彼女が曾て私の恋人であつた昔の可憐な姿」こそが「私」を鎮めるならば、死体とは、「標本室の毒婦の身体のやうに、彼女の内臓を分裂させてみたい欲望」の想像上の実現であり、女性の娼婦性が死によって昇華される唯一の瞬間、身体を切りさいなまれる懲罰以外ではない。

もちろん、「私」が隣室で辰子に客をとらせるこの実験は、K博士が「私」に創作を要求したことをきっかけとしている。博士は死体を解剖するように、死体に似ている「私」を創作によって「精神鑑定」しようとし、「私」の辰子への実験は、「K博士が私を鑑定するそれのやうに」企てられた。だから「彼女の内部を確実に見てとつたのはたつた口の中三寸までの深さだけだつた。その奥はいつも真暗で見えなかつた」身体の解剖を通して、「お前ほど分らぬ心を持つてゐる奴には、まだ逢はない」といわれる辰子の精神を明らかにしようとするものであり、これは、男性のお馴染みの欲望の表象ではあるだけでなく、「私もいつかはこの棚の上へ並べて欲しい」という「私」自体の解剖でもある。

だがそうだとすれば、辰子の死体が「私」そのものであることと、憎悪によって女性が男性から分かたれることは表裏をなしていることになる。逆にいえば「私」と辰子のあり方が重なっても、女性が解剖する側には決して立たないという非対称性が解消されることはない。つまり、男性と女性の一致は、その非対称性への免罪であるのではなく、むしろ、男性との一致ゆえに切り刻まれる女性こそが、娼婦であるのだといえよう。

2　『若草』における〈新しい女〉の回顧

ところで、この翌月に、雑誌『若草』（一九二五・一〇創刊）に掲載された「古い女」は、かなり趣の異なるストーリーを持つ。妊娠した妻が、結核悪化への恐れを表向きの理由に夫に堕胎を迫られ、秘密裏に手術を受けるために夫と旅行に出るものの、行き先の町で当然のように芸者遊びをする夫を見て、「あたしは、古い女です。でも、あなたのお家は、人形の家より、まだ古くさいお家だつたと言ふことにもお気附きなさいませ。（中略）こんな家の中で、子供に変つて愛が成長しようとお思ひになるあなたは、あたしよりもまだ古いと言ふことにもお気附きなさいませ。」との置手紙を残して家出をするというものである。

結婚や妊娠が女性誌を意識した話題選択であるなら取りたてて言うほどのことはない。確かに、『令女界』の姉妹誌として出発した『若草』は、諸家の小説やコント、評論と合わせて読者の投稿欄を持ち、後には性質も異なってくるとはいえ、初期は結婚前の若い女性を読者として想定する。だが、読者からの雑誌に関する感想を載せる「坐談室」で、「ソーダ水でも飲むやうな清新な気分」（北海道・富美子、一九二六・一一、以後、特に断らない場合は『若草』からの引用）、「正直に言へばどうせ歯の浮くやうな感傷的なものだと考へて若草を手にしました。がさう言つた期待は見事に裏切られました」（愛知・水町令子、一九二七・五）など繰り返される『若草』への賞賛は、この雑誌が、センチメンタリズムやゴシップ、告白を排除したという点に主に向けられている。投稿のジャンルこそ小品文、詩、和歌、日記文、感想、書簡など、いわゆる〈女性的〉ジャンルを中心化しているとはいえ、それらに特徴的である同性同士の濃密な感情[*3]は希薄であり、『若草』は、むしろそれらとの差異によって人気を上げているのである。そこにおいて、「古い女」の堕胎という話題の選択、また、十年以上前にイプセン「人形の家」とのかかわりで話題となった〈新しい女〉を意識させる家出というモチーフやタイトルの選択には、一見違和感がある。

もちろん、まず後者については、この時期にこそかつての〈新しい女〉が回顧される環境は整っていた。新たに現れた〈モダン・ガール〉への興味が、その比較材料として、かつての〈新しい女〉にまなざしを向けたからである。『若草』の編集サイドが、「主に女流作家の諸氏に御執筆を仰ぎ、微力ながら女流文壇の活舞台」たることを宣言し（田辺耕一郎「編輯後記」、一九二六・八）、読者サイドも「文芸雑誌としてこれほどまでに女性のために解放した雑誌は現代に本誌一つ」（山形・せきや、一九二六・八）、「若草は「女子文壇」のやうな雑誌になさるのだつてね」（小石川・あけみ、一九二六・八）のように、かつての新しい女と時代を同じくする『女子文壇』を一つのモデルとして名指しているのは、こうした機運を受けたものであろう。新しい女への回顧的まなざしは、『若草』に限ったことではないが、生田花世「青鞜社のために弁ず」（一九二六・八）、平塚らいてう「青鞜社はどんな役目をしたでせう」（一九二八・一）、の掲載をはじめ、他にも『女子文壇』出身の女性作家を起用した『若草』において、そうした傾向は特に顕著である。その意味で、これらを意識した「古い女」は、誌面に集った女性たちの、直接には投稿という形での行動の指針の一角を形成しているといえる。

むろん、新しい女はモダン・ガールの起源とされながら、その差異において語られるのが一般的である。典型的なのは、新しい女を「思想的に目醒めたのではあるが、生れつきの『新しい女』ではなかつた。」「『人間として』生きなければならない、型にはまつた女らしさから、脱けなければならない。と云ふ意識が強く、（中略）男と同等の権利を要求するために、男と同様の振舞ひをしやうと、意識的に努力したのである。男の模倣であつて、女性生活の創造ではなかつたのだ。」（片岡鉄兵「モダン・ガールの研究（一）」一九二六・七）とし、それに対してモダン・ガールを「感覚的、享楽、肉体的刺激の追及」といった「生活気分のままに、比較的自由な生き方、比較的自由な物の考へ方をして居る女の型」「勿論自覚もして居るが、その自覚は知識的であるより生活的」「生活気分のままに動いている自然の姿」（同「モダン・ガールの研究（二）」一九二六・八）とするものである。他にも、「むかしの青鞜婦人《ブリユー・ストツキング》はむしろ理智から入つた、が今日のもだーん・がーるは感覚から入つてゆく。」と比較する堀木克三「新時代の女性と文芸」（一九二六・八）や同様の論旨を展開する百田宗治「もだーん・がーる」（一九二六・八）など枚挙に暇がない。

かつて新しい女という語が一世を風靡した頃、その実現でもある「人形の家」のノラに、同じくイプセンの「ヘッダ・ガブラー」のヘッダや「海の夫人」のヒルダを対置し、境遇の圧迫によって新しい女にならざるをえなかった前者に対して、生まれつき新しい女である後者の出現を望む言説が多く見られたものだが[*4]、それから十数年経ち、それが女性の実態であるかはわからないにしろ、少なくとも言説の上では、生まれつきの新しい女を実現したのがモダン・ガールなのである。

3　モダン・ガールのセクシュアリティと「古い女」

そして、「眼に見えた風」と「古い女」を接続する上で注目したいのは、こうしたモダン・ガールのセクシュアリティの描かれ方である。典型的な例として、片岡鉄兵「恋愛の考察」（（一）〜（五）、一九二七・二〜六）を取り上げる。これは、『若草』に数多いモダン・ガール論の中でも特に読者の関心の高かった既出「モダン・ガールの研究」の後を受け、モダン・ガールの恋愛に的を絞った続編として掲載されたものである。

この中で片岡は、女性をオットー・ワイニンガーに従って「母型婦」と「娼型婦」に分け、恋愛を子孫繁栄の手段と考えず精神的な最終目的と考えるモダン・ガールを後者とし、さらに、では恋愛が理想に近づくほど人類は滅亡に近づくのか、との自らの問いには「否!」と答える。その理由を、これらは男性の概念でつくられた「自由」を女性が要求した不健全な文化過程だからとし、女性のための自由が創造される未来の到来に期待を寄せている。佐光美穂が指摘するように[*5]、モダン・ガールそのものが、生身の女性を離れた男性作家たちの理想なのだとすれば特に不思議もないことだが、ここでは、先に立てられた新しい女とモダン・ガールの区分は、特に男性化という共通点において無化されている。

職業を持ち経済的に自立しているモダン・ガールの特徴が、一方では極めて女性ジェンダー化された娼婦の比喩で語られながら、矛盾もなく〈男性化〉とも呼ばれてしまう。経済的活動においてもセクシュアリティにおいても権利が男性に集中していたがために、娼婦が女性の職業であったこと、つまりは娼婦の名に刻まれた、女性が女性として分離される機構は、〈男性化〉と呼ばれることで覆い隠されつつ、〈男性化〉を通してこそ女性への嫌悪が増幅されているのだが、この論理は、横光の「眼に見えた虱」も共有しているものである。すでに見たように、「眼に見えた虱」では、「モダン・ガール」の語を使ったわけではないにしろ、女性はすべて娼婦であることを資本主義との関係で描いたのであり、それを男性との一致と言いなしたテクストであったからである。

ならば、女性を母型婦と娼型婦として捉える片岡にとって、資本主義社会の女性が後者とのみ結びつき、その過渡期の先に〈本来の〉女性である母型婦が現れるように、「眼に見えた虱」の「私」が「私をしてかく無力ならしめてゐる」「眼に見えぬ虱」、つまりは資本主義の射殺を考えた先に、「母型婦」が、古い女の新たな展開として登場するのは必然であろう[*6]。

「古い女」の千枝子は、「上品な家庭より知らない」が、やはり一旦は娼婦のイメージを身にまとう。というのは、千枝子は一旦堕胎を勧める夫の提案を受け入れるかに見え、その理由は、自らの体調のためでも夫のためでもなく、子どもがいなければこの夫のそばからいつでも逃げだせることだからである。この旅行が、X婦人——未亡人で、医学士の三木との関係もほのめかされる——によってコーディネートされ、彼女が「どんな妓が来ますかね。」と芸妓を値踏みする言葉が、この千枝子を眺めながら発されていることは、芸妓になった千枝子の幼友達の思い出を待つまでもなく、堕胎によって夫からの逃亡を想像する千枝子が貞淑な妻からずれ落ち、こうした「娼婦型」の女の列へ連なりうるものであることを示している。

そして、この娼婦イメージがモダン・ガールや新しい女と重ねられていればこそ、翻意してお腹の子とともに出奔する千枝子が「古い女」を名乗れるのである。千枝子と子どもの行く先は、そこからの手紙という形で推し量るしかないが、「眼に見えた虱」の出口のない「私」空間の外部、資本主義に絡めとられた生き方の外部として示されているともいえよう。[*7]

4　本物のモダン・ガールになるには

このようにみてくると、例えば片岡が「産児制限は、明らかに、子孫繁殖を目的とせざる恋愛行為のジヤスチフイケーシヨン」とモダン・ガールの娼婦性を語ったように、この時期の女性身体への注目では、一九二二年にアメリカの産児制限運動家マーガレット・サンガーが来日した騒動を挙げるまでもなく、産児制限の方が遥かに現実的な話題であるにもかかわらず、「古い女」がなぜ堕胎を取り上げるのかも推察される。むろん現実問題として堕胎は行われてもいたであろうが、言説としては産児制限論すら受け入れられない時点で、さらに刺激的な堕胎を取り上げるのは、横光においてこの問題が、現実的な文脈で進行している女性の自己決定の問題としてではなく、「眼に見えた虱」のパーツ化された身体イメージの延長としてあるからであろう。「眼に見えた虱」の毒婦が心臓や子宮のパーツに切断されたように、母体と胎児は切断されるのである。堕胎については、現代においてもさまざまな議論があり、また、女性が母として生きれば前近代的・没主体的なわけでもない。だが、以下に見るように、このテクストにおける母の本質化が、雑誌自体の投稿システムと補完しあい、女性の生き方を画一化するなら、その母性を評価できないのは言うまでもなく、まして、ここでの身体のパーツ化や堕胎は、現代的な文脈で言われもするような、固定化した主体観や家族観の相対化にはなりえない。

すでに述べたように『女子文壇』を自称する『若草』は、実は、『女子文壇』が確立していた投稿システム、つまり、本や手芸の交換から文学的投稿へ、それを繰り返すことで本欄の著名な寄稿者と並び、まれには外部の雑誌へ、という明らかな連続的上昇機構[*8]は持たず、本欄と読者の投稿は分離されている。

平林たい子は、「原稿紙十枚以下の勢力しか蓄へない」「片足は必ず詩か短歌かコントか小説かに掛けてゐるが、残りの片足は必ずその何とも命名し難い雑文?・を確りと踏んでゐる」「女流文士」を痛烈に批判して「娼婦化」と呼んだが（「女流文士について、その他」一九二七・一二）、この文脈に従えば、『若草』のありかたは、階層構造を上りつめたとしても性的興味としてしか見られない女性特有の文学状況、その温床となってきた『女子文壇』的システムを否定したものともみえる。また、投稿家から作家になるのが一つのコースであったかつてのシステムが現実的ではなくなった、時代の推移もあるだろう。

だが、だからこそ、別の目標に向かう二つが、その過程においては偶然にも方向の一致を見ることはある。上昇する回路を持たない投稿は、特権的な文学を否定する一方で、「文芸の読者としての少女は、国務大臣よりも大学総長よりもすぐれてゐる場合が多い。それと反対に、文芸の作者としての少女は、昨日母の乳房を離れた三つ児よりも劣つている場合が多い」（川端康成「少女と文芸」一九二六・三）と依然として女性だけを読者にとどめおこうとする言説をも実現し続けるからである。「全女性を揺り動かすべき作品」の出現を望む平林の目標とは逆に、投稿は、始めからの茶番を運命付けられている。平林に「女流文士」と名指された生田花世の反論（「我田引水の勇を讃ふ」一九二七・一二）が、論争にもなりえなかったのは当然であるというべきであろう。その怒りは、平林に向けられるべきものではなかったからである。

『若草』の熱心な読者こそ、「あらゆる虐げられ辱められた無産大衆の解放」を知り、モダン・ガールではなく「正しい意味に於ける新しい女」たるべきだという江馬三枝子（「モダン・ガールと新しい女」一九二八・一）を、「あれこそ新しい時代への覚醒の鐘」（座談室、仙台・葛城うしほ、一九二八・三）と迎え、平林たい子のいう「娼婦化」に距離をとろうとする。その行き先はどこであるのだろうか。「古い女」の千枝子は、かつて作文を褒められたこともある少女であったはずである。

【注】

＊1　神谷忠孝「眼の衰弱——「眼に見えた虱」——」（『横光利一論』一九七八・一〇、双文社出版）、宮口典之「横光利一『眼に見えた

虱」論」（『名古屋大学国語国文学』一九九六・七）、松村良「『眼に見えた虱』の〈私〉」（『学習院大学文学部研究年報』一九九七）など。

＊2　小森陽一『構造としての語り』（一九八八・四、新曜社）にも指摘がある。

＊3　拙論「「けれど貴女！文学を捨ては為ないでせうね。」―『女子文壇』愛読諸嬢と欲望するその姉たち」（『文学』二〇〇二・一）をご参照いただきたい。

＊4　拙論「「人形の家」を出る―文芸協会上演にみる〈新しい女〉の身体」（『語文』二〇〇四・六）に述べた。

＊5　「新しくあること、新しさを書くこと、モダン・ガールを書くこと―大正10年代の文学的状況の中のモダン・ガール」（『名古屋近代文学研究』一九九八・一二）

＊6　ここで述べたことは論理上の先後関係であり、両作品の執筆時期の前後を意味しない。

＊7　中村三春「『花花』と純粋小説のアナトミー」（『文芸研究』一九九一・五）は類似の形式を「花花」に指摘している。女性誌掲載の他テクストにもつながる問題であろう。

＊8　北本美沙子「〈妊娠・出産〉は誰のものか―『女子文壇』における選者と投稿者の攻防―」（『埼玉大学国語教育論叢』二〇〇二・八）に詳しい。

付記　「眼に見えた虱」「古い女」の引用は『定本　横光利一全集』第二巻（一八八一・八、河出書房新社）に拠り、旧漢字は新漢字に改め、振り仮名は適宜省略した。

Ⅱ 作品の世界

昭和11年8月、モスクワのボリショイ劇場の前にて

「日輪」——裁かれざる〈太陽〉

安藤恭子

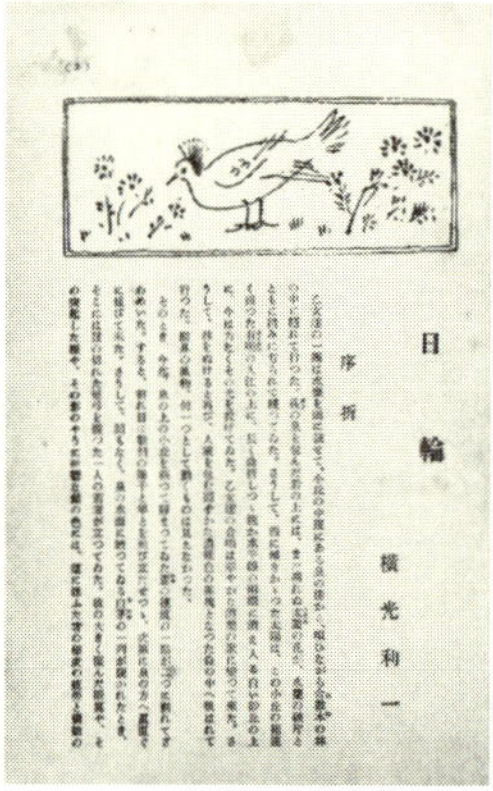
日輪
序章
横光利一

初出誌『新小説』大正12年5月号の冒頭

1

横光利一「日輪」(『新小説』大正12・5)は、「ギュスターヴ・フローベール(一八二一~八〇)の『サラムボー』(一八六二)、と言うよりむしろ生田長江(一八八二~一九三六)の翻訳(大正2、一九一三)とりわけその特異な文体による直接、間接の影響の下に、いわゆる新感覚派スタイルを創り出した記念碑的作品」と評される小説である。さらに、その影響は卑弥呼というヒロインの造形、それにかかわる〈月〉〈太陽〉などの「メタフォール体系」に関係しているとも指摘されている。[*1]次に挙げるのは、生田訳の一節である。[*2]

> その長い着物をきた彼女は、月のように青白く且つ軽やかに見えた。……而して月はこの乙女の上に一つの影響を及ぼした。月がほそつて来るとサラムボオは弱くなつた。終日疲れて弱つてゐても、晩になると元気を回復した。月蝕の間は、殆ど死んだやうになつてゐた。

一方、横光の「日輪」には、次のような一節がある。[*3]

> 「卑弥呼、見よ、爾は彼方の月のやうに美しい。」

「あゝ、爾は月のやうに黙つてゐる。冷たき月は欹けるであろう。爾は帰れ。」

両者に見られる〈月〉と女性との類縁性は、一九世紀西欧芸術の潮流の中でしばしば見受けられるものである。たとえば、〈月〉と女性表象の関連について、ブラム・ダイクストラは次のように述べている。[*4]

> 女性の青白さ、すなわち、その肌の白さ、病に冒された状態、「肺病的な」受動性の自然的原因を説明するためにも用いられた。……月と女性の類縁性——弱さ、模倣的性質、受動性、感情の満ち欠け——は、無視し去るには余りに多くの魅力的な象徴としての可能性を秘めた主題であった。

ダイクストラはさらに、男性原理の象徴である「太陽」から遠く、またわずかな光しか必要としないものである「月」は、女性の自己充足性の象徴でもあり、「月」と「太陽」は「男女両性間の闘争」を表象したものと論じている。

このように魅惑的であり、そうであるがゆえに男性を悩ませ、破滅させる女性は〈宿命の女《ファム・ファタル》〉と呼ばれたわけだが、「一九世紀＝近代における、人間の内部に隠された不可解なもの、非合理なもの、邪悪なものの象徴」、すなわち一九世紀末の男性中心社会が生み出した〈宿命の女〉とそれにまつわる「メタフォール体系」を日本は輸入したのである。たとえば、〈宿命の女〉に関する表象として、美術の分野では青木繁、鏑木清方、竹久夢二らの作品、文学の分野では谷崎潤一郎「刺青」、正宗白鳥「塵埃」、田山花袋「蒲団」、森田草平「煤煙」などが挙げられるが、横光の「日輪」もまた、この血脈を継いだものということになるだろう。[*5]

しかし、こうした諸作に「メタフォール体系」にもとづく共通点があったとしても、「日輪」の個別性がないわけではない。以下、その個別性を明らかにした上で、一九世紀末西欧芸術における〈宿命の女〉との共通点と差異が意味するところを考えてみたい。

2

「日輪」は、序とそれに続く「一」から「二十七」までの章によって成っているが、次に物語の転換点にもあたる「十七」から引用しよう。

数日の間に第一の良人を刺され、第二の良人を撃たれた彼女の悲しみは、もはや彼女の涙を誘はなかつた。……すると、今迄彼女の胸に溢れてゐた悲しみは、突然憤怒となつて爆発した。それは地上の特権であつた暴虐な男性の腕力に刃向ふ彼女の反逆であり怨恨であつた。……「あゝ、大神は吾の手に触れた。吾は大空に昇るであらう。地上の王よ。我を見よ。我は爾らの上に日輪の如く輝くであらう。」……卑弥呼の微笑の中には、最早や、卑狗も訶和郎も消えてゐた。さうして、彼等に代つてその微笑の中に潜んだものは、たゞ怨恨を含めた惨忍な征服慾の光であつた。

この部分は、卑弥呼が初めて自身を「日輪」と規定したところである。これ以前の「八」において卑弥呼は侍女から「地の上の日輪は我の姫」と讃えられていたが、それは、不爾の宮という閉じられた場所、また、「姫」対「侍女」という階級差のある女性同士の関係においてのみなされていたことである。奴国の長羅に襲撃される以前の「八」においては、卑弥呼は不爾の宮の姫としてゆるぎない力をあらかじめもっており、君長たる父、后たる母、また、自身の地位・容色にふさわしい婚姻相手をもつ完結した存在であった。共同体の中で下級の民を圧する保証された階級と魅力をもつ、すなわち、権力を有するという意味で卑弥呼は「日輪」と呼ばれていたのである。しかし、先に挙げた、婚約者である男性・大兄から卑弥呼が〈月〉にたとえられる部分は「二」にあたり、共同体で権力を有する状況においても、女性であるかぎりは、男性との関係において〈月〉と規定されていたのである。[*6]

こうした卑弥呼の状況は奴国の長羅襲撃によって一変し、「十七」では「地上の特権であった暴虐な男性の腕力」の前に、卑弥呼は父・母・婚約者・保証された階級のすべて失った。卑弥呼は、保証されない身の上となって、はじめて自らがその〈性〉において弱者であることを自覚し、女性を圧して「地上の特権」をもつ男性から権力の座を奪うことを目指すのである。しかし、そのための方法は、弱者としての〈性〉を逆手にとって利用し、暴力化することであった。

このように、〈階級〉〈美〉においては上位、〈性〉においては下位という権力構造の結節点に卑弥呼はおかれている。この結節点という卑弥呼の位置を変えることなくその状況を変化させることで、物語が展開するのである。「八」以前の卑弥呼は、君長としての父の庇護の下での共同体の「日輪」であり、同時に、〈性〉の充足を与えてくれる婚約者の下での「月」であるという二面性―というより、一対の価値を安定したかたちで体現していた。「日輪」と呼ばれながら、男性がさらに上位の「日輪」であることによって輝く「月」、それが卑弥呼であり、この場合、「月」はかならずしも絶対的な弱者ではない。階級と美による権力が「月」である安定を保証していたからである。これに対して「八」以降の卑弥呼は安定の基盤を失い、その基盤を奪われた「怨恨」から男性への復讐を誓い、男性を「日輪」として自らの上に戴かない絶対的な「日輪」であることを志向する。しかし、それは自らの〈性〉的魅力を戦略化し、男性の関心を引くことでしか達成されない。強者でもあった「月」が弱者となって絶対的な「日輪」を志向したとき、「八」以前には顕在化しなかった矛盾が卑弥呼という結節点に明らかになる。そして次第に、卑弥呼自身にもその矛盾が自覚されていくのである。

〈月〉〈太陽〉のメタファーが「日輪」の中で具体的にどのように用いられているか確認してきたが、この小説がこうしたメタファーをどのように構造化しているかを問題にする上で、この小説の結末は重要な意味をもつと考えられる。この小説は、卑弥呼が絶対的な権力を握ることが示唆されているものの、その前夜で物語は終息してしまう。それればかりではなく、この小説は絶対的な権力を握っても、決して卑弥呼が矛盾から解放されないことが示唆されて終るのである。こうした結末のありように、どのような問題があるのだろうか。

3

卑弥呼は、勝ち残ったとはいえ、小説の最後に次のような言葉を残している。

「大兄よ、大兄よ、我を赦せ。彼を刺せと爾は云ふな。」

卑弥呼は頭をかへると剣の上へ泣き崩れた。

「大兄よ大兄よ我を赦せ。我は爾のために長羅を撃つた。我は爾のために復讐した。ああ、長羅よ長羅よ、我を赦せ。爾は我のために殺された。」

大兄は婚約者、長羅はその婚約者を殺した仇である。この両者ともに許しを請う卑弥呼は一見矛盾しているかに思える。しかし、この両者の共通点は、卑弥呼が戦略とは無縁の安定した「姫」として生きていたころ、卑弥呼に惹きつけられた男性たちであるという点である。大兄の仇を討つためとはいえ、他の男を〈性〉の力で翻弄し、結婚さえした卑弥呼は、大兄への裏切りを常に意識せざるを得ない。また、無意識なままの魅力、つまり自分の存在そのものが長羅を破滅させたことへの罪悪感と、命を捨ててまで卑弥呼に執着し続けた長羅への憎みきれないある種の愛着。それがまた、大兄への裏切りともなる苦悩。戦略とは異なる地点で関わった男性への卑弥呼の思いは、当然、ナルシズムを根底にした、「姫」であった頃へのノスタルジーに通じる。

このように小説の最後にいたって苦悩のただ中にある卑弥呼に関し、田口律男は「弱さをひめ、移ろい易い心を持ち、恋にふりまわされ、しかも一方で、妖しい神秘的な美を所有する」卑弥呼の「〈月〉的要素の根強い本質」を指摘し、「卑弥呼は、自らの内にこうした〈月〉的要素を温存させている限り、決して〈日輪〉にはなれず、やがては〈日輪〉の仮面の内と外とで分裂し、より深い〈悲しみ〉へと沈みこまなければならなくなるのである。ここに、卑弥呼の最も本質的な葛藤と悲劇があると見てよい」として、「日輪」は「歴史小説の範疇からはほど遠」い、「パトス（受動、受苦）的存在」である卑弥呼の「性格悲劇」であると規定している。しかし、ここで問題なのは、女性表象の歴史的問題として卑弥呼をとらえず、絶対的なカリスマではない「人間卑弥呼」を表象するメタファーとして〈月〉をとらえ、卑弥呼のノスタルジーを単なる「性格悲劇」に見てしまう／見せてしまうことなのではないだろうか。[*7]

ここでその問題を考えるために、『青鞜』（一九一一年九月創刊）における〈月〉〈太陽〉のメタファーとそれをめぐる議論を取り上げたい。『青鞜』においては、〈水〉〈月〉〈太陽〉のメタファーを用いた女性表象が女性の手によってなされている。一九世紀西欧芸術における女性表象を受容した日本の文化状況の中で、メタファーの使用、構造化にどのような可能性／不可能性があり得たのか。この問題は、「日輪」のメタファーの使用、構造化を考える上で重要な補助線だと考えられる。まず、次に挙げるのは「日輪」の冒頭の一文である。

乙女達の一団は水瓶を頭に載せて、小丘の中腹にある泉の傍から、唄ひながら歡《ママ》木の中に隠れて行つた。

この一文は、〈水〉と結び付けられた古代の女性の表象であり、『青鞜』の表紙絵との関連が指摘される青木繁「わだつみのいろこの宮」を想起させる。山崎明子は、長沼智恵子が描いた『青鞜』の表紙絵の女性像を、水差しを持つ女王もしくは女神とし、「西欧において一九世紀中葉から神話・伝説の発掘、研究が活発になり、その結果として神話世界の描写がくりかえされた一連の世紀末芸術」、また、「一九世紀末にしばしば日本にも紹介された西洋古代の美術品に描かれた女性イメージ」の影響を指摘した。[*8] その影響から考えて、表紙絵に描かれた女性像は、ニンフ、セイレン、ウンディーヌなど水底の女をモティーフとした〈女性嫌悪〉〈宿命の女〉の原型である〈水の女〉を想起させるとする。その上で、山崎は「ミゾジニーの典型的な図像でありながら、ここではそうした意図を逆手に取って自立的な女性像として提示されている」と評価する。さらに、〈月〉と〈太陽〉については、平塚らいてうの「元始、女性は太陽であつた」「今、女性は月である。他に依つて生き、他の光によつて輝く、病人のような蒼白い顔の月である」という宣言とその他の表象から、「主体としての女性」を求めながら、「新しい女」対「古い女」＝「西欧」対「日本」という図式の中で、「新しい女」のイメージを西欧に求めざるを得ず、〈宿命の女〉〈母なる聖女〉という西欧社会の男性の欲望から生み出された二種類の女性の類型が表象されざるを得なかったと論じている。この山崎論は、男性中心社会が生み出した文化的土壌の中で言語を獲得した女性が、それを戦略的に用いる可能性を『青鞜』におけるメタファーの使用に見出しながら、その文化的土壌の中で戦わなければならない限界点について論じていると言えるだろう。

それに対して、中島美幸は、青木繁「わだつみのいろこの宮」との関係を具体的に分析し、智恵子の表紙絵の〈女性像〉を、古代エジプトの女性を思わせる「水の中の女」「謎の女」であるとする一方、山崎論に異を唱えて、「「ミゾジニーの典型的な」「女性像」とみなされる女性イメージこそ」を『青鞜』の女性たちが「進んで希求したのではないか」と論ずる。[*9]〈月〉と〈太陽〉に関しても、らいてうが〈月〉と女性の類縁性が強化される時代潮流に反発し、〈女性の「天才」〉を〈太陽〉に象徴させたのに対して、与謝野晶子は、西欧象徴主義において「結核患者」をロマンチックに「天才」と肯定する際

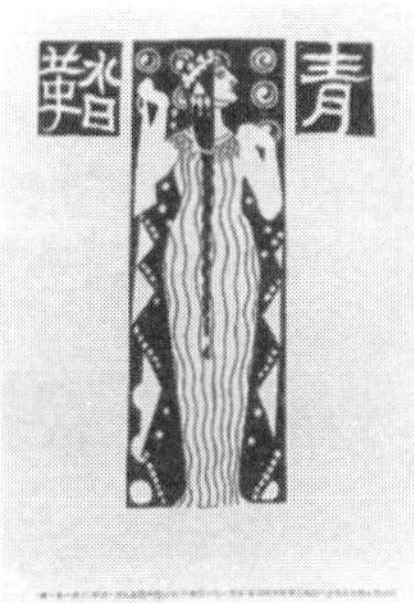

▲『青鞜』１巻１号表紙絵
◀青木繁　わだつみのいろこの宮

に用いる「青」と関連させて女性を〈月〉に表象したとし、『青鞜』の中ではむしろ晶子の女性表象の方法が優位になっていたことを検証、「ままならない現実の中で女性たちが内に溜めた鬱屈を吐露する場」ともなった『青鞜』において、女性たちが〈月〉という自己イメージをむしろ強化させていったと論じている。「男たちの作り上げた象徴体系を破壊し、新たな女性像を構築していく作業がいかに困難なものであるか、『青鞜』はその闘いの記録なのである」とする中島は、可能性というより不可能性をくくりだすことで、『青鞜』の闘いそのものを評価しているのである。

山崎論・中島論を参照するとき、次のことが言えるだろう。日本が近代化の過程で受容した西欧の社会的文化的動向および男性中心社会が作り上げた「メタフォール体系」は、日本における芸術諸分野の中で反復された。反復は、男性たちによっても、『青踏』に寄稿した女性たちによってもなされたが、その反復の様相は個々に異なり、とりわけ女性表現者の表象においては、当時の社会の中での自己認識と自己確立の問題が構造的にあらわれており、それに対する現代の評価も多様な視点からなされうるのである。

このように、一九世紀末西欧芸術の日本における受容の展開とその評価を補助線にするとき、横光利一という一表現者の作家的展開という視点から卑弥呼という女性を「人間」と一般化するのではなく、近代西欧——日本の女性表象の諸問題を同時代状況、ならびに、歴史的展開の中で検証しつつ「日輪」を評価する視点が必要であることが確認されるだろう。

4

最初に問題にした、フローベール『サラムボー』について、再び別の角度から考えてみたい。卑弥呼もサラムボーもともに〈宿命の女〉であると指摘されているが、重要なことは、ともに〈宿命の女〉をヒロインにしながら、「日輪」と『サラムボー』の最大の差異が「個を超えた政治や社会に向けられた眼差しの有無」[*10]だという点であろう。

古代カルタゴの傭兵戦争に題材を取った『サラムボー』について、中島太郎は次のようにまとめ、論じている。[*11]『サラムボー』は、カルタゴ共和国が抱えるかつての分裂の記憶、そのトラウマでもある傭兵の多国籍性・雑多性と、そうした異質なものを排除して均質な統一性を回復しようとする共和国との戦いの物語である。サランボーの神聖な肉体は父を媒介として共和国に従属しており、父＝国家にとって管理された不自由な身体であった。そのサラムボーが聖衣を奪還するために単身敵将マトーのテントに乗り込み、神聖な肉体を喪失する。しかし、サラムボーは清浄な（propre）身体を放棄することで、はじめて身体を自己に固有な（propre）ものとして意識し始めた。自らの肉体の神聖を冒したマトーにもう一度会いたいと思うサラムボーの身体は、均質な聖域を毀損された共和国とは同一のものではなくなる。共和国の均質性を毀損したマトーの公開処刑という報復、サラムボーの婚姻という均質性の回復によって物語は閉じられようとするが、そこでサラムボーは唐突に死ぬ。「かくのごとくアミルカアルの女は死んだ。なぜならば彼女がタニットのマントルに触ったからである」という最後の言葉は謎めいており、合理的な死の理由が詳しくは語られない。中島はそれについて、「女性原理」をつかさどるタニット神は豊穣さの象徴であり、過去の共同体の分裂のトラウマに通じるものとして、共同体の存立基盤であると同時に、共和国の統一を危うくするものと論じている。サラムボーの死は均質性を脅かす豊穣という共同体の起源にふれたためのものであった。「自己に固有な身体をもとめて反逆する」サラムボーの脅威の身体は葬られたのである。

中島の分析を参照したとき、「日輪」と『サラムボー』の差異を二点挙げることができる。まず一点目は、生田長江訳と近似した文体を採用した「日輪」だが、『サラムボー』において重要な意味をもつ言語・文化の多様性は存在しないという点である。『サラムボー』に登場する多国籍軍の傭兵たちは同一の言語を用いておらず、その多言語性は共和国内部の脅威として描かれている。つまり、一つの共和国がその内部に多数の境界をもち、その雑多さこそが物語の動力となっているのである。しかし、「日輪」においては、卑弥呼が父・母・大兄を殺され、不彌の国から奴国、邪馬台へ物語の空間は移動するが、この三国の違いは権力者の個人的性質の違いとして描かれるのみで、言語や君長を中心とした社会体制に違いはない。卑弥呼が超える境界は、自らが権力者の側にいた空間と、権力者に身体を所有されるおそれのある空間との間にあるものである。サラムボーが均質な聖域に管理された身体を、雑多で豊穣な空間に乗り込むことで解放したのに対して、卑弥呼にとっては父・母・夫に管理されることで充足していた過去の空間こそ望ましいものであり、だからこそ、その空間から外部に出たとき、ノスタルジーに侵されるのである。

もう一点、それは、『サラムボー』のように、共同体の理念に抵触する、つまり、男性中心社会の安寧を脅かす〈宿命の女〉には、死という裁きが下されるのが通例であるのに対して、「日輪」の卑弥呼は生き残り、女王として共同体の長となるという点である。

この点を考えるために、〈宿命の女〉と共同体の物語として、当時日本にも紹介されていたオスカー・ワイルド「サロメ」[*12]を参照してみたい。工藤庸子は、フローベール「ヘロデリア」とワイルド「サロメ」を取り上げ、新約聖書の登場人物・サロメが、なぜ「サロメ幻想」といえるまでヨーロッパ近代の文化の中で増殖・反復していくのかを考察し、そこに見られるヨーロッパ近代のオリエンタリズム、植民地主義について論じている。[*13]先に述べた一九世紀西欧の古代趣味とは、オリエントの凋落とキリスト教文明の隆盛という図式の中、西欧が自らの文明の起源を「科学的」に探究することによって、オリエントを所有する一つの様式なのである。また、ダイクストラは、ユディト、オルフェウスなどの女性による男性の斬首について分析し、物質に対する精神の勝利を意味する男性の頭蓋、すなわち、進化した男性の頭蓋を斬首するのは、動物的自我を有する退化し倒錯した女性であることを、一九世紀後期の芸術家と知識人は詳細に表現したと論ずる。進化した男性の首を所望した「ヘロデアスの娘、猶太の女王サロメ」は、「あの女子を殺せ」という王の一言によって圧殺されるのだが、「女性を処刑することは、自然の均衡を取り戻し、野獣を追い払い、男性の堂々たる支配の地位を復帰させることであった」というわけである。ダイクストラはさらに、退化した女性と人種を結びつけ、女性皆殺し（ガイニサイド）と人種皆殺し（ジェノサイド）を重ね合わせ、西欧近代の人種差別的、性差別的進化の夢に言及している。[*14]

西欧近代の「メタフォール体系」を共有するということは、すなわち、西欧近代中心主義、男性中心主義を共有することに通じる。しかし、「日輪」において、なぜ卑弥呼は裁かれないのか。まず、そこに見出される古代が、日本の外部ではなく、日本そのものの起源として呼び出されているものだということが指摘できるだろう。空間的な差異をもたず、時間の遡及のみによって見出された古代は、近代の対極としての「野蛮」、暴力、そこに描かれる身体の即物性といったロマン主義的嗜好と近代的小説手法を生かせる対象としての歴史的〈事実〉である。西欧芸術思潮の文脈の中で見出された古代のヒロイン・卑弥呼には、近代によって生み出された〈宿命の女〉が投影されながら、日本の歴史的〈事実〉として君臨しなければならない。その矛盾の中で最も重要な点は、共同体を攪乱する要素をもちながら、最終的に卑弥呼がもたらしたものは何か、という点である。卑弥呼はむしろ、その処刑によって共同体の秩序が回復するといった〈宿命の女〉ではなく、野獣のように凶暴で制御不能の男性権力者の横暴によって揺るがせられた共同体の救世主となっている。ヒロイン・卑弥呼は、男性中心の社会構造を解体する力をもった「日輪」ではなく、共同体の再生、拡大、再統合の要となる「日輪」なのである。その意味で卑弥呼は、なにものも揺るがさず、したがって処刑される必要はない。

「日輪」は、卑弥呼という〈宿命の女〉の意匠をまとった男性中心社会の守護神をヒロインにした古代ロマンである。そこに見られる「メタフォール体系」は、その規定において構造化され、一貫性をもっているということができるだろう。

【注】

＊1　滝澤　壽「G・フローベールと横光利一―生田長江訳『サラムボオ』から『日輪』へ―」（『人文科学論集　文化コミュニケーション学科編』〈信州大学人文学部〉二〇〇一・三）より引用。

＊2　一九一三年の博文館版を収めた『世界名作全集　一一二　サラムボオ』（一九三二、春陽堂）より引用。

＊3　『定本　横光利一全集』第一巻（一九八一、河出書房新社）より引用。

＊4　『倒錯の偶像―世紀末幻想としての女性悪』（一九九四、パピルス）より引用、参照。

＊5　岩佐壮四郎『世紀末の自然主義―明治四十年代文学考―』（一九八六、有精堂）より引用、参照。

＊6　卑弥呼以外の女性、たとえば「二十五」で自決する香取は、宿禰の娘という比較的階級の高い女性に生まれながら、長羅の関心を引くことができず悲劇的な運命をたどる。さらに、共同体に殉じたと評価された香取の死は、他の女性たちをも自害に追い込んでいく。卑弥呼は、こうした他の女性たちの上位にあり、共同体に処刑されることはないものの、男性中心主義の共同体の暴力は違ったかたちで卑弥呼の上にも作動しているのである。

＊7　「横光利一『日輪』論―悲劇とパトス―」（『国文学攷』一九八五・六）より引用、参照。

＊8　「青鞜の表紙絵―イメージとしての『新しい女』（日本文学協会新フェミニズムの会編『「青鞜」を読む』一九九八、學藝書林所収）より引用、参照。

＊9　「詩と絵画に見る『青鞜』の女性像　「青」のメタファー」（飯田祐子編『「青鞜」という場―文学・ジェンダー・〈新しい女〉』二〇〇二、森話社所収）より引用、参照。

＊10　＊1に同じ。
＊11　『フランス文学語学研究』（二〇〇二・二）より引用、参照。
＊12　その嚆矢として、森林太郎口訳「戯曲　サロメ」（『歌舞伎』一九〇九・九）が挙げられる。引用も、同テクストからおこなった。
＊13　『サロメ誕生―フローベール／ワイルド』（二〇〇一、新書館）より引用、参照。
＊14　＊4に同じ。

「春は馬車に乗つて」
——病と女性身体の表象

内藤千珠子

初収本『春は馬車に乗つて』昭和2年1月、改造社（復刻版）の表紙

女性の身体表象は、近代の言説論理において、つねに病の比喩に彩られながら意味づけられてきた。近代的な衛生の体系が整えられる過程では、理想化された国民の身体は病との距離によって析出されることとなり、女性や他民族、下層階級あるいは被差別部落は、病んだ身体を把持する他者として差別され、排除されてゆく。[*1] なかでも、西洋医学の影響下で、月経が病理的なものとして扱われるようになったことに伴い、女性身体は「病の器」と位置づけられた子宮に代表されるようにして記述され、[*2]「子宮病」「血の道」を語る言説のなかで、治癒不可能な病を内在させたものとして意味づけられていたのだった。[*3]

小説「春は馬車に乗つて」（『女性』一九二六・八）に描き出されるのは、結核を病んだ妻と、妻を介護する視点人物「彼」との関係性である。潜在的に病んだ存在と措定された女性が病を患う、という設定それ自体には、言説論理に行き渡った比喩を重層化する物語性が孕まれるが、その一方で、作品設定には作家の伝記的事実との重なりがある。周知の通り、一九二六年六月、横光利一は最初の妻となるキミを結核によって失っている。周囲の反対があって、結婚には四年の歳月を要したというが、そののちに訪れた結婚生活は、キミの病死によって、三年足らずで閉じられたのであった。

そうした背景ゆえに、「春は馬車に乗つて」は、私小説的な読解を許容するものとして受け取られ、[*4] 病んだ妻を登場させる作品系列、すなわち、「妻」（『文芸春秋』一九二五・一〇）、「蛾はどこにでもゐる」（『文芸春秋』一九二六・一〇）、「計算した女」（『新潮』一九二七・二）、「美しい家」（『東京日日新聞』一九二七・一月一七日）、「花園の思想」（『改造』一九二七・二）等、「病妻もの」「病妻物語」[*5]と呼ばれる作品群との関わりにおいて論じられている。[*6]病と女性とが二重に結び合わされた地点には、当然のように、紋切り型の表象を伴いながら、差別と親和した物語の力が現象してしまうが、横光の病妻ものにあっては、そうした定型を引き寄せはしつつも、独特な表象の連鎖が生じている。[*7]本稿では、先行研究の成果を念頭に、病と女性が交差させられた横光のテクスト群における表象の連なりを検討しつつ、「春は馬車に乗つて」の言葉の構造を考察することを企図している。病んだ妻のモチーフを前景にもちながら連繋するテクストを分析の対象とし、病と女性をめぐる定型との関わりに注意を払いながら、引用されあう表象の機構について、素描を試みたい。

1　「鎌切り」とセクシュアリティ

掌編「妻」に登場する妻は、「長らく病んで寝てゐた」。雨上がりの庭で、「倒れた花を踏まないやうに足を浮かせて歩いて」いた「私」は、「不意に辷つ」て「乱れた花の上へ仰向けに倒れ」てしまう。夫の「辷つ」た姿を認めて妻は、「身体を振つて笑」う。

病める妻にとつて、静けさの中で良人の辷つた格好は何よりも興趣があつたに相違ない。初めの頃は私が辷ると妻の顔色も青くなつた。それがだんだんと平気になり、第三段の形態は哄笑に変つて来た。私達は此の形態の変化を曳き摺つて此の家へ移つて来た。

「赤ちやんがほしいわ。」と、突然妻が云ひ出すことがある。

さう云ひ出す頃になると、妻は何物よりも、ユーモラスな良人の辷つた格好から愛すべき風格を見附け出す。その次ぎの第四の形態は何か。私は次ぎに来る左様なことを考へるものではないと考へる。

引用場面に「突然」現れる「赤ちやんがほしいわ。」の台詞は、「第三段の形態」に含まれた夫婦間の性的関係、ヘテロセクシズムにあって許容された「正しい」セクシュアリティのかたちを暗示しているが、[*8]直後に続く、翌朝の「葡萄」のエピソードは、それを食欲、食べることという問題系へと媒介する役割を帯びている。葡萄棚で「私」の口に含まれた一粒の葡萄、「うまい」と言った「私」の声に感応して「私にもよ、私にもよ。」と手を差しだす妻、手渡される一房の葡萄、「まア、おいしい。口がとれさうよ」と言う妻の声。この食べることという主題には、「鎌切り」の表象が接ぎ木される。

私はふと傍の薔薇の葉の上にゐる褐色の雌《めす》の鎌切りを見附けた。よく見ると、それは別の青い雄《をす》の鎌切りの首を大きな鎌で押しつけて早や半分ほどそれを食つてゐる雌の鎌切りだつた。

「なるほど、これや夫婦生活の第四段の形態だ。」と私は思つた。

雄は雌に腹まで食はれながらまだ頭をゆるく左右に振つてゐた。その雄の容子が私には苦痛を訴へてゐる表情だとは思へなかつた。どこかむしろ悠長な歓喜を感じた。その眼の表情には確に身を締めつけられるやうな恍惚とした喜びがあつた。

「私」の眺めるのは、交尾中に雌が雄を食べてしまう場面であり、そこに「悠長な歓喜」、「身を締めつけられるやうな恍惚とした喜び」という言葉があてられることによって、食べることは、はっきりとエロティックな表象と化してゆく。この瞬間の関係性を「夫婦生活の第四段の形態」と指すことで、夫のまなざしのなかには、うっすらと妻と自分の未来が予見されるというわけなのだが、「私」はさらに、「雇つてある老婆」を呼んで、鎌切りのセクシュアリティを第三者の視線にさらそうとする。

「鎌切りの女は亭主が入らなくなると食ひ殺すんだ。」という「私」の言葉に唆され、老婆は「心から腹を立て」、鎌切りの雌を「憎い奴」と罵る。二十代で夫と別れ、その後四十年、独身で通したという老婆について「私」は、「彼女は今も烈しい毒を体内に持つてゐた」と評する。彼女は「すつかり」雄を「食つて了つた」雌を殺してしまうが、「私」の意識に統御された論理においては、微かなミソジニーを経由しつつ、この老婆の「烈しい毒」が鎌切りの雌に与えられた死と因果関係を結ばされている。さらに、食べることを媒介にしたエロティックな関係性は、老婆の無理解によって一般性を奪われ、「私」、あるいは「私」と妻との間にのみ適応可能な固有の感触となるのである。

小説の末尾には、「無花果、入らないか。」「はーい。」という「私」と妻の、食べることを媒介にした声のやりとりが響き、「私」の視界の奥に見えた「幼い子供が母の云ふことをよくきいてゐる清らかな姿」の記述によって、作品は結ばれる。

さて、鎌切りの表象と食べることをめぐる主題系は、「春は馬車に乗つて」と極めて親しい引用関係をとりもっている。「春は馬車に乗つて」の冒頭には、夫婦のすれちがう会話、その結果訪れる沈黙が記されている。二人の現在が「哄笑」に満たされた「第三段の形態」から「第四段の形態」へと移ったことが暗に呈示されてもいるのだが、「あたし、早くよくつて、シヤツシヤツと井戸で洗濯したくつてならないの」、「あなたにもつと恩を返してから死にたい」、「もつといろいろすることがあるわ」といった言葉の連なりは、「彼」の目線のなかに描き出される「渚では逆巻く濃藍色の背景の上で、子供が二人湯気の立つた芋を持つて紙屑のやうに坐つてゐた」という光景とも共鳴しあい、夫婦の間の子どもの不在を透見させる機構を形成しているだろう。「妻」の末尾に現れた「幼い子ども」と「母」の姿と同様、夫の視界のなかでは、「赤ちやんがほしいわ。」という妻の台詞を響かせながら、子どもの不在が逆照射されている。病を患うことと、子どもを産めないこととが二重に結合した地点には、生殖セクシュアリティの欠損が標されている。すなわち、小説テクストの外枠には、制度の要請するあるべきセクシュアリティの姿が書き込まれているのだ。

そして、テクストの表層には、次に引用するように、食べることのエロティックな表象がせりだしてくる。

彼は砂風の巻き上る中を、一日に二度づつ妻の食べたがる新鮮な鳥の臓物を捜しに出かけて行つた。彼は海岸町の鳥屋といふ鳥屋を片端から訪ねていつて、そこの黄色い俎の上から一応庭の中を眺め廻してから訊くのである。

「臓物はないか、臓物は。」

彼は運好く瑪瑙のやうな臓物を氷の中から出されると、勇敢な足どりで家に帰つて妻の枕元に並べるのだ。

「この曲玉のやうなのは鳩の腎臓だ。この光沢のある肝臓は、これは家鴨の生胆だ。これはまるで、噛み切つた一片の唇のやうで、此の小さな青い卵は、これは崑崙山の翡翠のやうで。」

すると、彼の饒舌に煽動させられた彼の妻は、最初の接吻を迫るやうに、華やかに床の中で食慾のために身悶えした。彼は惨酷に臓物を奪ひ上げると、直ぐ鍋の中へ投げ込んで了ふのが常であつた。

妻は檻のやうな寝台の格子の中から、微笑しながら絶えず湧き立つ鍋の中を眺めてゐた。

「お前をここから見てゐると、実に不思議な獣《けもの》だね。」と彼は云つた。
「まア、獣《けもの》だつて。あたし、これでも奥さんよ。」
「うむ、臓物を食べたがつてゐる檻の中の奥さんだ。お前は、いつの場合に於ても、どこか、ほのかに惨忍性を湛へてゐる。」

病んだ妻の「臓物」への「食慾」は、明らかに「彼」の言葉に装飾されることによって亢進しており、「彼」の言葉そのものに欲情していると見ることもあながち不可能ではあるまい。「最初の接吻を迫るやうに、華やかに床の中で食慾のために身悶えした」といった比喩が示すとおり、妻の食欲は、性的な表象として言葉の上に立ち現れている。この場面には、先に見た「妻」のなかの鎌切りの交尾場面、「第四段の形態」が反響していよう。獣のような惨忍性をもった妻の食欲に、夫は脅えながらも欲情していると言ってよい。妻の死を予感しながら看病する夫は、「苦痛を、譬へば砂糖を甜める舌のやうに、あらゆる感覚の眼を光らせて吟味しながら甜め尽してやらうと決心」してもいる。「臓物」を欲する妻の食欲は、「私」の側の「苦痛」を伴いながら現出するのである。喰われる男の恍惚は、苦痛と連結しあっている。

2 境界と両義性

病勢の進んだ妻と夫とのやりとりは、苛烈さを増してゆく。

彼女は彼の持つてゐる紙をひつたくると、自分の痰を横なぐりに拭きとつて彼に投げつけた。
彼は片手で彼女の全身から流れ出す汗を所を撰ばず拭きながら、片手で彼女の口から咳出す痰を絶えず拭きとつてゐなければならなかつた。彼の蹲んだ腰はしびれて来た。彼女は苦しまぎれに、天井を睨んだまま、両手を振つて彼の胸を叩き出した。汗を拭きとる彼のタオルが、彼女の寝巻にひつかかつた。すると、彼女は、蒲団を蹴りつけ、身体をばたばたと波打たせて起き上らうとした。[…]
彼は楯のやうに打たれながら、彼女のざらざらした胸を撫で擦つた。
しかし、彼は此の苦痛な頂天に於てさへ、妻の健康な時に彼女から与へられた自分の嫉妬の苦しみよりも、寧ろ数段の柔らかさがあると思つた。してみると彼は、妻の健康な肉体よりも、此の腐つた肺臓を持ち出した彼女の病体の方が、自分にとつてはより幸福を与へられてゐると云ふことに気がついた。

こうした記述の中では、濱川勝彦が指摘する通り[*9]、スーザン・ソンタグの言う隠喩としての病[*10]は避けられ、即物的な描写の重なりによって、病を美化する方向性は消去されている。病人、あるいは病の比喩が附着した他者の表象にあっては、自らの身体を密閉したものとして統御することができない、溶融した境界イメージが描き出されるが[*11]、病者としての「彼女」の身体は、「全身から流れ出す汗」、「口から咳出す痰」によって、境界の開かれを強調されている。「流れ出す汗を所を撰ばず拭き」、「片手で彼女の口から咳出す痰を絶えず拭きとつて」いる「彼」の身体は、密閉されない、境界の溶け流れる身体と直に接触し、深々と混じり合うのである。「彼女のざらざらした胸を撫で擦つ」ているとき、妻の身体境界は夫の触覚表象において確認され、可視化されるが、確認されるのと同時に侵犯の可能性が生まれてしまう、といった境界それ自体の性質によって[*12]、夫は柔らかに、妻と境界を溶かしあわせてしまうのだ。

「此の腐つた肺臓を持ち出した彼女の病体」によって与えられた「幸福」、それはまさに、鎌切りが「すつかり」食べ尽くされて一体になってしまう状態を志向したものにほかならない。「彼に斬りつけたくてならないやうに」「頭を研ぎ澄ます妻に対し、夫の方は、「もうここらで俺もやられたい。」「もう直ぐ、俺も参るだらう。」と、死を望むような弱音を見せる。こうした台詞は、病んだ妻、あるいは妻の病に浸蝕されて喰い殺されることと同一の構造を示している。境界の内側に取り込まれてしまうことに対する苦痛や怯えと、恍惚や幸福とが、対立し、矛盾しあいながらも結合するという構造は、「美しい家」においても「苦しみとは何か」「喜ぶためだ」と、喜びと苦しみの複合として現れているし、「花園の思想」では「何故にわれわれは、不幸を不幸と感じなければならないのであらう。」「葬礼を婚礼と感じてはいけないのであらう。」といった認識において表出している。このような両義的なものの融和は、方法論的な問題系と関連しあったものだと言えようが[*13]、セクシュアリティの意味性を輻輳する境界の表象にあっては、グロテスクなものとして記述される女性身体の構成が引用されてもいるだろう。[*14] しかしながら、病の妻と、夫との間に現出させせられるセクシュアリティは、病の比喩や女性表象の定型構造を歪曲しながら吸収し、食べることの表象を介して、個別的な特異性を示すのだ。

3

身体の外郭

「蛾はどこにでもゐる」では、病で死んだ妻が蛾になぞらえられる。妻を亡くしたばかりの「彼」が眠りにつこうとしたとき、「不意に」「粉を飛ばせて彼の頬に突きあたつ」てくる「一疋の白い蛾」、「彼」に打ち落とされても「奇怪な速さで突きかかつて」くる攻撃性を備えた蛾、「彼の寝てゐる匂ひを嗅ぐやうに羽根を揃へてじつとしてゐ」る蛾。蛾は、彼の周囲に毎夜現れ、とうとう「彼」は「これは妻だ。」と思うに至るのだ。「あの愛すべき妻が、事もあらうに此の憐れな蛾の姿になつてゐると思ふと」「涙を流さずにはをれなかつた」という認識からも、蛾の表象にあっては、美的なものに組み合わされたおぞましさが構成されていると言ってよいだろう。

「蛾はどこにでもゐる」の冒頭では、「腹に妻の血を蓄へて飛んでゐるのを見ると、妻の死骸よりも、蚊の腹の中で、まだ生きてゐる妻の血に胸がときめくのを感じ」てしまう。蚊の腹に蓄えられた妻の血。すなわち、蚊は、妻の内部を埋める外郭を表象しているのだ。「血」が女の治らない病を内包するものとして本質化されていた以上、「血」に対する欲情において、死んだ妻が女性表象の位相で一般化されてしまうことは否めない。妻の身体は病気を入れる器として表象されてしまうだろう。それゆえ、「計算した女」においては、妻を失った男は「病気の女」を媒介にして妻の記憶を想起することになるのである。

表象の連鎖において生成された独特な両義性は、既存の言説構成と手を取り合っていると言わなければならないし、亡くなってしまった不在の妻との距離が拡がれば拡がるほど、妻は美的に形象化されることになり、[*15] 定型に蝕まれてゆく。

視点人物としての夫の側から他者化された構図に閉じ込められた妻は、他者として声を奪われた存在にほかならないが、「彼の持つてゐる紙をひつたくると、自分の痰を横なぐりに拭きとつて彼になげつけ」「天井を睨んだまま、両手を振つて彼の胸を叩」く、「春は馬車に乗つて」の妻は、その過剰な身体行為において、定型を拒絶する力学の中心に浮かび上がる。その言葉の力は、鎌切りや蛾の表象と連なりあって、読者の認識を食い破ろうとせずにはおくまい。

【注】

＊1　言説空間における差別の論理と病の比喩については、拙著『帝国と暗殺―ジェンダーからみる近代日本のメディア編成』（二〇〇五、新曜社）において論じた。

＊2　川村邦光『セクシュアリティの近代』講談社選書メチエ、一九九六、77頁。

＊3　小平麻衣子は、「病を認定した医学こそが、医学の無力を証明してしまう治せない病としての女性を一括して医療の対象から放擲し、安心して売薬の領域にゆだねようとする」と指摘している（「医療のお得意さま―『行人』をめぐる身体の階級」『漱石研究』二〇〇二・一〇）。また、広告言説にみられる「子宮病」「血の道」の言説論理に関しては、拙著『帝国と暗殺』（前掲）において論じた。

＊4　伊藤整「横光利一文学入門」（『文芸・横光利一読本』一九五五・五、河出書房）は、この作品を「新感覚的な手法」と「人間的生気」「自然感情的なもの」との「融和」が「頂点」に達したものとして評価している。また、『横光利一文学事典』の作品鑑賞では、この作品が新感覚派的であるのか、私小説的であるのかという点から論じられることが多かったという指摘のもと、研究史的な流れを、新感覚派的な技巧と私的な情感との齟齬を指摘する論評、二つの要素が存在することを評価する論評、新感覚派と関連づけず論じた評価といった三つの傾向に整理している（八木泉「春は馬車に乗つて」解説、井上謙・神谷忠孝・羽鳥徹哉編『横光利一事典』二〇〇二、おうふう、170～172頁）。

＊5　「春は馬車に乗つて」、「蛾はどこにでもゐる」、「花園の思想」は病妻もの三部作とみなされているが、濱川勝彦は、横光利一の妻・キミの発病から死後にいたる経緯を作品化したものとして、他に「美しい家」「妻」「計算した女」「担ぎ屋の心理」（『大調和』一九二七・八）を含めるべきだと述べている（『論攷　横光利一』二〇〇一、和泉書院）。

＊6　栗坪良樹は、病妻ものを私小説的に評言する態度を批判しつつ、妻の死を「動機として横光がいかなる虚構を構築するか」という観点から、妻の死というモチーフを扱った作品について論じている（「横光利一の虚構と体験―妻の死をめぐる諸作其他」『横光利一論』一九九〇、永田書房）。また、山崎國紀は、作品を構成する言語にはりあわされた「横光自身の自己照射」に注目した考察を行っている（「燃焼と美化―〈病妻小説〉論」『横光利一論―飢餓者の文学』一九七九、北洋社）。

＊7　伴悦は、横光以外の病妻をテーマにした作品として、徳冨蘆花「不如帰」（一八九八～九九）、有島武郎「死と其前夜」（一九一七）、瀧井孝作「無限抱擁」（一九二三）等を挙げ、「春は馬車に乗つて」の妻の表象と対比させている（「『春は馬車に乗つて』―『光』を象徴化した病妻物語」『横光利一文学の生成―終わりなき揺動の行跡』一九九九、おうふう）。また、濱川勝彦前掲論文で

は、さらに堀辰雄「風立ちぬ」(一九三八)、高村光太郎「智恵子抄」(一九四一)、上林暁「聖ヨハネ病院にて」(一九四六)、檀一雄「リツ子その愛、リツ子その死」(一九五〇)まで含めて比較・検討されている。

＊8　近代の抑圧的「[ヘテロ]セクシズム」は、異性愛主義と性差別とを両輪としており、それの要請するただ一つの「正しいセクシュアリティ」とは単婚を前提に、社会でヘゲモニーを得ている階級を再生産する家庭内のセクシュアリティであって、そこでは「生殖セクシュアリティ」と「終身的な単婚」が特権化されている(竹村和子『愛について』二〇〇二、岩波書店、35〜88頁)。

＊9　前掲＊5参照。

＊10　スーザン・ソンタグ『新版　隠喩としての病い　エイズとその隠喩』富山太佳夫訳、一九九二、みすず書房。

＊11　キース・ヴィンセント「正岡子規と病の意味」(河口和也訳)『批評空間』一九九六・一、太田出版。

＊12　ピーター・ストリブラス、アロン・ホワイト『境界侵犯―その詩学と政治学』本橋哲也訳、一九九五、ありな書房。

＊13　日置俊次は、伊藤整の評言を踏まえつつ、「横光が後に提起する『排中律』の問題を思い起こさせるような、なにか相反するもの、矛盾するものの融和」が「春は馬車に乗つて」の「魅力の核心」をなしていると論じている(「横光利一試論―『春は馬車に乗つて』における死の象徴化」『日本近代文学』一九九六・一〇)。

＊14　クリステヴァのいうアブジェクシオンは、自己と他者の境界が失われ、身体が呑み込まれるという恐怖を指している(ジュリア・クリステヴァ『恐怖の権力』枝川昌雄訳、一九八四、法政大学出版局)。

＊15　山崎國紀は、「花園の思想」が「春は馬車に乗つて」に較べ、作者と作中の夫とが分離化するのに伴って、作者横光の虚構への意志が強くなり、そのことを妻の「美化」が象徴していると指摘している(前掲＊6)。

付記　横光利一の作品からの引用は、すべて『定本　横光利一全集』(河出書房新社)に拠った。なお、旧漢字は新漢字に改めた。

「無礼な街」——都市の発見

田口律男

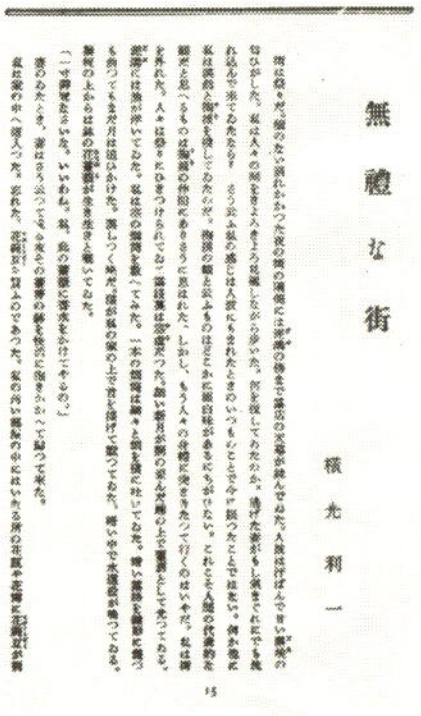
無禮な街

横光利一

初出誌『新潮』大正13年9月号の冒頭

1 「新感覚派」誕生前夜

「無礼な街」は、『新潮』（一九二四・九）に発表され、横光の著書としては四冊めに当たる『無礼な街』（現代短篇小説選集3、一九二五・六、文芸日本社）に収められた。この時すでに横光は、「新進作家中の白眉」[*1]と目される存在で、翌月には『文芸時代』の創刊をひかえ、事後的な命名ながら「新感覚派」文学運動の渦中に跳びこもうとしていた。

それゆえ今日では、「都市を舞台にした新感覚派的な作品系列の嚆矢となる作品」[*2]として注目されるテクストだが、発表当時の評判はさして芳しいものではなかった。管見に入ったかぎりでは、堀木克三「横光利一氏の描写―「無礼な街」の解剖―」（『新潮』一九二四・一二）が、つぎのような批判的コメントを述べている。「何だか新手法は、新手法らしく、様子も異つてはゐるが、それに依つて、別に未知の人生が発見せられてゐると云ふのではない。否、旧来の優れた作家達によつて発見せられたものも実はないかもしれない。たゞ外形の珍奇によつて、何物かあるらしく其間を糊塗し、その単なる外形によつて自他共に欺かれんとしてゐるもののやうである。」――こうした評言は、のちに噴出する新感覚派文学批判[*3]を先取りするものといってよく、要するに「外形だけの野心に満ちた作」で、「作者の対人生、対自然の態度の新らしさ」は何もないとする断罪であった。

しかし横光にしてみれば、こうした「人生観」偏重の同調圧力そのものが当面の仮想敵だったわけで、すでに「黙示のページ」（『読売新聞』一九二四・一・二一）では、「明日の我々の文学は、明らかに表現の誇張へ向つて進展するに相違ない」と予言し、「絶望を与へたる者」（『新潮』一九二四・七）では、田山花袋や正宗白鳥らを名指して、その「人生観」を「概念的」と斥け、「われわれは卿らの握つた真実を否定せんがために傀儡を造る」と宣言していた事実を忘れてはなるまい。（この「傀儡」の意味については後述。）「無礼な街」は、そうした確信にもとづく文学プログラムの産物なのであって、堀木に代表される批判の論理は、はじめから前提としてこのテクストに織りこまれていたと考えられるのである。

とすれば、作者の人生／人格と、文学／文体との予定調和的な一致をめざす「大正文学」的スキームでは、このテクスト独自の周波数を測るのは難しいことになる。では、「無礼な街」の可能性の中心はどこに求めればいいのか。以下では、数少ない先行研究にも目配りしつつ、具体的なテクスト分析を通して、その試案を提出してみたい。

2 捨てられた男と捨ててきた女

このテクストは、夫婦や親子といった親密な人間関係が破綻した場所から始まる。中心に配置されるのは、妻に逃げられた「私」と、「赤ちゃんを捨てて来た」という「女」。[*4]——物語内容に即して、それぞれの存在の位相を確認しておこう。

妻に逃げられた「私」は、「露路裏の袋の底のどん底」に逼塞し、「妻は何ぜ逃げたのか」と自問しつつ、「雌蕋の夜の眠りの研究に没頭」[*5]する日々を送っている。この「孤独な純情の生活」の唯一の「慰め」は、「逃げた妻の美しい習慣を忘れぬこと」だが、時に脈絡なく「われわれは滅びて了ふ」といった滅亡感に襲われることもある。

そんなある夜、「見たこともない女」が「私」の家に転がりこんでくる。一度この家に来たことがあるという「女」だが、二人にはなんの接点もない。それでいて「馴々しい魅力」を振りまく「女」に、「私」は「賤しい生活の匂ひ」を嗅ぎとる。なにかに脅え、しきりに外を気にする「女」に、わけを尋ねると、「平気な顔」で「赤ちゃんを捨てて来たの」と答える。「シヨツク」を受けた「私」は、「嘘にひつかかつてゐるやうな気持ち」を払拭できないまま、赤ん坊を捨てたという「八幡さん」の境内を探しまわるが見当たらない。とがめる「私」に「女」は、「だつて仕方がないぢやないの」、「殺すよりいいと思つたのさ」と答える。一夜明けて、赤ん坊が誰かに拾われたことを確認した「女」は、「身軽」に「街のどこか」に消えていく。それを見送った「私」は、高い石垣の上から「妻と捨子とを飲み込んでゐる街」を見降ろしながら、「お前は錯誤の連続した結晶だ」と宣告する。

横光自身がのちに自作解説するように、初期のテクストには「構図の象徴性」[*6]に腐心したものが多いが、「無礼な街」にもその傾向はみいだせる。詳述は避けるが、テクスト全体が時間的にも空間的にも大きく反転するなかで、作中人物の身体図式までもが確実に変容するように構図化されている。問題は、なにがその変化を可能にしたかである。

これについては、唯一の本格的な作品論といってよい杣谷英紀「横光利一『無礼な街』試論─新感覚派的表現の必然性─」(『日本文芸研究』一九九四・六)が、「本来的な他者の発見を契機として、自己を相対化する物語」という観点から説明を試みているが、いささか抽象度が高すぎて、意を尽くしているとはいいがたい。「女」との接触《コンタクト》を通して、「私」が何をどのように発見/認識したかを、もうすこし細かく割って考えてみる必要があるだろう。

◉対義結合のエネルギー

ところで、「女」が「捨子」をするに至った経緯は、つぎのように語られていた。男に尽くしては捨てられる経験を何度も繰り返した「女」は、貯えた金も巻きあげられ、ついには無一文になり、困苦の果てに、「殺すよりいい」と考えて事に及んでしまう。とはいえ、「子に対する愛情」がなくなったわけではなく、それが「もつとも子供のためにも自分のためにも都合のいい方法」と深慮した末の決行だった。(ここには、聞き手である「私」の判断も含まれる。)これを受けた「私」の述懐は次のとおり。

「赤ちやんなんか育てられやしないわ。ねえ。あなただつたらどうして?」

私だつたらどうするか。私にも分らなかつた。ただ私は妻に逃げられただけである。

(中略)

「奥さんに今度出逢つたらどうするの?」

「それが困るのさ。まさかよく逃げてくれたとも云へないし。」

「ひつぱたいてやるといいわ。」

「君だつて今に子供にひつぱたかれるぞ。」と私は笑ひ乍ら云つた。

　すると、女は急に黙つて了つた。それぎり彼女は何事も云はなかつた。ふと彼女は泣いてゐるのではないかと思つた。実際のんきに見える女性と云ふものは、人々の思はぬときに不意に泣き出すものだ。彼女らの本性は生活の享楽的な部分にのみ生える草花のやうで、しかしながら生活してゐると云ふことの避く可らざる反証としての苦痛が、それだけにまた突如として彼女らの精神の弱つた一部をめがけて斬り込んで来るにちがひない。此のため彼女らにとつて最も大切な生活上の武器は忘却と云ふことだ。もし彼女達からその忘却性をとり上げて了つた代りに、慎ましやかな悔恨を強ひ続けていつたとしたら恐らく彼女らは余りにも重いその人生の苦痛のために根を脱かれた草のやうに滅びて了ふであらう。（中略）彼女は彼女の性格からもつとも子供のためにも自分のためにも都合のいい方法を取つたのだ。今の場合われわれの忠言や批評は何らの建設的な装飾にさへもならないと思はれた。見るがいい。彼女は子を拾はれてさも安らかさうに喜んでゐたではないか。（傍点引用者）

　ここで「私」は、「女」の実存の一端に触れようとしている。「女」は、表層では「のんき」に振舞っているが、その深層には「人生の苦痛」が澱のように沈んでいる。これは、単なる二面性というより、対義結合《オクシモロン》の関係に近いとみるべきだろう。瀬戸賢一が『レトリックの知』（一九八八・一〇、新曜社）で示唆したように、本来の対義結合とは、「一本の軸の上で起こる意味の正面衝突」であり、「公然の秘密」や「かわいさあまって憎さ百倍」の例のように、対立する二つの意味が、「互いに嵌入し、混り合い、融合して、第三の意味のエネルギー」を生成する。この場合でいえば、「人生の苦痛」に打ち拉がれること（A）と、「のんき」であること（B）とが、「女」の身体内部で「正面衝突」して、特異な存在様式に結実しているということである。

　これは別の角度からも説明できるだろう。そもそも対義結合なる現象は、文彩レベルに止まらず、人間の身心そのものに内蔵された循環システムと考えることもできる。卑近な例としては、嬉しさのあまり泣きだしたり、恐怖のあまり笑いだしたりといった経験が挙げられよう。これは身心のある状態が臨界点を突き抜けて、対極にあるはずの身心状態に接合するパターンである。こうした身心の対義結合は、常識感覚からするとやや奇異に映るが、具体的で特殊な一回性の出来事を対象とする文学テクストには珍しいことではない。[*7] この「女」に即していえば、AとBとはスタティックに併存しているのではなく、Aを突きつめ、ブレイクスルーしたところにBが出現すると考えたほうが説得的である。別にいえば、Aが重ければ重いほど、その重圧に抗うように、Bが競りだしてくるといったところか。いずれにせよ、「女」が「人生の苦痛」から離陸《テイクオフ》するかのように「のんき」に振舞っていることに留意が必要である。

◉「人生の苦痛」からの離陸

こうした「女」の表象の直系を探れば、後年の林芙美子『放浪記』（一九三〇・七、改造社）あたりが浮上するかもしれない。「金だ金だ／金は天下のまはりものだつて云ふけど／私は働いても働いてもまはつてこない。／何とかキセキはあらはれないものか／何とかどうにか出来ないものか／私が働いてゐる金はどこへ逃げて行くのか！／／そして結局は薄情者になり／ボロカス女になり／死ぬまでカフェーだの女中だの女工だのボロカス女になり／私は働き死にしなければならないのか！／（中略）／／矢でも鉄砲でも飛んでこい／胸くその悪い男や女の前に／芙美子さんの腸《はらわた》を見せてやりたい」――ここには、絶望の果てで居直り朗笑するような対義結合的エネルギーが充満している。『放浪記』全篇に沸きたつこうした身体感覚は、「無礼な街」の「女」を理解するうえでも有効な補助線になりうる。（違いがあるとすれば、「無礼な街」の「女」がそれを言分ける十全な言葉をもたないことだけだ。）

ともあれ、「女」は「人生の苦痛」から離陸しようとしている。それは、他罰的な構文をとらない自己完結的な問題解決である。それが「捨子」に結果することの倫理上の意味については、このテクストは沈黙を守っている。なぜなら「女」が開示するのは、彼女ひとりの責任や能力に還元されない、社会システムに直結する問題――たとえば性差や階層差による経済格差にリンクする問題だからである。とはいえこのテクストは、同時代に台頭しつつあった「階級文学」には距離をおいている。[*8] と同時に、不如意な人生をありのままに観照する自然主義のスタイルからも大きく隔たっている。

もしこのテクストに独自の周波数があるとすれば、その発信源のひとつは、間違いなくこの「女」の身振りに潜在する対義結合的なエネルギーにあると考えていいだろう。横光がこだわった「新らしき時代感覚」もまた、これと無縁ではなかったはずである。

3 「街」(都市)の方へ

くりかえすが、「女」が「私」に突きつけたものは、「人生の苦痛」からテイクオフする身振りであった。それは、「人生の苦痛」を解決したり、その原因を取り除いたりすることではなかった。変わるのは思考の枠組みであり、その結果、「苦痛」の意味づけ自体が変化するのだ。「見るがいい。彼女は子を拾はれてさも安らかさうに喜んでゐたではないか。」――

この「女」とのコンタクトを通して、「私」は確実に変化していくようにみえる。引用文中に、「彼女らにとつて最も大切な生活上の武器は忘却と云ふことだ」とあるように、「私」はそれを「忘却」の作用と捉えていたかもしれない。しかし、この「女」の身体に秘められた対義結合から生じるエネルギーは、いささかも逃避的心情をともなっていない。それはテクストの最後に、「女は朗らかな朝の空気の中を身軽に街のどこかへ消えて了つた」と表象されることからも明らかだろう。「私」はそれをなぞるかのように「街」と対峙しはじめる。

私は高い石垣の上から妻と捨子とを飲み込んでゐる街を見降ろした。街は壮大な花のやうであつた。街は大きく起伏しながら朝日の光りの中で洋々として咲き誇つてゐた。

「ぢや、私帰るわ。すまなかつたわね。」と女は云つた。

私は女の方を振り向いて頷いた。

「さやうなら。」

「さやうなら。」

暫くして、女は朗らかな朝の空気の中を身軽に街のどこかへ消えて了つた。

「俺は何物をも肯定する。」と、街は後に残つてひとり傲然として云つてゐた。

私はその無礼な街に対抗しようとして息を大きく吸ひ込んだ。

「お前は錯誤の連続した結晶だ。」

　私は反り返つて威張り出した。街が私の脚下に横たはつてゐると云ふことが、私には晴れ晴れとして爽快であつた。私は樹の下から一歩出た。と、朝日は私の胸を眼がけて殺到した。

　引用に明らかなように、「私」は「街」を「錯誤の連続した結晶」と捉える視座を獲得する。断るまでもないが、これは「街」の実体ではない。言語によって構成された表象／仮象でしかありえない。にもかかわらずここには、認識論的切断ともいうべき何かが介在している。人間のあらゆる「錯誤」を「肯定」し、「壮大な花」のように「咲き誇」る「街」。——そこには、「逃げた妻」や捨てられた赤ん坊だけでなく、やがては赤ん坊を捨てた「女」や、妻に逃げられた「私」自身も呑みこまれていくだろう。愛憎や猜疑や喜怒哀楽や貧苦や矛盾やその他もろもろが、丸ごと「肯定」されるトポスとして「街」（都市）が発見／認識されているのだ。

　これはのちに坂口安吾が、「ファルスとは、人間の全てを、全的に、一つ残さず肯定しようとするものである」（「FARCEに就て」、『青い花』一九三二・七、傍点原文）と呼んだ境位とさほど異なるものではない。あるいは、柄谷行人ならフロイトを踏まえて、それを「ヒューモア」[*9]と呼ぶかもしれない。認識論的切断といい、ファルスといい、ヒューモアといい、帰するところはひとつである。それは、新たな世界の分節によって、萎縮した身心を再生することである。先回りしていえば、これこそが「無礼な街」の可能性の中心であり、これに続く「新感覚派」文学運動の要諦のひとつだったのではないだろうか。

◉新たな世界の分節

　もとに戻って確かめておきたいのは、こうした「街」（都市）の表象が、「人生の苦痛」を受肉しつつ「安らかさうに喜んでゐた」あの「女」の表象と相同の関係にあるということである。（ともに「草花」の隠喩が用いられていたことに留意。）いいかえると、「女」の示唆した対義結合的な身体図式が、「街」（都市）のそれに重ね合わされているということでもある。それを可能にしたのは、いうまでもなく「女」とのコンタクトがもたらした「私」の思考枠の変化である。それは新たな世界の分節を可能にし、「街」（都市）を可視化させると同時に、それまで「私」の身心を拘束していた意味世界を異化し無効化していく。「露路裏の袋の底のどん底」に逼塞し、「逃げた妻」の残像を求め、原因を追究するかのように、夜通し「顕微鏡」を覗きこんでいた「私」は、ここでは痛いほどの「朝日」を浴びながら、「逃げた妻」を呑みこむ「街」を鳥瞰する境位へと競りだしていく。むろん事態はなにひとつ変わってはいない。しかし、すこし誇張した言い方になるが、ここには「私」の回心《コンバージョン》が刻印されているのではないだろうか。杣谷英紀が示した「本来的な他者の発見を契機として、自己を相対化する物語」という理路は、この文脈ではじめて確かな意味を発揮するようになるだろう。

では、「私」の根底で何が起こったのか。誤解を怖れずにいえば、それは主語の転移／委譲である。それは、「私」が他者の他者になることを意味する。つまり、「私」という一人称の主語が後退し、他者（あなた）の他者（あなた）でしかない「私」が浮上する仕掛けである。テクストの文脈でいうと、「私」は自らを、他者の集合である「街」（都市）の他者（一部）として捉えるようになっている。これは、「私」が何を望み、何を欲するか、ではなく、他者（都市）が私に何をさせようとしているかを問うことに似ている。そこには、いわゆる主体性の死がある。すなわち「傀儡」としての「私」が現象するのである。

冒頭でふれたように、横光は、自然主義的な「真実」を否定するために「傀儡を造る」と宣言していた。それは、「私」が主語の座を追われ、代わって、他者の集合である「街」（都市）が主語に君臨することを意味する。必然的に、文章の構造自体も変更をよぎなくされるだろう。同時代からすでに注目されていた「擬人法的手法」（斎藤龍太郎、注＊3参照）の意義も、こうした文脈で理解するのが妥当と思われる。

こうしてみると「無礼な街」には、すでに「新感覚派」文学の遺伝子がインプリントされていたことが分かる。親密な人間関係のネットワークから切断された「私」は、より大きな「街」（都市）のネットワークへと散開していく。そこでの「私」は他者の他者としてしか表象されない。それは解放であると同時に喪失を意味する。「新感覚派」文学運動の明暗は、すでにここに胚胎していたのかもしれない。

【注】

＊1　本文にも引用した堀木克三は、「無礼な街」の「光景の描出の仕方」に注目し、「屈折光線のやうな、印象的な描出を苦心してゐる所など、全く新らしい感じに満たされたものであるし、西洋の立体派か、未来派か、何かの絵でも見てゐるやうな感じがある。色彩もまたあくどく、強烈である。確にかう云ふ意味に於いて、今日の新進作家中の白眉である。」（「横光利一氏の描写――「無礼な街」の解剖――」、前出、傍点引用者）と指摘している。とはいえ本文に明らかなように、堀木の評価はほぼ全否定である。

＊2　『横光利一事典』（二〇〇二・一〇、おうふう）の「無礼な街」の項目（杣谷英紀執筆）。

＊3　一例を挙げるなら、斎藤龍太郎「横光利一氏の芸術―特にその表現に就いて―」（『文芸時代』一九二五・一）は、横光に好意的であるにもかかわらず、以下のような一節をみることができる。「我々が横光氏の芸術に接して、最初に感じられるのは、その表現の特異点である。云ひ換へればその擬人法的手法によつた描写である。そして動もすれば、その表現の特異点あるがために、作品に発露されてゐる氏の内生が、調子を弱められ、力を薄められてゐるとさへ感ぜられるのである。」

＊4　この「女」の名前をめぐって、テクストには以下のようなやりとりがある。「「君の名前は何て云ふの。」／「石」／「石？」／「ええ。」／「何といふ石だ？」／女は答へずに笑ひ出した。私はさう云ふ変な訊き方をするつもりではなかつた。が、もう一度名前を明瞭に訊き質さうと思ふ気も起らなかつた。」――このシークェンスをめぐって、絓秀実『探偵のクリニック』（一九八八・七、思潮社）が次のような指摘をしている。「彼女は「石」という「女」、すなわち石女《うまずめ》であったのだ。であるとすれば、彼女が神社の境内に捨てた赤ん坊などは、実は全く存在しなかったのである。彼女には子供など生めはしなかったのであって、ここにおいて、「私」の愛の目的対象としての捨て子を求める「無礼な街」の物語は宙に吊られてしまうことになる。」――これはたいへん刺激的で面白い指摘だが、テクストを意図的に誤読している可能性がある。テクストには、「女」の表情や身振りから、「捨子」の真偽をめぐる「私のしつこい疑ひも全くとれた」と明記されている。本論に述べるように、「女」が「人生の苦痛」から実際に「捨子」に及んだことを前提にしなければ、逆にいくつかの重要な論点が見失われることになるだろう。

＊5　紙数の関係で深追いはできないが、この「雌蕊の夜の眠りの研究」には、妻もしくは女性一般に対する「私」のミソジニー的心性が投影されているようにみえる。「私」は「女」に顕微鏡をのぞかせ、白血球の形で「幾人の男と面白いことをしたか」が分かると怪しげなセクソロジーを披露している。また、「私は前に一度妻の血球を験べて見ようとしたことがあつた。しかし、私は恐はくてやめた」とも語っている。こうした言説には、妻の貞操に対する強い疑念が塗りこめられていると考えられる。この問題は、横光文学のセクシュアリティにかかわる問題として、別個に検討する必要がある。

＊6　「解説に代へて」（『三代名作全集―横光利一集』一九四一・一〇、河出書房）。平野謙は、「構図の象徴性」を具備したテクストとして「南北」（『人間』一九二二・二）を重視し、「現実を図式化して、それを外側から非情に描いてゆく作者の態度は、その後の横光文学の発展を充分予兆してゐる。それはまさしく横光文学の出発点だつた。」（「解説」、現代文豪名作全集『横光利一集』一九五三・一二、河出書房）と指摘している。

＊7　典型例のひとつに、志賀直哉「和解」（『黒潮』一九一七・一〇）の次の一節がある。「……最後に来るクライマックスで祖母の臨終の場に起る最も不愉快な悲劇を書かうと思つた。どんな防止もかまはず入つて行く亢奮しきつた其青年と父との間に起る争闘、多分腕力沙汰以上の乱暴な争闘、自分はコムポジションの上で其場を想像しながら、父が其青年を殺すか、其青年が父を殺すか、何方かを書かうと思つた。所が不意に自分には其争闘の絶頂へ来て、急に二人が抱き合つて烈しく泣き出す場面が浮んで来た。此不意に飛出して来た場面は自分でも全く想ひがけなかつた。自分は涙ぐんだ。」

＊8　よく知られているように、横光は「時代は放蕩する（階級文学者諸卿へ）」（『文芸春秋』一九二三・一）のなかで、文学を「階級打破の武器であると定義」した「階級文学」を「時代錯誤」として斥け、「新らしき時代感覚」の必要性を強調した。

＊9　柄谷行人『ヒューモアとしての唯物論』（一九九三・八、筑摩書房）参照。柄谷はフロイトを踏まえつつ、「ヒューモア」とは「自分が自分自身を高みからみる「自己の二重化」」であり、イロニーとは違って、人を「解放」するものと理解している。

「ナポレオンと田虫」

――歴史である「かのやうに」

黒田大河

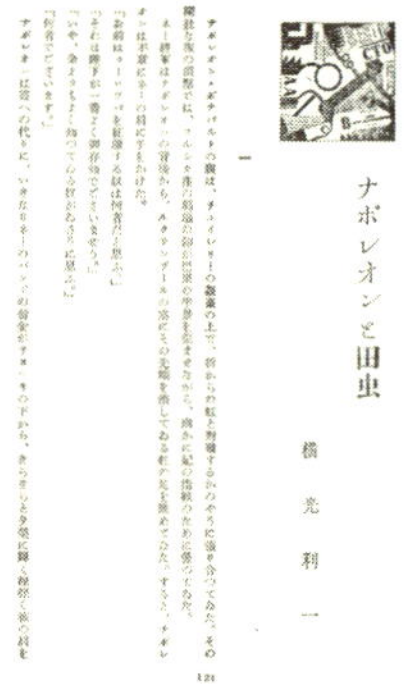
ナポレオンと田虫

横光利一

初出誌『文芸時代』大正15年1月号の冒頭

1 〈田虫〉の意味作用

「ナポレオンと田虫」は一九二六年一月、『文芸時代』第三巻第一号に発表された。創刊号に掲げられた「頭ならびに腹」（一九二四・一〇）に関する毀誉褒貶を挙げるまでもなく、「園」（一九二五・四）、「街の底」（同・八）に続いて『文芸時代』に発表されたこの作には、横光の新感覚派としての自負と実験精神が込められたものだと言えよう。一九二五年の後半から闘病を続け、翌年六月に結核でなくなった妻キミの看病に忙殺される中、執筆されたこの作品は〈現実〉を鮮やかに切断している。歴史上の英雄の行動を腹の上に巣くった田虫に接続する視点の変換は、「蠅」「日輪」（共に一九二三・五）といった初期作品を受け継ぐ実験的な構図である。同時に「碑文」（一九二三・七）から「静かなる羅列」（一九二五・七）を経由して、より現実的な〈歴史〉に接近する試みだとも見られよう。一方また、意志を持たない田虫に運命を左右されるという設定には、結核菌に冒された妻という〈現実〉の姿も反映しているのではあるまいか。〈現実〉に対峙しながら切断しようとする表現上の戦いこそ新感覚派時代の横光の在り方であったのだから。この作は後、『春は馬車に乗って』（一九二七・一、改造社）に収められている。

冒頭は次のように描き始められる。

ナポレオン・ボナパルトの腹は、チユイレリーの観台の上で、折からの虹と対戦するかのやうに張り合つてゐた。その剛壮な腹の頂点では、コルシカ産の瑪瑙の釦が巴里の半景を歪ませながら、幽かに妃の指紋のために曇つてゐた。（一）[*1]

権力の頂点に立ったナポレオンをその〈腹〉に象徴しながら、その頂点を押さえる「瑪瑙の釦」を妃の指紋によって曇らせる。妃とは糟糠の妻ジョセフィーヌではなく、権力によって奪取されたオーストリア皇女ルイザでなければならぬ。この構図が彼の権力への意思と、その権威に陰りをもたらすルイザの存在を暗示している。釦の下には未だルイザが目にしたことのない「径五寸の田虫が地図のやうに猖獗を極めてゐた」のであるから。

ナポレオンの〈腹〉に巣くう〈田虫〉とは、何の象徴なのだろうか。〈田虫〉の意味するものについて、言及が重ねられてきた。井上良雄は〈田虫〉を「宿命」と読んだ。「後には鬼がゐるに定つてゐるのだ」という横光の言葉に拠りながら。

われわれは眼の前の敵にならば、どんな戦いでも挑むことが出来る。露西亜も英吉利も、ナポレオンにとつては物の数でもないのだ。然し腹の上の田虫に対しては——われわれの後ろに立つてゐる眼に見えぬ宿命の鬼に対しては最早われわれは何をすることが出来るのだらう。（「横光利一の転向」、『詩と散文』一九三一・一二）[*2]

井上は「宿命」に抗して闘うナポレオンの姿に、横光自身の表現者としての「宿命」を見ようとする。やがて「機械」（一九三〇・九）において描かれる「宿命」に敗北した姿こそ横光の「転向」であって「負けて了つたものほど、この世で強いものはないのだ」と言う。井上の評価は「機械」を一つの転機として見、そこへ至る過渡期として新感覚派時代の諸作を分析する点で、小林秀雄の「機械」論（「横光利一」『文芸春秋』一九三〇・一二）と同根のものである。〈田虫〉はやがて自壊する「玻璃の眼」と同様横光が自身に背負わせた方法的な重荷の象徴なのであった。

片岡良一はその横光の姿勢そのものが人間性を不当に無視したものだと批判する。

ナポレオン程の人間でも、直径一寸足らずの田虫に操られてひたすら破滅への道を急いで行く、惨めな傀儡にすぎなかつたというのである。人間は——少なくとも人間における自主的な生の強さや力は、そこではもう完全に見失われ

ていたのである。（「新感覚派時代の横光利一」、『文学』一九四一・八）[*3]

片岡は影響源として菊池寛の「船医の立場」（一九二一・一〇）を挙げる。しかし、疥癬の為にアメリカへの密航に失敗した吉田松陰を、共感を以って描いたこの作に対して、「ナポレオンと田虫」に於ける横光は「人間の姿の傀儡化図式化に、何か見当違いの歓びに似た昂奮をさえ感じていた」のであり、「人間のはかなさを悲しむかわりに、寧ろ娯しみ歓んでいた」と片岡は批判する。ここでは〈田虫〉は傀儡と化した人間を操る何者かの意思であり、時代層の中で「分裂と解体とを余儀なくされつつあった人間」の姿と、それを見つめる横光の「人間的な力への絶望」が象徴されている、ということになろう。片岡の批判の根拠は、敗戦後により明確となる性質のものであった。志賀的リアリズムへの批判から出発した新感覚派の限界を指摘した以上、それに代わるのはプロレタリアリアリズムの方向でなければならなかったからである。

田虫に動かされるナポレオンは、彼の本体を生きているのではない、自己を見失った末期的人間の代弁者なのだということを、はっきりと観念化して見せたのである。（『近代派文学の輪郭』一九五〇・一一、白楊社、八五頁）

片岡はここではむしろ横光の限界を言いながらも、その在り方を歴史的な一段階として評価しようとしているのである。共に「ナポレオンと田虫」の限界を見ながら、井上の内在的な批判と、片岡の外在的な批判という両極によってその後の評価を計ることが出来るだろう。例えば、「ヨーロッパの諸国をつぎつぎに征服してわが版図を拡大する不敗の英雄ナポレオンは、じつは現実をつぎつぎに薙ぎ倒して突進する新感覚派の輝ける驍将・横光利一じしんの象徴に外ならない」（梶木剛『横光利一の軌跡』一九七九・八、国文社）とする批評がある。ここでの梶木剛は井上の立場を継承していると言えよう。〈田虫〉とは横光が「蹴捨てた〈人生〉」の象徴なのだ。井上＝小林の批評的磁場はある種のクリシェとして機能して行く。敗北するナポレオンの姿に横光の作家的行路を透かし見ようとする梶木の論理は、ある種の反復にすぎないのである。「人間の存在よりもおおきな存在を暗示することによって、横光は、みじめでわずらわしい、自らも含めた人間社会を見下ろし、相対化しようとしていた」（『横光利一』一九九一・一、明治書院、一〇三頁）とする玉村周もまた、作品史を綿密に追いながら横光の再評価を企てながら、井上＝小林の批評的磁場から自由ではない。

時代層との関わりを見つめる片岡の延長線上に伴悦の評価が位置付けられる。伴はナポレオンの出自を平民階級に設定したフィクションを重視、「あるべき時代意識の織り目に、時あたかも台頭しつつあった階級性の一件を、横光なりにすべりこませた」と論じる。

アレクサンドロス大王やカエサルとならぶ世界的英雄の剛壮な腹は、「頑癬を持つた古々しい平民の肉体」として描かれ、それは「割られた果実のやうな新鮮」な若々しいルイザとむきあっている。なお一方で名もなき一兵卒の怨恨の産物でもあるかのような執拗あくなき田虫の侵蝕にされなければならない構図となっている。かくして一兵卒と皇妃の狭間から、逃れられない運命にたちいたったナポレオンの放蕩な生きざまこそ作者の意図したモチーフではなかったか。階級文学を横目でみながら十九世紀における「貴族礼賛の慣習」の「崩壊」に焦点をあわせ、その恰好の材料として「平民ナポレオン」が浮かびあがったゆえんであろう。（『横光利一 文学の生成』一九九九・九、おうふう、六六頁）

ここでは〈田虫〉は下層階級の象徴としてナポレオンを動かしている。片岡の言う「末期的人間」は、下層階級と皇妃という階級的対立の狭間に落ち込んだナポレオンとして肉付けされたのだ。

しかし、時代層に重きを置く件は〈田虫〉の意味作用を一元的に論じている訳ではない。以上のように様々な〈田虫〉の意味作用を生み出す「ナポレオンと田虫」の構造を、今一度読み込んでみる必要があるだろう。

2 「かのように」の認識論

先に見たように、作品世界を始動させる冒頭の一文は「ナポレオン・ボナパルトの腹は、チユイレリーの観台の上で、折からの虹と対戦するかのやうに張り合つてゐた。」であった。ナポレオンの〈腹〉が虹と対戦する「かのやうに」張り合うという比喩は、権力と〈腹〉の隠喩関係を成立させるためにはたらいている。換言すれば「かのやうに」という直喩が作品世界を成立させているのである。このテクストの全編に渡って、直喩は重要な意味作用を産み出している。それは例えば次のような箇所である。

ナポレオンの腹の上で、東洋の墨はますますその版図を拡張した。恰もそれは、ナポレオンの軍馬が、破竹のごとくオーストリアの領土を侵蝕して行く地図の姿に相似してゐた。（一二）

腹の上に繁茂した「田虫」の治療のために用いられた墨が示すその患部の版図が、ナポレオンが征服して行くヨーロッパの地図と結びつけられる。あたかも「田虫」によってナポレオンが支配されていたかのように。注意しなければならないのは、その関係が絶対的なものではないということである。「彼の生涯を通して、アングロサクソンのやうに彼を苦しめた田虫」という表現もあるように、〈田虫〉の比喩作用は、一元的ではない。佐藤信夫の言うように「類似性にもとづいて直喩が成立するのではなく、逆に、《直喩によって類似性が成立する》」（『レトリック感覚』一九九二・六、講談社学術文庫版、八二頁）のである。ナポレオンを苦しめる「田虫」は彼と争ったイギリスに似ており、その侵蝕の様はナポレオン自身のヨーロッパ覇権と似ているのだとすれば、それは形容矛盾に近いものだ。〈田虫〉の意味作用はナポレオンの権力への意思を象徴するのは確かであるが、田虫自身が象徴するものは一つではないのである。

ただ、それが彼の権力を象徴する〈腹〉に住みついたことだけは確かなのだ。その作中の具体性がナポレオンを動かして行く。〈田虫〉と闘うナポレオンは「打ちひしがれた獅子のやうに腹這ひながら奇怪な哄笑を洩」し、その翌朝には「異常な果断を猛々しく現す」のである。「それは丁度、彼の猛烈な活力が昨夜の頑癬に復讐してゐるかのやうであつた」のだ。直喩的に創られた作品世界の中で、ナポレオンは〈田虫〉と格闘することを運命づけられている。つまり、「かのやうであつた」という語り手＝言表主体の直喩的認識こそが「ナポレオンと田虫」の類似性を創り出す装置なのだ。

此の腹に田虫を繁茂させながら、なほ且つヨーロツパの天地を攪乱させてゐるナポレオンの姿を見てゐると、それは丁度、彼の腹の上の奇怪な田虫が、黙々としてヨーロツパの天地を攪乱してゐるかのやうであつた。（二）

ここでは、ナポレオンのヨーロッパ覇権の姿が「田虫」に喩えられている。先程の引用箇所と対照すれば、その比喩のベクトルは反対を向いていることが分かる。前者では「田虫」がナポレオンに似ており、後者ではナポレオンが「田虫」に似ているのだ。直喩によって創られた類似性は、喩えるものと喩えられるものの二重性によって新たな意味作用を創造する鍵となる。ジャン＝ミシェル・アダンがグレマスを引きながら言うように「あらゆる直喩は、連鎖に沿って発展させられうる二重同位体を表出する」（末松壽、佐藤正年訳『物語論』二〇〇四・四、文庫クセジュ、一三六頁）のである。しかし、このテクストのように二重同位体のイメージが相互に交錯する場合はどうだろうか。「あらゆる同位体は、したがって読み手ないし聞き手にとっての読解法《グリル》を構成し、それによって、時として生じる曖昧さは取り除かれ、テクストの表層は均質になって行く」というような理想的な解釈の手立てはここでは失われている。読解法《グリル》となるべき二重同位体はお互いを参照し合い、意味の連鎖はズレをはらんで行くのである。〈田虫〉を宿命の象徴と捉えるか、人生の比喩とするか、下層階級の表象と見るか、いずれにせよ象徴のレベルで〈田虫〉の意味作用を充填しようとする試みは、ズレ続ける二重同位体のイメージの前で立ちすくんでしまうのである。

それにも関わらず〈田虫〉の意味作用が読者を魅了する力を持っているのは何故なのだろうか。伴悦は前掲書において「碑文」における大降雨と「田虫」を対比し、「田虫の場合は必ずしも不条理な天災と等価ではない。田虫を基軸にあくまで人為的関係が、意識的に張りめぐらされている」と指摘している。考察を敷衍すれば交錯する二重同位体に内実を与え得るのは「人為的関係」なのである。ナポレオンと〈田虫〉の関係に一定の意味作用を与えるのはルイザの存在なのだ。伴の指摘にあるように、ハプスブルグ家の高貴な肉体に対して自らの衰えた肉体を意識するナポレオンには、「醜い腹の頑癬」が平民の象徴のごとく感じられるのである。

　かうして森厳な伝統の娘、ハプスブルグのルイザを妻としたコルシカ島の平民ナポレオンは、一度ヨーロツパ最高の君主となつて納まると、今迄彼の幸運を支へて来た彼自身の恵れた英気は、俄然として虚栄心に変つて来た。此のときから、彼のさしもの天賦の幸運は揺れ始めた。それは丁度、彼の田虫が彼を幸福の絶頂から引き摺り落すべき醜悪な平民の体臭を、彼の腹から嗅ぎつけたかのやうであつた。（三）

ルイザへの「虚栄心」から「田虫」を隠そうとするナポレオンの平民性自体は、読者の身体感覚にも寄り添って行くものであり理解しやすい。だが、ナポレオンの「虚栄心」と対置される「田虫」は、ここでは直喩の主体となって「平民の体臭」を「嗅ぎつけ」ている。〈腹〉に巣くう〈田虫〉自身が主体となるこの表現には、〈田虫〉を平民性の表象とする読解法《グリル》を無効にする力が潜んでいる。なぜなら、ナポレオンとルイザの間に結ばれた「人為的関係」は、一方的に支配被支配の関係ではないからだ。ルイザの「高貴なハプスブルグの肉体」とヨーロッパを覇権したナポレオンの権威が対置される。その背後には、自らの田虫をルイザの眼から隠し通そうとするナポレオンの自尊心が存在する。それらの「人為的関係」を知り、比喩関係を把握しているのも他ならぬ〈田虫〉なのだ。

彼は腹部の醜い病態をルイザの眼前に晒したかつた。その高貴をもつて全ヨーロツパに鳴り響いたハプスブルグの女の頭上へ、彼は平民の病ひを堂々と押しつけてやりたい衝動を感じ出した。(四)

平民の病を持った皇帝ナポレオン。その自尊心こそが〈歴史〉を動かしているのだ。ルイザの登場と共に、〈田虫〉の意味作用はナポレオンと「田虫」という二重同位体的認識から、貴族と平民という垂直軸を含んだ三項関係へと変化している。〈田虫〉は平民性の象徴に留まらず、このような状況そのものの暗喩として働いているのである。〈歴史〉的大敗北を喫しナポレオンの没落をもたらしたロシア遠征は、ルイザに「田虫」を見られた翌朝に決定されている。その部分でもまた直喩的認識が働いている。

その翌日、ナポレオンは何者の反対をも切り抜けて露西亜遠征の決行を発表した。この現象は、丁度彼がその前夜、彼自身の平民の腹の田虫をハプスブルグの娘に見せた失敗を、再び一時も早く取り返さうとしているかのやうに敏活であつた。(五)

軍勢はやがて同盟諸国の歓待を受けながら、ドレスデンへと到着する。

此の古今未曾有の荘厳な大歓迎は、それは丁度、コルシカの平民ナポレオン・ボナパルトの腹の田虫を見た一少女、ハプスブルグの娘、ルイザのその両眼を眩惑せしめんとしている必死の戯れのやうであつた。(五)

ここではナポレオンの行動は、あたかもルイザの眼前に晒された「田虫」という失点を補うためになされた、かのように記されている。実際には存在しない類似性をこのように成立させてしまう言説の暴力、表現に食いついて離れない直喩的認識こそ、〈田虫〉の意味作用と言えるのである。

3 〈象徴〉から〈歴史〉へ

作品末尾の「六」においては、再び「田虫」とナポレオンの軍勢が対置される。重要な箇所である。

ナポレオンの腹の上では、今や田虫の版図は径六寸を越して拡つてゐた。その圭角をなくした円やかな地図の輪廓は、長閑な雲のやうに美妙な線を張つて歪んでゐた。侵略された内部の皮膚は乾燥した白い細粉を全面に張らせ、荒らされた茫茫たる砂漠のやうな色の中で、僅かに貧しい細毛が所どころ昔の激烈な争ひを物語りながら枯れかかつて生えてゐた。だが、その版図の前線一円に渡つては数千万の田虫の列が紫色の塹壕を築いてゐた。塹壕の中には膿を浮べた分泌物が溜つてゐた。そこで田虫の群団は、鞭毛を振りながら、雑然と縦横に重なり合い、各々横に分裂しつつ二倍の群団となつて、脂の張つた細毛の林の中を食ひ破つていつた。

フリードランドの平原では、朝日が昇ると、ナポレオンの主力の大軍がニエメン河を横断してロシアの陣営へ向つていつた。しかし、今や彼らは連戦連勝の栄光の頂点で、尽く彼らの過去に殺戮した血色のために気が狂つてゐた。ナポレオンは河岸の丘の上からそれらの軍兵を眺めてゐた。騎兵と歩兵と砲兵と、服飾燦爛たる数十万の狂人の大軍が林の中から、三色の雲となつて層々と進軍した。砲車の轍の連続は響きを立てた河原のやうであつた。朝日に輝いた銃剣の波頭は空中に虹を撒いた。栗毛の馬の平原は狂人を乗せてうねりながら、黒い地平線を造つて潮のやうに没落へと溢れていつた。(六)

「ナポレオンの腹の上」と「フリードランドの平原」とは並立でありながら、相互に二重同位体の関係として読み得るように構成されている。「田虫」はナポレオンの「大軍」のようであり、ナポレオンの「大軍」は「田虫」のようであるわけだ。直喩表現が明示されなくとも、両者の関係は明らかである。その為か直喩表現自体はここではそれぞれに対して二箇所しか存在しない。「長閑な雲のやうに美妙な線」と「荒らされた茫茫たる砂漠のやうな色」が「田虫の版図」を表現する。一方ナポレオンの軍勢は「河原のやう」に、「潮のやう」に、溢れて行くのだ。

「田虫」の戦場は既に「昔の激烈な争ひ」を経て「侵略」された後である。しかし、同時に「版図の前線」には未だ「数千万」の群団が「紫色の塹壕」を築き、「雑然と縦横に重なり合い、各々横に分裂しつつ二倍の群団となつて、脂の張つた細毛の林の中を食ひ破つていつた」のである。群団の圧倒的な勝利が「長閑」な比喩から読み取れる。

フリードランドの平原では「連戦連勝の栄光」に酔いしれた軍勢が「服飾燦爛たる数十万の狂人」となって進軍している。「砲車の轍の連続は響きを立てた河原のやうであつた」のであり、やがて「黒い地平線を造つて潮のやうに没落へと溢れていつた」のである。ついに「没落」へと至る、押しとどめることの出来ない〈歴史〉の流れが、これらの比喩から浮かびあがってくる。

「没落」への過程を描いた作品として「静かなる羅列」が想起される。その末尾。

全市街の立体は崩壊へ、——

平面へ、——

水平へ、——

没落へ、——

色彩の明滅と音波と黒煙と。

さうして、SQの河口は、再び裸体のデルタの水平層を輝ける空間に現した。

大市街の重力は大気となつた。

静かな羅列は傷つける肉体と、歪める金具と、掻き乱された血痕と、石と木と油と川と。

SQ市の歴史を描いたこの短編は、地理的条件という下部構造がS川とQ川それぞれのデルタに発祥した文明という上部構造に影響を与えるという点で、史的唯物論のパロディーとして読める作品である。まだここでは〈歴史〉は構図のための構図に留まっている。先行する作品「碑文」の末尾においては、大降雨によってガルタンの市民がすべて滅んでしまう。それと構図としてはよく似ている。しかし、すべての人々が滅んだ後にも依然として雨は降り続いている。人々の活動と、大降雨とは何の関わりも持ち得ない、滅亡はまさに与えられた宿命なのである。その意味で「碑文」の神話的世界から「静かなる羅列」においては一歩〈歴史〉へと近づいている。そして、「ナポレオンと田虫」は〈歴史〉へと更に近づこうとした作品なのであり、直喩的認識は〈歴史〉である「かのやうな」ものとしてテクストを織り上げているのである。

「静かなる羅列」の末尾に羅列された「傷つける肉体と、歪める金具と、掻き乱された血痕と、石と木と油と川と」を思い起こすと、「ナポレオンと田虫」の末尾における「河」と「潮」が織りなす直喩が、〈歴史〉の隠喩としてふさわしいことが分かる。やがてナポレオンの軍勢の「騎兵と歩兵と砲兵」「砲車」「銃剣」「栗毛の馬の平原」はフリードランドの平原に羅列されるだろう。

〈歴史〉を描く意思はやがて長編「上海」に結実する。その単行本が纏められる年に「歴史（はるぴん記）」（一九三一・一〇）という小品がある。

昭和五年の九月に私たちは朝鮮から大連をへてハルピンまでいつた。そのときの紀行をいつか書きたいと思つてゐるうちに、私たちのいつたところでは戦ひが起こり出した。前にも私のいつたところで興味の一番深かかつた上海でも起り、ついでハルピン地方でも起つたところを見ると私の見て来たところはそのときすでにどこよりも複雑な凹凸を秘めてゐた平原だつたのにちがひない。

「静かなる羅列」の「水平層」から「ナポレオンと田虫」の「平原」を経て、横光は「どこよりも複雑な凹凸」が潜んでいる「平原」を見たのである。横光と〈歴史〉との関わりを検証する課題はなお残されている。[*4]

【注】

＊1　横光利一作品の引用はすべて『定本　横光利一全集』による。ただし旧漢字を新漢字に改めた。

＊2　引用は梶木剛編『井上良雄評論集』（一九七一・一一、国文社）による。

＊3　引用は片岡良一『近代派文学の輪郭』（一九五〇・一一、白楊社）による。

＊4　「歴史（はるぴん記）」については、エッセイ形式の小説である点、満州事変の時点から日露戦争を語る意味など別稿に於いて論じる予定である。

「機械」——暗室・映画・ロボット

中沢　弥

機械
横光利一

初出誌『改造』昭和5年9月号の冒頭

1　秘密のありか

「機械」のテキストからは常に謎めいたものが感じられる。この作品をとらえるための何らかの秘密があって、われわれはそれをつきとめることなく読んでいるのではないかという疑いが常につきまとう感覚といってもよい。もちろんそうしたあいまいな感覚だけではなくて、結末で殺人事件が起こっている以上、その犯人は誰かという誰でも感じる疑問も存在するわけで、探偵小説としてこの作品を読んでみるといったことが当然出てくる。だが、語り手の〈私〉自体が判断を失ってしまうこともあり、工場という狭い空間で、限られた人物しか登場しないところでの犯人捜しはなかなか困難でもある。それにしてもこの作品の登場人物は少ない。工場の主人とその妻子を別にすると、「私」と軽部、別の工場から応援に来た屋敷の三人でネームプレート五万枚という大量の注文をさばくことが本当にできるのであろうか？　さらには、この三人の暗闘の要因でもある赤色プレート製法は何故特許の出願がなされてないのか（特許が認められていれば暗室の秘密を保持する必要はない）、また工場の主人の行動の無邪気さを示す「金銭を持つと殆ど必ず途中で落してしまふ」という記述（文字通り受け取ればとっくに工場は破産している）など疑問を抱かせる点はたくさんある。こうした疑問を重ねていくと、それらを一気に解決する隠された秘密が明らかになればと思わざるを得ないのである。これが最初に述べた謎めいた感覚の正体でもある。その謎に対する解決法があるわけではないが、秘密のありかを探っていくことはできないであろうか。

2　暗室

「機械」の〈私〉は、九州の造船所から出てきて、汽車の中で知り合った五十歳あまりの婦人から親戚の家で働かないかと誘われて東京のネームプレート工場にやってくる。小さな工場ではあるが、主人の考案した赤色プレート製法のおかげで仕事がとぎれることはないようである。しかも主人の信頼を得た〈私〉は、製造工程にとって重要な暗室での仕事を手伝うことになる。この暗室をめぐる葛藤が、工場で働く〈私〉、軽部、屋敷という三人の争いの元ともなり、最終的に屋敷の死という重大な結果を招くようになる。つまりこの作品では、暗室が人間関係を動かす重要な場所となっているのである。

暗室は、文字通りのブラックボックスとしても作品の内外に作用を及ぼしている。「機械」の暗室は、どうやら金属を腐蝕させるための溶剤を配合する場所のようなのだが、暗室での作業の実態はほとんど読者に説明されることはない。同時に、この暗室はあらたな溶剤を作り出すための実験室としても使用され、その製法の秘密は化学方程式のかたちで暗室内の書類に残されている。化学方程式は、それを読むことができないものには何の役にも立たないだろう。〈私〉が暗室に出入りできるようになったのは、この化学方程式にたいする知識のある点が最大の理由であり、方程式を読めない軽部に対する〈私〉の優位性を保証している。そして自分の理解を超えたものへの不安やいらだちが、軽部の攻撃性を誘発しているとは確かである。分らないということでは、後に屋敷の命を奪うことになる重クロム酸アンモニアなど、全編にちりばめられている多くの化学物質の名称も、ほとんどの読者にとってはなじみのないものばかりであろう。作中人物である軽部のみならず、読み手にとっても暗号めいた言葉がちりばめられているのが「機械」という作品であるといってもよい。そして正体不明の秘密めいたものの存在は、工場の暗室からしみ出しているようにみえる。だからこそ、暗室は工場に君臨する場所だといえるのである。

そうした場所に、以前から工場に勤務している軽部を差し置いて出入りできるようになった〈私〉は、非常な特権を得たと言える。しかし〈私〉の認識自体は、そうした特権意識だけに満たされているわけではない。というのは、暗室での仕事は劇薬ばかりを扱う仕事であり、「見た目は楽だがだんだん薬品が労働力を根柢から奪つていく」という場所でもあるからだ。したがって現在の〈私〉の仕事は「わざわざ使ひ道のない人間を落し込む穴のやうに出来上つてゐるのである」とされ、「此の家の仕事のうちで一番人のいやがることばかりを引き受けねばならぬ」という位置に〈私〉は甘んじていることになる。同僚の軽部からうらやまれる立場が、実は最低、最悪な立場でもあるという二面性がここにはある。こうした落差が〈私〉の意識の失調を招いていくのは確実であろう。つまり、深い闇のなかに人間を落とし込む穴が、この暗室という場所でもあるのだ。

こうした落とし穴としての暗室の性質は、同時に「機械」という作品自体の本質をもあらわしている。何より言えるのは、語り手でもある〈私〉の自己認識に関する深いわなであり、結末では屋敷を殺したのが自分自身ではないのかという疑いを自ら否定することさえもできなくなっていく。「誰かもう私に代わつて私を審いてくれ」という叫びは、わなにはまった人間の最後の叫びであろう。しかもこの言葉は、「機械」を読んでいるわれわれも同様に混乱の中に導き入れる。〈私〉の認識を信じることができなければ、〈私〉によって語られてきた世界そのものを信じることは不可能であろう。作品の世界自体がいわば宙ぶらりんのままに置かれるのだ。そこで読者は、何とかして自らの正気を確認する努力をしなければならない。〈私〉は、屋敷の死に直面して動転しているにすぎず、やはり犯人は軽部なのだというのは理性的な判断の一つであろう。そもそも殺人事件などでは無くて、単に屋敷が薬品を間違って飲んだだけと見ることもできよう。しかしこれらの説明もまた根拠がないということでは、やはり〈私〉が犯人で、殺人という罪の大きさに正気を失ったとするのと同じことである。こうしてわれわれ読者こそが、自分に代わって裁いてくれる何ものかを求めていることが明確になる。薬品の作用によって判断力を失ったのは〈私〉だけではなかった。「機械」という作品は、読み手の理性にまで鋭い刃を突きつけてくる。そうした幻惑のテキストとしての「機械」について考えていこう。

3 映画

幻惑の根源としての暗室というものにこだわるならば、まず映画との関係を浮かび上がらせておきたい。通常、暗室と聞いて思い起こすのは現像室のことである。写真や映画のフィルムを現像するために、暗室は必要不可欠のものであろう。「機械」の暗室はもちろん現像のためのものではないが、一九三〇年という年に発表されたこの作品は内容的にあるいは文体的に映画と密接な関係を持つものと考えることができる。たとえば認識のあいまいさということで言えば、ロベルト・ヴィーネの「カリガリ博士」（一九一九）というドイツ表現主義映画を代表する作品との関係である。[*1]「カリガリ博士」は、とある町にやってきたカリガリと名乗る見世物師の男が眠り男を操って次々と人を殺すという恐ろしい犯罪の物語である。友人のアランが殺人の犠牲者となった青年フランシスは、カリガリが精神病院の院長であることを突き止める。しかし、映画の外枠では、探偵役となってカリガリの犯罪をあばくフランシスは、精神病院に収容された患者であるという設定になっていた。フランシスは狂人であるという外枠に従えば、カリガリの犯罪は彼の妄想に過ぎないのだが、病院長こそ狂気に囚われて殺人まで犯す人物であるというおそれは映画を見る者には完全にぬぐい去れない。「機械」の冒頭が、「初めの間は私は私の家の主人が狂人ではないのかとときどき思つた」で始まることを指摘しておこう。そして映画全体の枠組みは、判断のための理性を失っていく「機械」の〈私〉の語りの枠組みと一致する。

そもそも「カリガリ博士」のもともとのタイトルは「カリガリ博士のキャビネット」であり、見世物師を装ったカリガリは、眠り男を収めた棺のような箱とともに小さな小屋に寝泊まりしている。眠り男が殺人を実行しているあいだ、棺の中には眠り男そっくりの人形が入れられ、アリバイ作りがなされているのである。この小屋は、まさに殺人を行なうためのアジトでもあり、人の死を持ち来たらすと言うことでは「機械」の暗室に相当するわけである。フランシスは、カリガリを疑ってこの小屋を見張るのであるが、このトリックにまんまとだまされる。

犯人を捜す探偵劇ということで言えば、軽部はまさに探偵映画好きな人物として登場させられている。「彼にとつては活動写真が人生最高の教科書で従つて探偵劇が彼には現実とどこも変らぬものに見えてゐる」という軽部。映画（幻想）と現実を混同しているということでいえば、軽部も「カリガリ博士」のフランシスの兄弟だと言える。その軽部の目に〈私〉という人物は工場の秘密を盗みに来たスパイとして見えているわけだが、屋敷が工場にやってくることによってこの軽部の視線は〈私〉に感染する。今まで軽部の監視するような視線を常に意識していた〈私〉の眼は、今度は屋敷の行動を常に監視するようになるのである。

しかも、屋敷をとらえる〈私〉の視線はかなり異様だといって良い。屋敷の行動を監視するだけにとどまらず、屋敷が自分の眼を意識しだしたと感じると、〈私〉は屋敷との視線のやりとりだけで「方程式は盗んだか」「まだまだ」「早く盗めば良い」などと頭の中で会話を作り上げたりするのである。

そこで私はアモアピカルで真鍮を磨きながらよもやまの話をすすめ、眼だけでも彼にもう方程式は盗んだかと訊いてみると向うは向うでまだまだと応へるかのやうに光つて来る。それでは早く盗めば良いではないかと云ふとお前にそれを知られては時間がかかつてしやうがないと云ふ。

これはもちろん〈私〉の想像上の会話なのだが、屋敷がスパイでなければ成り立たない会話であり、その前提が誤っていれば全くの妄想だといっても良い。つまりは病院に収容された患者たちや医師を使って妄想を作り上げた「カリガリ博士」のフランシスと「機械」の〈私〉とは互いに分身といえる存在なのである。

根拠のある想像か、誤解に基づく妄想か、どちらなのか判断することはできないが、〈私〉の認識が相手に向けられた視線から生み出されていることは注目に値しよう。屋敷との視線での会話にとどまらず、〈私〉は常に相手の顔の表情からその考えを判断しようとしている。映画の手法で言えば、〈私〉は相手の顔を常にクロース・アップでとらえようとする。[*2]これは、「機械」と映画を結ぶもう一つの糸である。〈私〉にとっては、なによりも相手の顔色や眼光を読むことが重要であり、それは相手にとっても同じことなのだろう。軽部と〈私〉がケンカになった時、軽部は「カルシユームの粉末を私の顔に投げつ」けたり、〈私〉の首をつかんで暗室から引きずり出し、「お前の顔を磨いてやろう」と〈私〉の顔にアルミニユームの切片を押しつけ、窓ガラスに頭をたたきつけるなど執拗に顔面を攻撃する。さらに軽部は屋敷との争いでも、屋敷をねじ伏せてその片頬を床に流れたニスの中に押しつける。そして二人の争いを傍観する〈私〉はといえば、背中を蹴られて苦痛に歪む屋敷の「顔面の皺」から、盗みの証拠を読み取ろうと視線を集中するのである。相手の顔面に対して発揮される極度の攻撃性は、表情を読むことへの過度の信頼の裏返しでもある。そして疑惑が頂点に達した時、相手の顔が無くなれば、あたかも自分の疑惑が消滅するかのような思いこみが軽部の行動にあらわれている。

映画のクロース・アップ自体、前後の物語に依存することでメッセージを伝えるものであろう。映し出されているのが俳優の演技に過ぎないという以前に、そもそも演技ですらなく、挿入する場所によってどのようにも解釈できるのが顔のクロース・アップだということもできる。その意味では、すでに他人をスパイだと思いこむ軽部やそれに感染した〈私〉の視線は、一定の方向から相手の表情を読むことしかできない。現実は「探偵映画」ではないのにもかかわらず、「探偵映画」ではないのにもかかわらず、「探偵映画」として見ようとするのがそもそもの誤りである。結局〈私〉が見ているのは一種の幻像（イリュージョン）なのであり、幻像を持ち来たらすものとして、カメラの眼は機能しているのである。

映画（シネマトグラフ）の発明者であるリュミエール兄弟は、父親の工場でゼラチンと銀を混ぜて乾板写真を作っていた。当たり前のことであるが、映画はまさに暗室での作業から生み出されるのである。薬品を混合する場所である「機械」の暗室も、映画のように現実を見せてしまう作用を軽部や〈私〉に及ぼしているようだ。

4 ロボット

「機械」の登場人物の視線には、機械の眼であるカメラの眼が作用しているのではないか、というのがここでの仮説だが、ここで作品の題名ともなっている〈機械〉について考えていきたい。このタイトルがいかにタイムリーなものであったかについては、すでに多くの指摘がある。というのは横光の「機械」は、芸術と機械をめぐる論考が盛んであった時期に発表されているからである。その先鋒は板垣鷹穂という評論家であり、その著書『機械と芸術との交流』（一九二九・一二 岩波書店）は、一九二九年の暮れに刊行されている。この一九二九年という年は、〈機械〉という言葉が一気に広まった年として記憶されるべきである。板垣の一連の機械芸術論は、前の年に休刊した『思想』（岩波書店）復刊号（一九二九・四）の「機械文明と現代美術」から始まっているが、彼は同時に『新興藝術』（藝文書院）という雑誌を一〇月から立ち上げている。

また、新潮社から出た『文学時代』の創刊号(一九二九・五)の巻頭論文も、千葉亀雄の「機械成熟時代の芸術と反抗意識文学」であった。他にも同年四月創刊の『近代生活』(近代生活社)や一九三〇年五月創刊の『文学風景』(天人社)など、この前後に創刊・復刊された雑誌は、機械時代の芸術を提示することで新機軸を打ち出そうとした雑誌であったといえる。とりわけ天人社の『文学風景』は、同じ社の「新芸術論システム」と「現代暴露文学選集」というシリーズと連動してスタートした雑誌であり、その「新芸術論システム」とは、新興藝術編『機械芸術論』(一九三〇・五)など機械時代の芸術を多角的にとらえようとしたシリーズだった。そしてこうした一連の機械芸術論には、板垣鷹穂をはじめとして、蔵原惟人・新居格・中井正一など多様な立場の論者が加わっている。また高垣松雄『機械時代と文学』(一九三〇・一、研究社)、木村利美『機械と芸術革命』(一九三〇・一〇、白楊社)など、〈機械〉を題名に掲げた書物が刊行されたのもこの時期である。

それでは、その板垣鷹穂の『機械と芸術との交流』についてみていこう。板垣の論の骨組みというのはごく単純で、未来派におけるような機械への耽美的陶酔を「機械のロマンティシズム」であるとして否定し、「機械のリアリズム」への移り変わりを提示しようとするものである。そのため、『機械と芸術との交流』の巻頭には三十ページにわたって大量の図版が掲載されている。図版と図版のあいだが矢印で結ばれているものもあり、「機械のロマンティシズム」から「機械のリアリズム」への移行が一目でわかるようになっている。また、表紙の左下にはカメラのレンズのなかに人間の眼をモンタージュした図版が貼り付けられており、まさにカメラの眼が世界を切り取っていく時代を象徴するような一冊である。書物の体裁を見ても、板垣の役割は、多くの図像を収集し並べ直すことで時代を切り取ろうとするルポルタージュ作家のようなものでもあった。そして『機械と芸術との交流』の中でも映画は、「機械文明の寵児」として扱われているのである。例えば、表現主義絵画の無気味さが、「カリガリ博士」のような映画によっていかに純化・徹底されたかが図版とともに示されている。とりわけ「カメラを持った男」のジガ・ヴェルトフについては、「ヴェルトフの映画論」(『新興藝術』一九二九・一二)で紹介がなされている(ただし板垣自身はヴェルトフの映画はスチール写真しか見ていないと述べている)。その一方で文学と機械との関係は「交流」ではあり得ず、機械の文学に与える影響としてしか考えられないとするのである。

さて、板垣鷹穂が映画や写真といった視覚芸術を軸にして、それまで芸術の中心にあった自然の美などに代わる機械の美しさ――〈機械美〉を主張するのに対して、横光の「機械」は、タイトルからイメージされるものとは異なって機械そのものは登場しない。軽部と〈私〉のケンカの場面でアルミニュームの切り屑が出てきたように、ネームプレート工場には金属を切断したり加工したりするような機械が存在するはずなのだが、〈私〉の語りはそれらを完全に無視する。それに代わって登場するのが、〈私〉の意識の中に浮かび上がってくる「見えざる機械」である。

　それにも拘らず私たちの間には一切が明瞭に分つてゐるかのごとき見えざる機械が絶えず私たちを計つてゐてその計つたままにまた私たちを押し進めてくれてゐるのである。

　ネームプレート五万枚の代金を取りに行った主人が、その金を落としてしまうという事件を語るのに先立って、〈私〉は、まずこの「見えざる機械」の働きに言及する。そして「金銭を持つと殆ど必ず途中で落してしまふ」とされる主人は、主人の姉（〈私〉を工場に連れてきた人物である）が付き添っていたにもかかわらず、「確実な機械のやうに」金を落とすのである。舞台上に突如現れて難問を片づけてくれる「機械仕掛けの神」とは正反対に、主人はそれまでの労働の結果を全てご破算にしてしまう。その行動が「確実な機械」のように制御されている主人は、機械仕掛けの人間＝ロボットのような存在でもあるだろう。「機械」にはロボットという言葉は出てこないのだが、人間と機械との関係性を考えた時に出てくるのが、このロボットという存在である。[*3] 一九二九年は、機械と芸術との交流が問題になった年だが、ロボットが登場するフリッツ・ラングの「メトロポリス」が日本で公開された年でもある。人間の女性の姿をした「メトロポリス」のロボットは、もともと権力者のスパイとして労働者のなかに放たれるのであるが、暴走して都市の機能を破壊しそうになる。その後ロボットは破壊され、映画はハッピーエンドで終わるのだが、全てを破壊する機械仕掛けの人間ということでは、「メトロポリス」のロボットと「機械」の主人は共通するであろう。主人は、破滅をもたらす機械（＝ロボット）の役割を担っている。そう考えてくると、工場の暗室が再び注目される。というのは〈私〉が〈機械〉の働きを認識するのが、そもそも主人とともに作業に取り組んだ暗室でのことだからである。

　それからの私は化合物と元素の有機関係を験べることにますます興味を向けて行つたのだが、これは興味を持てば持つほど今まで知らなかつた無機物内の微妙な有機的運動の急所を読みとることが出来て来て、いかなる小さなことにも機械のやうな法則が係数となつて実体を計つてゐることに気附き出した私の唯心的な目醒めの一歩となつて来た。無機物内の有機的運動とか機械のような法則といった言葉は、なんとなくロボットの存在を暗示しているようにもみえる。溶剤の化学的変化から人間の心の動きを計ることができるならば、ロボットの創造も可能であろう。「機械」の暗室は、映画「メトロポリス」でロボットを作り上げるマッドサイエンティストの実験室とも比較することができるような場所なのである。まさに暗室は、〈私〉が察知したように「使ひ道のない人間を落し込む穴」なのであろう。そして人間たちに代わって機械の法則が全てを支配するようになる。「近づいて来る機械の鋭い先尖がじりじり私を狙つてゐるのを感じるだけだ」という〈私〉の意識は、人間が機械（＝ロボット）の中に取り込まれていく恐怖をあらわしているようにも思える。人間と機械を反転させてみせる「機械」のテキストは、読む者に不安をかき立て続けるのである。

【注】

＊1　沖野厚太郎「メタ小説・反探偵小説「機械」」（『文芸と批評』一九八九・九）に「カリガリ博士」についての言及がある。

＊2　十重田裕一「「機械」の映画性」（『日本近代文学』一九九三・五）は、カール・ドレイエルの「ジャンヌ・ダルクの受難」への横光の評価などをからめて、「機械」のクロース・アップに言及している。

＊3　日比嘉高「機械主義と横光利一「機械」」（『日本語と日本文学』一九九七・三）は、人間と機械の境界を見すえる問題意識としてロボットを取り上げている。

「上海」——行為の倫理性をめぐる問いかけ

山本亮介

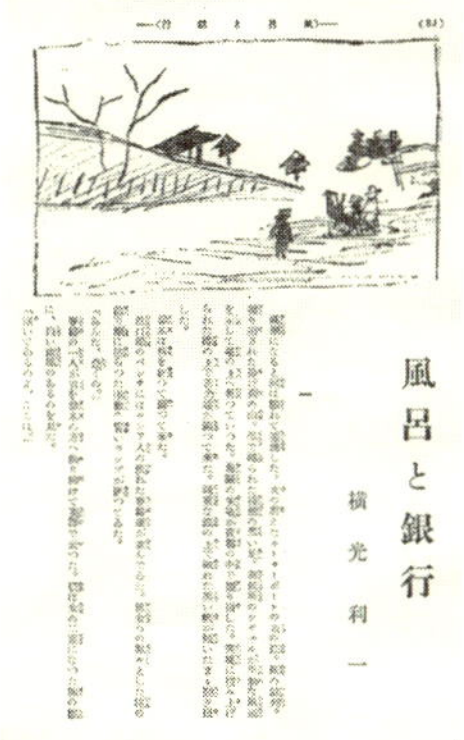

初出誌『改造』昭和3年11月号「風呂と銀行」の冒頭

1

◉世紀末の「上海」——われる評価

横光利一初の連載長篇作品「上海」[*1]は、発表当時これといった注目を浴びず、作家の死後も、その文学活動の中心に置いて考えられることはなかった。だが時を経て、とりわけその特異な言語表現の意義を主軸として議論が広がり、いまや、代表作とされてきた「機械」や「旅愁」をしのぐ作品研究の中心となっている。

一九二〇年代、帝国主義列強の共同租界がせり出す国際海港都市上海。カオスと化した都市スラムの存在から〈魔都〉とも称されたその地を舞台として、沸きあがる革命運動と、その渦中に生きる人々を活写した小説は、記号論、都市論、身体論、モダニズム小説論、文学における歴史叙述、植民地表象の問題……、といった現代の批評的関心をもとに、さまざまな角度から論じられてきた。この小論では、膨大な作品論がおりなすその研究史について詳しく触れる余裕はないが、[*2]本論に先立って、ともに九〇年代の終わりに発表され、全く相反する評価を下した二つの見方を取り上げてみたい。

一方は、現地での階級運動と反植民地闘争の交錯の描き方を問い詰めた、小森陽一氏の見解[*3]。作品では、人間の身心をもモノと化して交換価値の中へ取り込む資本主義システムが描出されている。この観点から翻れば、そのシステムにおいて、主人公参木も、革命の指導的闘士芳秋蘭や現地の「工人」も、労働者として等価な階級的身体——民族や国家の境界を無効化するものとされる——を生きている。にもかかわらず、参木は芳秋蘭との議論で、ナショナリスティックな身体性を前提に西洋対東洋の構図を打ち出し、その結果、日本の植民地主義を支える見解に帰着する。またそれは、当時統一的なものとして存在していなかった〈中国〉というナショナルな概念の側へ、芳秋蘭のプロレタリア・インターナショナリズムの可能性を追いやってしまうことにもなる。そして、作品のハイライト・シーンのひとつ、「支那服」を着て騒乱の街をさまよう参木に去来する思念（本論でも後に触れる）を取り上げ、次のように述べる。

> だが、彼の中における「日本人」という意識は、文字通りに内面化されたものでしかなく、決断次第では、彼は自らを、「民族の運動の中」に溶けこますことができるはずだ。（…）つまり、参木の中で、自らが「日本人」であるということに固執する「意識」から「自由」になることができたなら、『上海』という小説は、まったく別な展開になっていたはずだ。

しかしながら、「参木はついに「母国」という観念から、すなわち、自らが帰属する国家や民族の問題を、「母」というイマージュにつなげて思い起こすことから「自由」になれない」……。

もう一方は、登場人物の内面性が具体的な社会条件と連動して描かれることに、「日本の国民主義と帝国主義の必然的な連関を情緒の水準で証明しようとする小説の試み」を見る酒井直樹氏の見解[*4]。上海のような「植民地主義的な接触領域《コンタクト・ゾーン》」を語る際に、著者の位置を覆い隠すことはできない。それゆえ、上海の社会的現実の叙述も参木の現地の人々に対する知覚も、横光の上海体験が抱える限界とともにある。ただし、そのような社会的存在における歴史的限界を明らかにするのが小説の課題であり、個人と叙述対象との歴史的に決定された関係について、「鋭敏な感覚」を生ぜしめた「上海」は「成功作」と言える。

> 彼ら（お杉と参木—引用者注）が自分たちの国籍と結びついた経済的、社会的特権を失うにつれて、おたがいの知覚や社会的現実の知覚もまた変化していく。（…）もちろん、横光にはこうした変換が指し示すような新たな感覚そのものを

叙述することはできなかった。（…）しかし『上海』は、少なくとも個人と社会的現実の関係を変換するような想像的な企画、感覚を変換する夢想を差し出している。

おそらくその根拠は、「旅愁」と比較するなかで示された作品解釈にある。いわく、参木（とお杉）は、「自分たちの政治的社会的特権」や「紡績工場の労働者や数多くの中国人との開かれた出会い」によって「自分たちの国籍を認識させられていた」。そして、「最後には参木は自らを労働者に同一化することができた」……。

◉参木をめぐる問い

　このふたつの議論にとどまらず、ポスト・コロニアル批評、国民国家論が盛んに語られた九〇年代、「上海」がその俎上にあがるのは必然であっただろう。両者は、（これまでの研究において一定の評価を与えられてきた）人間存在を併呑する「唯物論」的な言語表現の意義を、肯定的前提としている。前者の限界なき階級的連帯像に対して、後者は距離を置くが、登場人物に対する評価の基準そのものは近似していると言えるだろう。また、ともに「旅愁」の文化主義的ナショナリズム批判を視野に入れた「上海」観であり、お杉の位置に関する見方もほぼ一致している。

　ではなぜ、参木をめぐって、これほどまでに正反対の評価がなされたのであろうか。参木の形象が振幅の大きな両義性を抱えていると言えばそれまでであるが、むしろ小説内容の把握の仕方じたいに分岐点があろう。ひとまず言えることは、小森氏が主に（発話、内面描写の別にかかわらず）参木の言葉を問題とするのに対し、酒井氏は参木の行動とその社会的位置を重視していることである。その結果、小森氏にすれば参木がどう行動しようが要はその内面次第であるし、酒井氏は参木がどれほど葛藤を抱いていても労働者と「同一化」していると見るのだ。

　本論の試みは、参木の意志、行動双方の記述をできるかぎり視野に入れて、作品を読むことである。その際、読解のポイントになるのが、騒乱の渦中で芳秋蘭を救出した行動、およびそれをめぐる参木の内面についてである（先の両論はこの行為自体の評価には触れていない）。言うまでもなく、参木のこの蛮勇（？）を抜きにして、小説展開のダイナミズムは生じえない。またそれは、参木の絡み合う意志と行動の、解きがたい結び目をなしている。およそ参木の消極的な性格づけからずれたこの行為を、テクスト全体において捉え直すことが、参木の底にある倫理性——登場人物の評価とはつまるところここに帰するだろう――の質を見極めるささやかなきっかけになればと思う。

2

◉「ドン・キホーテ」参木

小説において、参木の言動を象徴的に指し示す語が、「ドン・キホーテ」である。それは、上海という場にそぐわぬ参木の姿勢、具体的にはその性的、金銭的禁欲ぶりを名指す言葉としてある。

たとえば、こぞって現地で妾を囲う日本人たちのなかにあって、参木は、女性を紹介するにも「ああ云ふドン・キホーテで面白くな」（山口）い。お杉を犯して、「五円も包んでやれば、それでお了ひさ。良心か、何にそんなことが必要なら、支那で身体をぶらぶらさせてゐる不経済な奴があるものか。」と嘯く甲谷とって、やけに身持ちの固い参木は「不可解なドン・キホーテ」である。それは、別の男性と結婚した、かつての恋人競子への未練をとりあえずの原因としている（「ただ競子をひそかに秘めた愛人であつたと思つてゐたばかりのために、絶えず押し寄せて来る女の群れを跳ねのけて進んでゐたドン・キホーテ」）。とりわけその男性が危篤との報を受け、競子との関係が今後どう転ぶか分らない状況にあって、参木の「道徳」は他の女性と関係を持つことを禁ずる。お杉に対する欲望を強く感じた際、「彼は競子の良人が死んで了つて、競子の顔を見るまでは、お杉の身体に触れてはならぬと思つてゐた。もし彼がお杉に触れたら、彼はお杉を妻にして了ふに定つてゐると思ふのだ。（…）此の支那で、性に対して古い道徳を愛することは、太陽のやうに新鮮な思想だと彼には思ふことが出来るのだ。」とその心中は語られる。「古い道徳」の中味はともかくとして、小説においては、性的なモラリズムが、参木の行動基準のひとつとなっているのだ。

また、むき出しの拝金主義が横行するなか、専務の使い込みに反発して銀行を解雇された参木を、甲谷は「何んだい君は、顔を顰めて、首を切られて、今頃からドン・キホーテの真似をして」と罵倒する。みな「余りある土貨を吸ひ合ふ本国の吸盤となつて生活してゐる」上海にあって、「贋金を溜めることまで嫌ひ」（甲谷）な参木は、その「愛国心」とは裏腹にたいへん「不経済」な存在なのである。そしてとどのつまり、（参木は「忘れてゐた」とされるものの）「自分の上役を憎むことが、彼自身の母国そのものを憎んでゐるのと同様な結果になる」のだ。こうして、「ドン・キホーテ」のごとき参木の金銭的潔癖は、反資本主義・反植民地主義の立場へとひとまず彼を誘引していく。それは一方で、参木の「支那の工人」に対する「同情」に、具体的な内容を与える起点とも言えるだろう。

◉「ドン・キホーテ」の背後にある「原理」

こうした参木の道徳的禁欲を支えるものは、いったい何なのか。参木は自らの行為を、常に善悪の尺度で測ろうとする。単に性格というよりは、主体的意志と見るべきその倫理的志向の基底をなすものについて分析したとき、そこに何が浮かんでくるだろうか。

性的禁欲を支える具体的条件は、競子に対するプラトニックな愛情、およびそれに基づく結婚の可能性であった。しかし、ときに参木は、その良人の死、競子の来訪を待ちのぞむ自身を「馬鹿馬鹿しく」感じ、それがいざ現実となった際も、(銀行を解雇された)自分の立場上無意味であると自覚していた。ただし小説では、競子というたがが外れても、参木の性的関係に対する忌避はそれほど変わりないように見える。結局のところ、「古い道徳」による自己拘束は、競子の存在いかんにかかわるものではないと言えよう。そもそも参木は、小説の当初すでに、「どうして好きな女には、指一本触れることが出来ないのか」と自らに問い、「これには何か、原理がある。」と、その背後にあるものに思い至っているのだ。

銀行を解雇される場面を見てみよう。参木がその「復讐」として専務の不正を「吹聴」すれば、結局しわ寄せは預金者にきてしまう。また、いずれ専務の「食ひ込み」による「欠損」は明らかになるだろうが、それまでに一定の預金量があれば、結果預金者は救われる(同時に専務の不正も継続するだろう)。それゆえ、参木の「良心で復讐しようと藻痒いてゐる」という自覚は、「彼の敗北を物語つてゐるのと同様」となる。小説で、金銭欲に由来する不正に対する倫理上の抵抗は、その延長線上に生じた反資本主義の意識ともども、参木ひとりに「飢餓」をもたらす以外何も生み出さない(それは競子との結婚という「幸福」を不可能にもする)。また、先の競子への愛と同様、預金者への「良心」や「支那の工人」への「同情」も(両者を単純に並置することはできないが)、その道徳的志向を確定する要件ではないと言える。ここでも、参木の行為に潜む「原理」について、思いを馳せざるをえないだろう。

◉芳秋蘭との関係

以上を念頭に置いて、芳秋蘭との関係を見ていこう。焦点は、二度に渡る芳秋蘭救出という、一見容易に道徳的意義が決しうるような参木の行為である。

「東洋綿糸会社」に雇われた参木は、工場内を巡回中に高重から芳秋蘭を教えられ、「暫く芳秋蘭の美しさと闘ひながら」見詰めていた。その後、暴徒の闖入によって混乱するなか、芳秋蘭の行方を追い続けた参木は、身を挺して彼女を窮境から救い出す。そのまま芳秋蘭の隣室に泊った参木は、翌朝その成り行きを振り返る。参木は、「彼女を鄭重にすることが、頭の中から、競子を吐き出す最高の機会」と見た。そして、芳秋蘭への欲望を抱いて部屋にまでついて行った。もはや、「彼自身の欲するものを退けて来たのは、過去であつた」。ただ、やはり一方で、芳秋蘭がいる隣室に向かう「自身の足音に悪の響きを感じ」たり、「いつになれば彼女が全く敵対心も無くしてしまふであらうかを待つことが、どんなに自身を侮辱する結果になるかを考へ」もする。

そもそもなぜ芳秋蘭を助けたのか。おそらくその行為に、道徳的な意図などなかった。後にも先にも考えられるのは、一目ぼれした彼女に対する欲望である。また、それによって競子を忘れられることで、一石二鳥にもなる。参木は、自身の行為に後ろめたいものを感じる。ここで彼は、あの「原理」による審理に直面しているのだ。

芳秋蘭は、日本人ながら自分たちの運動に理解ある人物として、参木を遇する。参木にしてみれば、芳秋蘭に対する一連の行為は、「火事場の泥棒と同様」で、「自分の卑屈を物語つただけ」にもかかわらず。一方で、二人の会話は親密さを増していき、参木は芳秋蘭への愛情を自覚するに至る。そんな自身のあり方に反発するように、一転論争を吹っ掛けた参木は、最後に言う。

「しかし、もともと僕はあなたをお助けしようなどと殊勝な心掛けで御介抱したのではありません。もしさうなら、あのときあなた以外の多くの者にも、僕は同様に心を働かせてゐた筈だつたと思ひます。それに、特にあなたを見詰めて動き出したと云ふ僕の行動は、マルキシズムなんかとは凡そ反対の行動でやつたのです。(…)」

そして、「懺悔を終へた教徒のやうな誇りに疲れながら」部屋を後にする。参木が拒んでいるのは、自らの行為に道徳性を付与することである。芳秋蘭を助けることは、いかにも道徳的な行為に見える。確かにそれは、結果として、愛する人の身を守る行為となり、また間接的であれ革命運動を支援する行為——参木は「マルキシズム」を「人間を幸福にする機械」とする——となった。ただし、参木にとってはいずれも後知恵にすぎないのであり、芳秋蘭を救った行為を正しく説明するものではないのだ（たとえば、いかに芳秋蘭が革命の指導的役割にあるにせよ、多くの「工女」のなかから彼女のみを助けたことの説明にはならないだろう）。

ここに、道徳に関する「原理」が作用していると考えてみたい。問題となるのは、行為の時点における意志の純粋性である。何よりもまず、自己の欲望が歴然として存在していた以上、芳秋蘭を救う行為は、それのみを意図してなされたものではない。同様に、芳秋蘭とともに過ごす自らの「幸福」もまた、意志の道徳性を損なうものとなる。参木が従う「原理」によれば、結果への期待などを含む行為は、倫理的とは言えないのだ。純粋な倫理性を志向する「原理」のもとで、参木は「懺悔」せざるをえない。そして同時に、芳秋蘭を助けたことをどう評価するかは、テクストの上で投げ出されたままになるのだ。

その後、ゼネ・ストで騒然とする街を、参木は「支那服」を着てさまよう。そのうち、「芳秋蘭を見たい欲望を圧へることに、だんだん困難を感じて来た」参木は、彼女の姿を求めて「危険区画」へと入っていく。「工部局属の支那の邏卒」に捕えられた芳秋蘭と目が合った参木は、体当たりして彼女を逃がす。直後、「自身が何をしたかを忘れてゐた」参木は、「最早や、為すべき自身の何事もないのを感じ」てただ立ちすくみ、今度は芳秋蘭から救われるようにしてその場から去る。二人きりになって芳秋蘭から接吻されるも、またもや参木は論争めいた言動を繰り返す。ただそれも、参木にすれば、「何か云ふべきときには、とにかく少し発音をしなければならないと云ふやうな、ただ習慣に従つてゐるまでの話」にすぎない。そして最後、二人の出会いについて、「あなたにとつては御不幸かもしれませんが、僕にとつちや幸福です。」とした上で、「しかしその幸福さへも追ひ出さうと企んでゐる僕の苦心にまで、あなたが干渉なさることは、断じてあなたには出来ますまい。」と言い放つ。

二度目の救出も、「秋蘭の笑顔の釘に打ちつけられて」の発作的行為であったと言える。ここでも参木は、芳秋蘭とのかかわり方に思想的なものを認めない。また、彼女を助ける行為が、自身の「幸福」に結びつくことを認めつつも排除しようとする。全ては、意志の純粋性を倫理的行為の基準とする「原理」のせいと言えよう。その「原理」からして、自身のあらゆる行為を道徳的とみなせないがゆえに、参木にはそれ以上「為すべき自身の何事もない」のである。むしろ、参木が繰り返し懸念するように、実際には、日本人である自分との接触によって、芳秋蘭を別の危険に曝すことにさえなっているのだ（のちに、彼女は日本人男性との内通を疑われて銃殺されたとの噂が流れる）。

3

◉カント倫理学の観点から

参木の行動の意味づけを規定する「原理」とは、自己の欲望の昇華や幸福への期待が少しでも認められるならば、その行為を道徳的なものとはみなさない倫理上の基準と言える。そこでは、行為主体の意志について、道徳的志向以外のあらゆる要素から独立していることが要求される。この「原理」のもとに道徳的であろうとするがゆえ、参木＝「ドン・キホーテ」の苦悩は生じているのである。

ところで、カント倫理学においては、自己の欲望や幸福の観念などから影響を受けずに、理性的存在者が自己自身に法則を与え、自らを規定していく意志の自律こそが、道徳性の最高原理とされる。ここで道徳的法則とは、その格率（主観的原則）が普遍的法則に一致することを、行為主体に強制する形式としてあらわれる。また、行為の結果期待される何かのためではなく、純粋にこの法則に従う義務から行為が生じるときにのみ、それ自体が善きものとしての「善意志」は存在する。参木の「原理」は、こうしたカント倫理学的な形式性を併せもつものと考えられる。

ただし、参木が体現するように、わたしたちの生きる世界において、あらゆる価値や意味づけから独立した行為を想定するのは困難である。そこでは、自律した意志も、結局のところ何か別の原因から生じたものと考えられるだろう。カントは、そのような人間の経験的性格と、そこから解放された叡智者としての性格を区別し、後者における意志＝実践理性にのみ、自由による原因性（絶対的な自発性）を認める。カントの認識論は、人間が経験している感性的世界（現象界）の背後に、物自体の領域（叡智界）を想定する。そして、現象界が自然法則によって規定されているのに対し、叡智界には自由の法則が存在するとされる。おそらく参木の「原理」が暗に担保としているのは、こうしたカント的な理念に近い、意志の自由なのである。人間の行為は、経験的世界において限定される現象であると同時に、実践理性の主体による自由な意志のあらわれとも考えられる。参木は、自身の行為について審問するうちに、それを生み出した外的・内的原因を次々と発見してしまうことで、自らの道徳性を否認し続ける。逆の面から見れば、このことは、参木の「原理」が想定する道徳的自己のあり方を、あるいはその自由の理念を示していると言えるだろう。このとき、意味づけし尽くせぬ芳秋蘭救出の根底に、道徳的意志におけるまったき自由の一端を仮想するのは、行き過ぎであろうか。

◉「外界」・「母国」から離れて「考へたい」、しかし／そして…

意志の自律を「原理」に置く参木の道徳的探究は、遂にその根本にある問題にぶつかる。それが、芳秋蘭との二度目の訣別に続く、以下のシーンである。

彼は再び彼自身が日本人であることを意識した。しかし、もう彼は幾度自身が日本人であることを知らされたか。（…）彼は自分の身体が、母の体内から流れ出る光景と同時に、彼の今歩きつつある光景を考へた。その二つの光景の間を流れた彼の時間は、それは日本の肉体の時間にちがひないのだ。（…）しかし、彼は彼自身の心が肉体から放れて自由に彼に母国を忘れしめようとする企てを、どうすることが出来るであらう。だが、彼の肉体は外界が彼を日本人だと強ひることに反対することは出来ない。（…）彼は自分をして自殺せしめる母国の動力を感じると同時に、彼が自殺をするのか自分が自殺をせしめられるのかを考へた。（…）彼は彼の考へることが、自分が自身で考へてゐるのではなく、自分が母国のために考へさせられてゐる自身を感ずる。最早や彼は彼自身で考へたい。それは何も考へないことだ。

上海に生きる参木は、内からも外からも「日本人」として意味づけられる経験的存在である。それが、自らの意志の自律を妨げる第一の障害であることを、参木は自覚するに至るのだ。重要なのは、「日本人」なる経験的限定——むろんそれは先験的なものではない——から脱して「彼自身で考へたい」という叫びが、極めて倫理的な自己像を模索するなかで発せられたことである。また、この点において参木は、経験的自己を離れる心の「企て」が否応なき「自由」をもって生じるような、超越論的領域へと触れることになろう。これが、カントの言うような「世界市民」たらんとする意志となるのか、その先の判断は差し控えたいが、少なくとも、参木の「原理」によって切り開かれる具体的争点が、ここに示されているのだ。

群衆の中にも「日本人街」にも入れぬ参木は、極度の空腹を抱えて街をさまよい、最後にお杉のもとにたどり着く。もはや詳しく見る余裕はないが、[*5] そこでとうとうお杉と関係を結ぶ参木の行為は、それまでの「原理」をかなぐり捨てた、〈他律〉の意志によるものと言える。それは、あれほど峻拒しようとしてきた欲望や幸福、そして「母国」なるものに、道徳的価値がすべり込んでいく契機と言えるかもしれない。またここに、アドルノとホルクハイマーがかつて記したような、[*6] カント的理性に基づく形式的道徳の行き着く先を見てとることもできよう。

一方で、芳秋蘭を助けた行為は、その善悪が決定されないまま、そこに、テクストに、ある。「上海」における参木の倫理性をどう捉えるか。問いは依然として、開かれている。

【注】

＊1　初出（総タイトル「あ（或）る長篇」）は、『改造』一九二八年一一月から一九三一年一一月まで、断続的に七回連載（中断を含む）。『上海』と題した初版は、一九三二年七月、改造社刊。なお、初出、初版、およびのちの書物展望社版（一九三五・三）の間には大きな異同がある。本稿では、初版を底本とする河出書房新社『定本　横光利一全集』第三巻所収テキストを用いた。改稿の問題に触れることはできなかったが、研究史において重要な課題となってきたことを付記しておきたい。

＊2　「上海」関連文献については、村田好哉氏によるまとめがある。「横光利一『上海』書誌稿」（『国際都市上海』一九九五・九、大阪産業大学産業研究所）、「同（承前）～（五）」（『大阪産業大学論集人文科学編』一九九六・三、一九九七・九、二〇〇三・六、二〇〇四・六）。

＊3　「身体と肉体――横光利一の変節」（『〈ゆらぎ〉の日本文学』一九九八・九、日本放送出版会）。

＊4　「「国際性」によって何を問題化しようとしているのか」（葛西弘隆訳、花田達朗／吉見俊哉／コリン・スパークス編『カルチュラル・スタディーズとの対話』一九九九・五、新曜社）。

＊5　この点については、拙論「横光利一「ある長篇」（『上海』）再考――和辻哲郎の思想を補助線に――」（『日本近代文学』二〇〇〇・一〇）を参照していただければ幸いである。

＊6　『啓蒙の弁証法』（徳永恂訳、一九九〇・二、岩波書店）。「しかし倫理的諸力は、まさしくカントによれば、科学的理性の前では非倫理的諸力に劣らず中立的な衝動であり行動様式である。倫理的諸力は、あの秘められた可能性へ向けられる代りに権力との宥和へ向けられた場合には、たちまち非倫理的諸力へと転化する。」（一三三頁）。

「紋章」——限りなき「脱構築」の連鎖

島村 輝

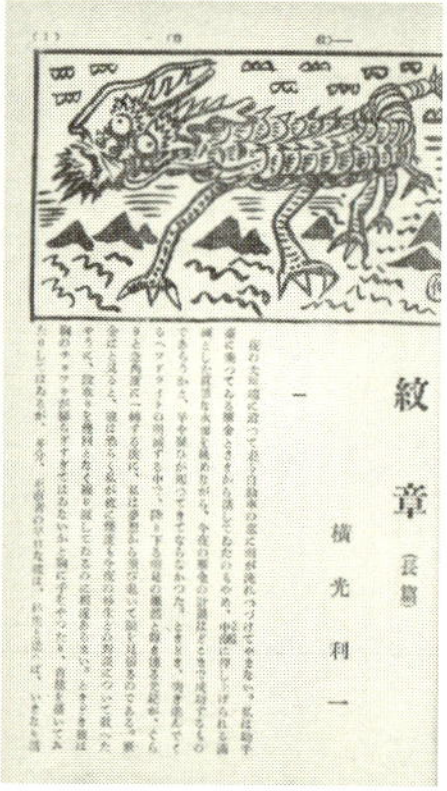

初出誌『改造』昭和9年1月号の冒頭

1 「紋章」論の軸線

◉二つの軸

近年横光の作品論の「焦点となりつつある」（山本亮介「研究展望　横光利一」『昭和文学研究』第47集、二〇〇三・九）とされる「紋章」だが、この作品の全体像をとらえるというのは、なかなか容易なことではないようである。次々と発表される論考は、部分的にはそれぞれ魅力的な切り口を備えていても、そのほとんどはこの作品の対象や方法の一部にスポットを当て、そこを足がかりにして論を切り開こうとしているように思われる。そうなると、これは論者の力量の問題として、作品全体を対象とするだけのパワーに欠けるというのではなく、むしろこの作品を成り立たせている文学的仕組みそのものが、論者にこうした方法を要求していると考えるのが自然であろう。

従来「紋章」を読み解くにあたって、大きく二つの軸線があったとみることができる。

その一つは雁金八郎と山下久内との関係を主要な軸とするものである。「紋章」の連載が終了した直後の『改造』一九三四年一〇月号に掲載された二つの「『紋章』批評」のうちの一つ、青野季吉による「『紋章』の世界について」ですでに示されたように、この読み方は、やや奇矯ではあるが魅力を備えた発明家である雁金と、内面の苦悩を抱えた知識人としての久内の葛藤として、大きくこの作品世界をとらえていこうとする。

もう一つは作品全体の「語り手」としての「私」の性格づけを軸とするものである。横光は『純粋小説論』(『改造』一九三五・四)で「自分を見る自分」としての「不安な精神」である「自意識」を描く方法としての「第四人称」について議論を展開しているが、それは「機械」(『改造』一九三〇・九)以来の心理主義的な方法の延長として、この「紋章」の「私」の語りを特徴づけているものとみることができる。先に挙げた青野の批評と同時に掲載された豊島与志雄の「『紋章』の『私』」は、先駆的にこの「私」の役割について論じ、併せてその破綻をも指摘している。

この二つの軸線は、『横光利一事典』(二〇〇二、おうふう)の「紋章」の項目で宮口典之が指摘しているように、雁金・久内・「私」の「三つの極」としてとらえることもできるだろう。いずれにせよ、これまでの多くの「紋章」論は、この二つの軸線のいずれかに即し、そこに多様な論点を絡ませながら積み重ねられてきたと概観できる。

◉「対象」レベルと「メタ」レベル

だが、そもそもこの二つの軸線は、同じレベルで並行するというより、論理的な位相を異にするものと考えられる。雁金と久内(および敦子や初子を含めたその他の人物たち)が、「私」によって描かれる「対象」レベルのみに立った存在であるとすれば、「私」は作品内の登場人物として、自らの語りについての「対象」レベルに立つとともに、いうまでもなく記述者として「メタ」レベルにも立つことになるからである。おなじく「紋章」を論じるといっても、雁金や久内らを論じることと、「私」を論じることとはかならずしも同一の位相にはない。雁金や久内らについて何事かを論じるとしても、そこに「私」が絡んでくると、たちまちこれら「対象」レベルの存在について疑わしい点が発生してくる。こうした点を解明しようとするなら、「私」の語りそのものを「脱構築」し、「私」が「メタ」レベルにも立つことの意味に触れていかなくてはならない。しかしそうなったとき、議論の主要な対象は、雁金や久内から「私」のほうにシフトせざるを得ないのである。こうした、作品にそもそも内在する矛盾が、二つの軸線を包括して全体的に論じることの困難の根本にあるとみるべきであろう。

さらに、雁金——久内の軸と「私」の軸との間にあると同様の位相のズレは、作品中の個別の問題についても、いろいろな部分で見出すことができる。

◉「特許」をめぐる思考

この間の研究状況の中ではっきりと浮かび上がってきた一例を挙げておくことにしよう。作中の雁金に、長山正太郎という、明確にモデルとされる人物がいたことはよく知られている。井出恵子は「『紋章』のモデルたち」（『京都語文』5、二〇〇〇・三）で、長山正太郎の事績を詳細に調査するとともに、その他の登場人物のモデルとなった人々についても考察を行っている。一方、山下久内にまつわる人物関係については虚構である考えられるとした。雁金についての事実を調べていくと、発明と特許の問題が浮上してこざるを得ない。しかし雁金は、発明にともなって特許取得に執着すると同時に、またせっかく得たその特許を惜しげもなく地元に解放しようとする人物でもある。ここに雁金の発明に対する欲望と、特許という社会制度の衝突する局面が問題となってくる。河田和子は「横光利一の『紋章』における「正義」と「自由」」（「COMPARATIO」4、二〇〇〇・三）で特許制度の持つ国家への利益付与という側面を摘出しつつ、雁金の行動を「所有の観念に囚われていない」自由な振舞としてとらえた。おなじく特許制度に着目し、この雁金の行為を国家の「公益」を保護しようとする「正義」に対して、「脱構築」的な働きをすると論じたのが山本亮介である（「横光利一『紋章』試論——雁金の行為における法と正義」『国語と国文学』二〇〇〇・九）。

「紋章」にあっては、モデルと作中人物の問題は「事実」と「虚構」という二項の対立関係のみにはとどまらない。そこで対象とされる「事実」はそれ自体として内在する矛盾をはらみ、「虚構」のはたらきによって「事実」としての整合性そのものを宙吊りにされてしまうように描かれていくのである。

◉限りなき「脱構築」の連鎖

発明と特許の関係がそうであったように、民衆と名門家、恋愛と結婚といった一連の関係も、登場人物たちの行動によって常にその関係を「脱構築」され、意味を宙吊りにされるといった状態になることが目立つ。そうだとするならば、ここに「紋章」という作品に仕組まれた方法上の急所があるとみていいのではないだろうか。この「紋章」という作品自体が、こうした「脱構築」、意味の宙吊り状態の限りない連鎖によって形作られている（あるいは明確な形をなすことを拒まれている）。「紋章」の論じにくさは、単に「内包する問題があまりにも多岐にわたる」というためばかりではない。内容と語りの双方に通底する、限りない「脱構築」の連鎖が、完結した全体像としてこの作品を論ずる契機を論者に与えるのを拒んでいるのである。

そうであるからこそ、これまで「紋章」論の主要な枠組みとなってきた二つの軸線が、位相を異にしながら、まさにそのことによって「紋章」論の枠組みとしてある程度相応しい役割を果たしてきたともいえる。この二つの軸線のどちらに寄り添って論を進めるかにより、そこで展開されるテーマは常にそこではとらえられないもの、そこからすり抜けて逃走していくものを追わざるを得なくなる。そこに魅力を感じるからこそ、これほど数多くの論者によって「紋章」論が書かれてきたといえるのではないだろうか。

こうした二つの軸に沿って研究史が基本的に多産な展開をみせてきたとしても、「紋章」というテクストそのものにちりばめられた「脱構築」的な道具立ては、その二つを基軸としたところからはとらえきれてこなかった問題群を、無数に残しているとみるべきだろう。そこにこのテクストの可能性を見出すことができる。

◉浮上する「ヘテロ・セクシズム」

その一つに、近年の横光研究にあってにわかに浮上してきた「ヘテロ・セクシズム」の問題がある。「シンポジウム　横光利一とヘテロセクシズムの機構」（『国文学　解釈と鑑賞』二〇〇二・三）において中川成美は「紋章」に先行し、「上海」と「紋章」とをつなぐような位置にある作品「薔薇」をとりあげて、「ヘテロ・セクシズム」およびそれと表裏の関係にある「ホモ・ソーシャル」な関係による説明の可能性と限界、そこから逸脱し、とらえきれない主体の生成について論じた（「恋愛と友情の弁証法──『薔薇』にヘテロ・セクシズムはない」）。これに対し、コメンテイターの安藤恭子、飯田祐子はこの作品を「ヘテロ・セクシズム」の機構の内にとどまるものと見、そうした方法の極北に「紋章」があると指摘する。両者の見解は大きく分かれているが、シンポジウムの司会者・田口律男による「まとめ　シンポジウムを終えて」で述べられているように横光テクストが「異性愛システムを反復／再生産する機能」と「反復／再生産しつつそれを脱線させる機能」との双方から読み取られる可能性を持っているとみられることは、きわめて重要である。

このシンポジウムでも注意深く取り扱われているように、それは「ヘテロ・セクシズム」と呼ばれるようなある種の強制的「異性愛システム」に、何かの対立的なシステムをスタティックに対立させることではない。そうではなくて、一見すると「ヘテロ・セクシズム」的なものが「反復／再生産」されているようでありながら、同時にそれを「脱線」させる契機が内在しているかどうかということに着目する必要がある。

「紋章」論では、雁金、久内、杉生善作ら男性の登場人物たちと、敦子、綾部初子の二人との、恋愛と結婚の関係は、二つの主軸からやや離れたテーマとして、正面からはあまり論じられてこなかった。しかし、今横光テクストにあって「ヘテロ・セクシズム」というテーマが「脱構築」的な課題として浮上してくるとするなら、「紋章」こそその角度から再考するに相応しい作品であることは間違いない。以下ではそうした問題意識の上に立って、敦子ら女性登場人物から見た、自分たちと男性登場人物との関係について分析を加え、さらにそこから、そうした関係性を「脱線」させる関係が、男性登場人物たちの間に成り立ちうるのか否かを考察してみたい。

2　女たちの戦略《ストラテジー》

◉敦子の存在感

プロットの表層で活躍する男たちに較べて、「紋章」に登場する女性たちの役割は副次的なものであると見られがちだった。しかしこの物語は、その冒頭、唐突に敦子を追いかけていく雁金の行動から書き起こされていたことを想起する必要がある。男たちの結びつきや、彼らの言動、行動の背後に、敦子や、もう一人の女・初子の存在があることを見逃すことはできない。

雁金との関わりからも、また久内の妻となっているという立場からも、第一に論ずるべきは敦子であろう。敦子は初対面の「私」によって「ひどく魅力のある若若しい、一点どこかにいくらか軽はずみなところさへ感じられるほどな智的な馴れ馴れしさ」を感じさせる女性として描かれている。雁金とは結婚の約束同様な内諾が相互にあったのだが、雁金の発明が役に立たなくなったということで、破談になったという顚末があった。

小学校しか出ていないにも関わらず、雁金のことを天才だと尊敬していたということ、婚約したのもその故であるが、それが嫌になったのは、彼の不運さに原因があるということ、自分の性質だと将来雁金をさらに不幸にするであろうと判断したこと、自分の他にも雁金に心引かれている初子という存在があったこと、雁金の家は、初子の家が格下であるとしてその縁談を破談にしたこと、そうした諸事情が重なって破談となり、自分としてもいいことをしたとは思っていないが、周りが騒ぎ立てた罪もあろうと思うこと。敦子が「私」に語った雁金との関係は概略このようなものである。この弁明を聞いた「私」は、その「云ひやうはなかなか頭の鋭さを示して」いると感じるのである。少なくとも〈マッチョな語り手〉(前出シンポジウムでの安藤、飯田コメント)である「私」によってとらえられ、描かれている敦子は、「女性らしい」特性を十分に備えた「魅力のある」女性である。

◉行動に転ずる敦子

敦子は「私」に対して、大学を出てから七年にもなるのに定職にも着かず親掛かりの生活をしている夫・久内について、その希望がどこにあるのか未だ自分には分らない、このような事情で結果として久内に嫁ぐことになったが、夫にもすまないと思っている、それにしても久内の覇気の無さには、自分も物足りなく思っている、といったことを語っている。雁金と別れたことについて「よくよく自分も運の悪い女だ」と思ったと敦子は漏らしているが、たしかに基本的に彼女のスタンスは受動的なところにあるように見受けられる。雁金を生まれながらに不運のついて回る男と感じて見限ってしまうのだが、そうして雁金と別れた自分の運も悪いと感ずる。夫である久内の消極性に対しても不満を禁じえない。だがそうした中で、敦子が雁金の活動力に注目し、久内と雁金の間を仲介しようという意欲をはじめから見せていることは注目に値する。

敦子が雁金と久内とに関係をつけようとするのは、まずは金銭の局面である。雁金は発明に情熱を燃やし、発明のためなら金銭的な損となることも顧みずに行動するタイプである。一方久内は親掛かりの身ではあるが、金に不自由はなく、むしろ同情に駆られると、他人にでも金をやってしまう。ならば敦子の立場からすれば、無駄に他人にくれてやるよりも、雁金の発明のために久内が金を使うほうがよほど有効な使い方となるのではないかと考えるのは当然であろう。二人の仲介をすることで、基本的に受動的なところにとどまっているように見えた敦子のスタンスは、意欲はあっても金力のない雁金と、金力はあるが覇気に欠け、なにを考えているのかわからない久内に働きかけ、そこに動きを起こそうとする能動的な性格をにわかに帯びることになる。

ただ敦子の思惑が、ただ夫による金銭の援助ということだけにあったわけでもないこともまた明らかである。かつての婚約者であり、ある意味で不本意な別れの過去を持つ雁金に対する、整理しきれない気持ちが彼女をこうした行動に駆り立てていることは否定できない。それはまた彼女が夫に対して持っている不満の裏返しの表現でもある。

してみると、彼女が能動的なスタンスに立つというのは単に雁金や久内に金銭的な関係をつけるというだけのものではないことが判明してくる。かつての婚約者と現在の夫との間に動きを作ることにより、彼女は彼ら二人によって規定されている過去から現在にいたる自分の立場、自分と周囲との関係性を動かそうとするのである。

◉発動される「女性」性

彼女自身がはじめからはっきりとそうした意識を持って動いていたとはいえないかも知れないが、雁金と久内という二人の男性への媒介者の役割をもって敦子が動くとき、そこに彼女の「女性」性が表面化してくるのは避けがたい。

雁金が酵素利用の干物の発明に成功し、その試食会から帰った久内に別居を申し渡された敦子は、その久内の言いつけとして雁金を訪ねる。ここで描かれている敦子のことばや振舞は、あからさまに雁金に性的な行動を挑発するものである。久内との結婚生活の危機が進行していた敦子にとって、久内から言い渡された雁金訪問は、かつて成就することなく壊れてしまった雁金との関係を再建し、久内との夫婦関係の膠着状態を打開する、大きな賭けとなる行動だったといってもよい。しかし結果としてみれば、敦子は雁金にすげなく振られるのである。敦子は「眼に見えてまた沈み込んで」いきながら、むなしく東京に帰還するよりなかった。

敦子の雁金への接近は久内の嫉妬を呼び起こしはしなかったし、雁金に対する直接の性的な挑発も、期待したような雁金の行動を誘発しはしなかった。結果として、敦子が事態打開のために期待した「女性」性の発動は、ここでは何の役割も果たさなかったということになる。

敦子に較べると、もう一人の女性登場人物である初子ははるかに能動性の低い女性として描かれている。彼女はかつて雁金の家から結婚を断られ、現在は久内と逢引を重ねる仲となっているが、その落ち着き先は常に不透明で宙ぶらりんの状態である。そもそも久内は彼女に対して異性としての感情をどのように抱いているのか、いないのかが問題である。


久内は初子と一緒にゐるときは危険区域に二人が近づいてゐると思ふ気持ちは少しも起らなかった。それより初子と別れて帰つて来て敦子を見ると、たちまちもう不安な気配が部屋の隅隅から滲み込んで来るのを感じるやうになつて来た。

◉初子と敦子

初子に雁金との結婚を勧める場でも、初子との二年間を「ただ落ち込まうとする初子への危さを喰ひとめてじつと眺めることの出来た忍耐」だけだったと総括するように、久内の初子に対する感情は醒めたものであり、敦子との夫婦生活との緊張関係の中でのみ意味を持ってくるようなものだったといってよい。また、一方の雁金は久内から初子との結婚を勧められ、一度は会ってみようかと返事はするものの、その後の敦子との会話の中では、自分から積極的にその結婚話を進めようとはしていない。

初子は敦子のようにみずから行動を起こし、男たちとの関係によって規定される自分の立場をどうにか変えていこうとすることはない。その意味では敦子と対照的ともいえるが、いずれにせよその前提となる「ヘテロ・セクシズム」の機構を絶対の前提として信じていることは変わりないともいえる。しかしここで見る限り、少なくとも雁金は、そうした「ヘテロ・セクシズム」の機構にはまりきった反応や行動を行っているわけではないようにみえる。彼は、いわば女たちの振舞とはやや位相を異にする規範を背景として、人間関係を作り、動かしていっているようにみえる。では、作品の中で雁金を動かしている行動規範はどのようなものなのであろうか。

3　「独身者」の先駆け

◉「ホモ・ソーシャル」な関係

敦子を追いかけ、そのため捕まった交番から戻されたあと会いに行った「私」に対し、雁金は次のように答えている。

「私はもう絶対に、あの女のことは今日限り水に流さうと思ひます。」

これがこのときの雁金の本音であるかどうかは別として、これ以降彼は敦子に対してどのような場合でも性的な意味を紛れ込ませようとするような関係を拒否する姿勢を示す。もちろんそれ以後も、敦子との接触はたびたびあるが、先にも述べたように、そこには雁金が積極的に「女性」に対する「男性」としての役割を果たそうとする局面はない。敦子の姿勢態度にかかわらず、むしろそこではメッセンジャーとしての敦子を介して、夫である久内とのメッセージのやりとりが浮かび上がってくるように思われる。

一人の女性の、もとの婚約者と現在の夫。しかも彼女はこの二人の間にあって、現在の自分のスタンスを動かそうと行動を仕掛けてくる、魅力ある女性である。だが初対面の時から、この二人の間にはそうした敦子の存在を排除しつつ、むしろある緊張を含みながらもお互いを尊重し敬意を払いあう関係、一種の「ホモ・ソーシャル」な関係が成り立っているようにもみえる。

◉久内と雁金

夫としての立場を守りながらも、雁金の納得のいくようにという姿勢で接する久内に対して、雁金もまた礼をわきまえた丁重な振舞で応える。そこで「私」が言うように「どちらもお互いの立場を認め合つてゐられると分つた以上は、その外に云ふことは何もない」という状態になったことは明らかである。久内からの就職援助の話になったところで雁金は黙り込んでしまうが、話が具体的な発明の話題になると座がほぐれてくる。後日になって雁金は、この久内からの就職援助の話に応じようかという考えを「私」に漏らし、「男性的な素直な彼の感情の美しさが感じられた」という「私」の感想を引き出している。

男女関係の上でも、発明をめぐる利害関係の上でも対立的な立場にいる二人にあって当然のわだかまりを吹き払うようなこの雁金の態度はまた、相手方である久内の、雁金に対する敬意を引き出すことにもなっている。

発明による雁金の一時の成功とは対照的に、久内の父・山下博士の事業は低迷するが、そうしたときにも久内は敦子を使いにやって雁金への敬意を表明する。また雁金から誘われた試食会にも自ら現れる。もともと雁金は、敵に等しい立場ではあっても最初の会食の夜以来、温厚さや人品の高さ、知識の深さ、おっとりした優しさなどが「むしろ敦子などより雁金の心をひきつけて放さなかつたほど」であり、その行為を表現するために久内を招待したのである。試食会の席で、久内は招待の礼を述べ、雁金の見送りを受けて東京に戻った後には丁重な礼状を書き送って、その書面の中で父親の振舞に侘びを述べている。訪ねてきた敦子に、雁金は「私はあの方は一通りのお方だとは思ひませんね。私はたしかにあの方は、豪い人だと思ひます」といっている。

◉「独身者」の先駆け

だが雁金の言動や振舞が久内の苦悩を救うものとなっているかどうかについては、議論のあるところである。鳥居邦朗のように救済がないとする論（「横光利一『紋章』」、『国語と国文学』一九八六・三）から「《自意識》家山下久内が、とりわけ雁金八郎に刺激される形で《自意識》を克服すべく《関係》の回復を目指す物語」と総括する芹澤光興の説（「〈敵〉からの〈教へ〉」『昭和文学論考』一九九〇、八木書店）までその振幅は広いが、末尾近くの善作との議論の中で「僕には雁金君が発明するからどうかうといふんぢやないのだ。あの人は何をしようと、そんなことは、ただ僕一人にとつちや初めつからどうだつて良いので、あの人が僕にとつて有難いのは、僕の精神や想像力を誰よりも美しくしてくれるからなんだ。つまりあの人は、僕の意識や情念といふやうなものを、先も云つた物や思想を所有するといふやうな浪漫的な感傷主義から、全く自由にひき離してくれるのに大変便利な人だつたのだ」と久内が語る一節はやはり見逃せない。

それにしても、富山に出発するにあたって敦子を呼び出した雁金は久内の近況を尋ねているが、そう突っ込んだ質問をしているわけではない。久内が雁金に思い入れているほど、久内のことは雁金の心を占めているわけではないようである。ならば、久内と敦子との最後のやりとりの中で発せられた敦子の言葉も、雁金には特別の意味を持っては響かなかった。

雁金との関係に「ホモ・ソーシャル」な要素を見出せるにしてもそれは双方から等価的に働いているものではなく、そのウェイトは久内から雁金へという方向に大きく傾いているのではないか。雁金にとっては久内への思い入れとて、そう大きなものではないのではなかろうか。先に強調した「一見すると「ヘテロ・セクシズム」的なものが「反復／再生産」されているようでありながら、同時にそれを「脱線」させる契機」をここにも見出すことができるだろう。

地方名門の出という出自からも、特許という制度からも、敦子からの性的な働きかけからも、久内からの同性としての共感からも逃れて、雁金はひたすら発明に明け暮れる。その徹底ぶりは、究極の目標であるはずの発明の成功という地点からすら、身を引き離そうとするにいたっているように見えるほどだ。その徹底ぶりに伴う危うさまで共有しているとはいわないが、地位や名誉、家庭や金といったあらゆる世間的価値観から身を引き離して生きる雁金の「脱構築」者ぶりは、今日ますます数を増す「独身者」たちの先駆けともいえるかもしれない。

「天使」

──変異する純粋小説

中村三春

初刊本（昭和10年9月、創元社）の表紙

はじめに

横光利一は、生涯を通じて、常に小説ジャンルの革新を企てようとした作家である。その営為の過程は、いつでもある一作がそれに先立つ一作を何らかの局面において凌ぎ、ひとたび達成した水準を自ら乗り越える連続であった。「天使」もまたその例外ではない。特定の様式的方向性については、それは横光的テクストのうち、最も特異なものの一つと評しうるだろう。淡々とした叙述の連鎖にもかかわらず、小説とは何かという問いへと光線を投げ返すような仕組みを内在したテクスト、「天使」の内実を分析してみたい。

1 ──純粋小説の内と外

◉「天使」の物語内容

長編小説「天使」（昭和10・9、創元社、初出『京城日報』昭10・2・28〜7・6）は、主人公・寺島幹雄をめぐる数名の男女の恋愛模様を描いた小説である。物語内容は概ね、次のような四部構成と見ることができる。

〈一〉腸チフスで鎌倉の療養院に入院中、幹雄は看護婦の貞子を愛し、妻・京子との離縁を考えるが、貞子には拒絶される。京子は幹雄の友人・明石宝司、次いで佐山藤太郎と交わっていた。貞子の妹・雪子は天真爛漫な娘で、明石と佐山、さらに幹雄からも気に入られる。

〈二〉退院した幹雄は京子に離縁状を送り、貞子に脈がないので雪子に接近していた。雪子に佐山との縁談が持ち上がり、雪子を明石に嫁がせたいと思う貞子は、自分が幹雄と結婚することを決意し、幹雄に雪子を断念させ、幹雄の家に強引に同居する。

〈三〉幹雄の父が事態を知って激怒し、京子との復縁を迫り、ホテル視察のため幹雄に奉天へ赴くことを命じる。幹雄は貞子を伴って奉天を目指し、静岡・名古屋・京都を経由して京城まで来たところで、貞子と結ばれる。奉天で帰国を命ずる父の電報に接する。

〈四〉帰国した幹雄は父と対決し、京子の実家が潰れたことを知らされる。幹雄は京子と再会して次第に別れるのが嫌になり、葛藤しつつも京子と再び結ばれる。結末、貞子は幹雄の父から手切れ金を出されるが断り、思い出の部屋に幹雄とともにいて書いているという京城からの京子の手紙を受け取る。

すなわち、〈一〉は幹雄の貞子への求愛と貞子の拒絶、ならびに京子の二人の男を相手とする関係、〈二〉は雪子を焦点とする三人の男、特に幹雄の恋慕、ならびにそれを妨げようとする貞子の幹雄への接近、〈三〉は幹雄と貞子の「結婚」旅行、〈四〉は幹雄が貞子を離れて京子へと回帰する経緯である。幹雄の側から見るならば、初め拒絶された貞子と後に結びつき、最後には捨てて京子の元に戻るという成り行きである。これは、恋情のベクトルが逆転・再逆転を繰り返す物語にほかならない。なお、この小説では「結婚する」という言葉が、本来の婚姻のみならず、「愛し合って性交する」というほどの意味でも用いられ、あたかも生物の交配のように機能的・即物的な結合の色合いをも帯びている。

◉不誠実な男──「天使」の主要研究①

これまでこの小説は主として、主人公幹雄の思考と行動の形態が、余りにも非論理的で一貫性がない点に留意して論じられてきた。古谷綱武[*1]は、幹雄を「極端に自分の行動に責任のもてない男」とし、それは「彼が不誠実なためではなく、むしろ誠実すぎるためである」と述べる。その理由は、「現代の虚無」あるいは「現代の錯乱」が彼の「性格」に「反映」しているためであり、現代が人間を無責任にするニヒリズムの時代であるからこそ、幹雄の無責任もまた、この時代を「誠実」に表現したものとされるのである。このように、横光文芸を一貫して高く評価した古谷も、「天使」に関しては煮え切らない物言いに終始している。幹雄の無責任さやニヒリズムが現代という時代に由来するという批評は、総論としては否定できないが、具体的なテクストの分析としては十分とは言えないだろう。どのようなキャラクタも、所詮は時代の所産に過ぎないのである。

古谷とは逆に、横光に対して批判的であった岩上順一[*2]は、『『天使』の不可解性は明白であらう」とし、「幹雄も亦『寝園』の仁羽や『花花』の伊室や『盛装』の道長と同じ性格の自己喪失者であり、自己傍観者に過ぎないのではないか」と述べる。それは『『自意識』といふ魔物」の仕業であり、幹雄の「行為の原則は、不連続であり断絶である」とし、「人間的自覚の統一的中心」を欠いた「意識と生活が分裂」した性格とする。ついに岩上は、「横光利一の追及せる分裂はつねにこのやうな精神分裂であり、一種の発狂であり、精神的機能を喪失せる不具者にすぎない」と断定する。「自己喪失」や「自己傍観」など岩上の論拠は古谷とほとんど変わらないが、結論は対照的である。しかし、肯定・否定の別はあっても、古谷・岩上に代表されるように、小説の構造を無媒介に倫理や人生観に直結する発想は、いまや生産的とは言えないだろう。

◉「純粋小説論」から——「天使」の主要研究②

井上謙[*3]によれば、「天使」の「作品の傾向は恋愛心理を追求した『時計』『盛装』などと同系列であるが、『家族会議』にさきがけた〈純粋小説論〉の実験作であるため、劇的構成の上で偶然性が強調され、事件の解決が近づくと、必ずそこに偶然の運命が現われて新しい事件を引き起こすという手法がふんだんに用いられている。これは人間の行動や心理が、常に外的事情によって形成されるという横光の人間観を、最も意識的に反映させたものである」（傍点原文）。しかし、この小説で「偶然の運命」と呼べるものは、京子の実家の破産にほぼ限られ、それ以外の物語の進行は、人物群の関係とその帰結としての心理によって惹起されている（後述）。「偶然性」とは、「外的事情」ではなく、関係そのものの様態にほかならない。

菅野昭正[*4]は、この小説に「自意識の混乱」を指摘し、「自意識が恋愛感情に切りつめられてしまっている」ことを不十分ととらえる。「『天使』はまあ一言でいえば、『純粋小説論』の過熱した議論のエネルギーを十分に注ぎこまれなかったために、都会の恋愛小説の薄っぺらな表層を切りとっただけの、純文学でもなければ通俗小説でもない作品にしかならなかったということになろうか」と菅野は批評する。確かに「天使」は、「純粋小説論」(『改造』昭和10・4)に題名が挙げられた最後のテクストであり、また「純粋小説論」の発表時に、新聞連載中であった小説でもある。

「純粋小説論」に照らしてみれば、「天使」の逆転を繰り返す物語の線、関係の函数として人物などの特徴は、「第四人称」や「自意識」や「偶然性」などの概念と容易に回路を結ぶことができる。[*5]ただし、井上も菅野も、文芸評論あるいは文芸理論である「純粋小説論」と、小説である「天使」との間には、ジャンルとしての差異があることを斟酌していない。「純粋小説論」に題名の見えるテクスト群を、「純粋小説論」の論旨だけから見ることには限界がある。「偶然性」にしても「純文学」「通俗小説」にしても、「天使」を評価するのに最も適切なコードであるとは思われない。それにもかかわらず、「天使」の純粋小説性は頭抜けて突出しており、それは変異と呼ぶべきほどである。何よりも必要なことは、このテクストに、驚きをもって対処することではないか。

2　自己意志の不確定性

◉予測不能の物語――語り・文体

「天使」の語り手は、作中に登場せず、ほぼ不定に各登場人物に焦点化し、淡々とその心理をかいつまんで代弁する。これは「花花」(『婦人之友』昭6・4〜12)や「時計」(同誌、昭和9・1〜12)とほぼ同様であり、「寝園」(『東京日日(大阪毎日)新聞』昭5・11〜12、『文芸春秋』昭7・5〜11)や「盛装」(『婦人公論』昭和10・1〜11)とは異なる。「寝園」の仁羽や「盛装」の道長は、内面がほぼ完全に隠蔽され、それによって物語の核心が不明なままに残される。特に、「盛装」において道長の父の妾の子が、道長自身の子であるか否かという疑問は、この設定のために最後まで謎とされる。そのため、「盛装」にはある程度まで、探偵小説めいた趣も認められるのである。殺人事件の謎を伴う「機械」(『改造』昭和5・9)も併せて、「寝園」や「盛装」は、真相追及の迷宮化を語りの機構によって実現する点において共通する。

だが「天使」には、そのような意味での謎は一切存在しない。それにもかかわらず、「天使」こそある特有の位相において迷宮的なテクストと感じられるのである。出来事としての謎が存在しない代わりに、出来事を意味づける人物、特に主人公の思考形態そのものが、このうえもなく一貫性に欠け、予測不能の運動を行うからである。そして、その運動の生成には、語り手も大きく介在している。

たとえば、入院中、幹雄は貞子との関係について「まだ引き返すことも出来るんだな?」と訊く明石に対して、「僕は出来さうもないので、弱つてゐるんだ」と答える。それについて明石は次のように考え、これを幹雄の「奇妙な論理」と呼ぶ。

明石は他人がもし幹雄のやうなことをしたのなら、――いつたい、幹雄は明石の愛人の京子を妻にしてしまふと、今度はそれを捨てて、貞子こそ自分から愛したものだと云ひ出すほどの、勝手な人物なのだが、明石は、幹雄にだけはどうしたものだか、怒ることが出来なかつた。何故といふこともなく幹雄のいふ所は勝手気儘であればあるほど、理窟が通つてゐるのだつた。

この一節で「勝手な人物」と幹雄を批判的に評する主体は、明石であると同時に語り手でもあって、この箇所では人物の心理と語り手の評価とが融合して見分けがつかない。これは一種の自由間接文体(style libre indirect)と言えるが、この文体は長続きせず寸断される。「天使」は会話文がかなりの比重を占め、会話文が主となって物語を進行させるからである。語り手はそれを敷衍し、補足するものの、その程度は大きくない。しかし、それでもやはり、「勝手な人物」としての幹雄への評価は、人物/語り手の両義的な境界に発するテクストの叙述によって明確に認定される。

「勝手気儘であればあるほど、理窟が通つてゐる」とはどのような事態なのか。「何故といふこともなく」という理由の曖昧さは、特定の主体の判断というよりも、このテクストが前提条件として採用したテクスト的な戦略に由来するだろう。そのように考えるならば、読解の焦点を人物からテクストの水準へと移動しなければなるまい。「勝手気儘」は幹雄の性格の基本であると同時に、この小説の物語の線を規定する条件でもある。これはテクストが設定したルールであり、人物の水準では決して「理窟」が充足されることはない。〈一〉〈二〉で男たちが殴り合いを演じる場面も一度ならずあるが、それらはどれも演技めいており、「君には僕も、歯が立たんよ」と明石が言うように、最終的に幹雄の遣り口は他の人物たちから容認される。幹雄の「勝手気儘」は、倫理・人生観の表現ではなく、小説構造論的な契機以外ではあるまい。

◉自己決定の無力化

幹雄を代表とするこの小説の人物は、他者の自己決定権について無頓着であり、また自分自身にも、自己決定能力がない。次の前者は貞子、後者は京子に対する幹雄の言葉である。

①貞子さんに一度、手ひどい目に逢はされてからは、すつかり人間が変つたんですよ。

②どうつて僕が奉天へ行くときに君も一緒に行つてくれたら、こんなには、なつてなかつたのだよ。

ここで貞子や京子の自己決定権は完全に無視されている。人物は自分の思考や感覚で相手に対して行為するのではなく、逆に相手との間の関係によってこそ、自分の思考や感覚が発生するのである。これはこのテクストのもう一つのルールである。幹雄自身は、自己決定できない自分の性格を、出来事の成り行きを必然と見なすことで弥縫しているようにも読める。なぜなら、それによって、「僕」の罪は減殺される仕組みだからである。しかも、それは幹雄だけではなく、同様に貞子にも自己決定に関する躊躇が見られる。

「あたしは、この人を好きぢやないわ。どう考へたつて、好きになれるとは、思へないわ。それに、あたしは、どうしてこんな、無謀な事をしたのだらう。」

けれども、不意に、どうしたものだか、彼女は幹雄の身体に、ぐんぐん心が引きつけられて行くのだつた。

「身体」に「引きつけられ」るからと言って、必ずしも肉欲のみの欲望に過ぎないとは言えない。しかし、雪子を救うためという目的はあるものの、それによって幹雄への恋情が募る成り行きには、必然性がまったく感じられない。さらに京子との関係を告白する佐山は、「僕は決して、悪い考へぢやなかつたんだが、つい誘惑されたので、どうにも仕方がなかつたんだよ」と強弁する。ここで佐山は京子に責任転嫁するが、所詮、恋愛事件の一方当事者の発言に過ぎず、信憑性に乏しい。これら自己決定を回避する人物群に対する批判は、結局テクスト内には存在しない。

3 関係の函数

このような自己意志の不確定性は、幹雄においては文字通り本質的な域にまで達している。

「俺は誠実ぢやないから、こんなに苦しんでゐるんだよ。俺は、俺のしたくないことを、どうしてこんなに、いつもするんだらうと思つて、困つてゐるんだ。俺は、自分の不誠実さを、自慢で云つてるんぢやないんだ。見たとほりの醜態さ。」

◉幹雄―意志の無意味化

幹雄は自分の「不誠実」を認識し、「醜態」として対象化してはいるものの、それから逃れることができない。人物に設定されたキャラクタが、人物自身にとって重荷とされる瞬間、その対象化はテクストの物語行為の存在を明るみに出すメタフィクション的契機となる。彼が常に「したくないこと」ばかりするというのが本当ならば、何かをしたいという意志そのものに意味がなくなり、ひいてはあらゆる意志が無意味化してしまう。人物の意志は無意味である。これもまた、このテクストのルールと見なければならない。

幹雄には主体的な恋愛感情などというものはない。そもそも、貞子に対する恋情は、貞子が看護婦として幹雄に尽くしたことを曲解したことに発する。「あたくしも、勤めなものですから、出来る限りのことは、させていただかなければ、お気の毒に思ひまして、つい、自分も考へないやうに、なり勝ちなんでございますの」と彼女は言っていた。また幹雄にしても、「貞子にしたつて、労力の奉仕を愛情の奉仕と間違へられれば、怒るのは当然なのだ」という冷静な判断をすることもあった。だが、この判断が持続することはない。彼の彼女に対する愛は、彼女の自分に対する看護という関係の帰結でしかない。また、再び京子と縒りを戻す契機となるのも、京子が自分を愛し、その表現としての優しさや虚栄心を感じ取ったからにほかならない。幹雄の感情はすべてこのように、関係の函数として決定され、その程度は、「花花」や「盛装」などの典型的な純粋小説よりも、はるかに甚だしいものと言わなければならない。

◉雪子──空虚としての中心

しかも、幹雄だけでなく、程度の差はあれ、貞子も雪子も明石も、皆そのような函数的人物として生成されている。いかなる小説であっても、そこに登場するのは血の通った生身の人間ではなく、言葉による拵え物でしかない。このテクストはそのことを顕在化して見せつける。幹雄や貞子から「子供」と言われる雪子は、明石や幹雄に愛されても、決してその本心を明らかにせず、本心がないとすら推認できる。「だんだん見れば見るほど、明石には雪子の性格が計り知れ難くなるのだつた」とは、そこに明確な「性格」のないことを示唆している。貞子に似た自分と結婚したいと言う幹雄に、「すつかり同情しちやつたの」という雪子は、生身の自分が誰かに嫁すことの意味を悟ろうとしない。他方、次のような叙述は、肉体として雪子が誘因となることを語っている。

横には雪子の滑らかな襟もとが、近か近かと身に迫つて、かすかに匂ひを立ててゐた。明石はぐつたりと後ろへ反つた。ああ、過去、未来、それが何んだと、ただ眼だけをぼんやりと開けて彼は深呼吸をした。

同じように幹雄も、「この娘は、こんなに美しかつたのだらうか」と内心独白する。もちろん、雪子の性格が不明瞭なのも、雪子が幹雄に同情するのも、またそんな雪子が男を陶酔させる美の所有主であることも、すべて人物自身が決めたのではなく、テクストの論理に従っているはずである。雪子は、三人の男性人物が全員、ほぼ同時に愛する美の中心である。ただし、それは関係の帰結としての性格と行動を作り出すための、空虚としての中心にほかならない。中心である雪子に手をつけないという暗黙のルールがあるかのように、幹雄・明石・貞子はそろって雪子の帰趨（結婚）を人為的に操作しようとする。もっともこの雪子のあり方はすべての人物の典型例であり、いずれの人物もみな同じテクストの論理に従うのである。

◉貞子──関係性と外部

ただし、〈一〉で幹雄を拒絶し、〈二〉では結婚の意志を固め、〈三〉では「結婚」（性交）し、〈四〉では捨てられるという最も波瀾に富む道筋を歩んだ貞子は、結末で、他の人物とは異なる境地を示すに至る。

しかし、もう貞子は嬉しくも悲しくもなかつた。遠く雲に入る鳥の姿を眺めながら、また明日の日は明日のめぐみあれと、静に看護の部屋へ這入つていつた。

元々、表象テクストは自らの表象内容を最終的に肯定も否定もしえない。それは受容者に回付され、受容の経過によって左右される事象である。従って、このテクストもまた、幹雄の生き方を肯定するものではない。右の末尾の一節は、必ずしもこのテクストの収斂するところではないが、結末にあたって、それまで展開してきた人物群の関係性の外部を示唆するとは言えるだろう。そのことはむしろ、この関係性が、極めて自覚的・意図的に構築された構造であることを示すものと思われる。と同時に、この貞子の達観は、横光後期の、独特の虚無主義を予見させるものでもある。*6

4 テクストのルール

◉家父長制の痕跡

この小説の物語の契機の一つとして、家父長制のコードがある。だが、そのコードは廃棄されるためにのみ、呈示されている。すなわち、「京子と幹雄とは、幼いとき以来の両親同志の約束で、無理矢理に結婚」した過去があり、京子を離縁しようとした際、幹雄の父は「わしの家は、あそこの家から、どれほど恩を受けてると、思つてるか」と怒る。家父長制的な結合の力とそれへの反発が、人物群の関係に影を落としていることは事実である。しかし、父に反発する幹雄の意志は、京子の家の破綻によって、本格的な父との対決を構成する以前に萎えてしまう。幹雄は「向ふの家と僕の家との縁が切れる」ことを「子とすれば、良いことだと思ふんだ」と言っていたが、この言葉の真意は説明されず、それがいかなる意図か定かではない。基本的に幹雄は家業の旅館経営を継ぐ軌道を歩んでおり、家＝父からの独立を構想する気配はない。「天使」の物語は家父長制を痕跡としては残しながらも、それとの対立は結局曖昧なままに推移し、これを主軸とするとは言えない。

例えば漱石の「それから」(『東京(大阪)朝日新聞』明治42・6～10)の場合、主人公・長井代助の造形は単純ではないにしても、三千代への愛だけは、「自然の昔」なる根源に根拠づけられた掛け替えのない思いのように受け取れる。そのために代助は結末で父から勘当を受けるほどである。それに対して「天使」の場合、ある人物の他の人物への愛は、他にいくらでも取り替えの利くものでしかなく、それと並行して、家との関係も、決して厳しい対決に導かれることはない。「天使」は、恋愛や家などを主眼とする近代小説ジャンルの枠組みを残しながらも、それを骨抜きにするところが特徴的であるようなテクストにほかならない。

◉小説様式の可能性

ただし、家父長制とは無縁なところで、このテクストでは結婚が重視されており、それは呪物化の域にまで達している。幹雄は結婚せずにはいられず、また他人にまで結婚をさせようとする。明石に雪子との結婚を勧め、また雪子を有原家の長男へ近づけようとする。「あれなら必ず雪子を安全に幸福にすることの出来る人物だと、幹雄は思つたのだ」というように、結婚は「幸福」の契機とされているが、幹雄夫婦の帰趨を考えても、また一般論としても、それを無条件に認めることは難しい。むしろ結婚はこのテクストにおいて、それを支点として人物関係が回転し、運動するための便宜にほかならない。結婚への求心力は、このテクストが固有に設定したルールの一つである。実体としての信憑性は、恋愛にも欲望にも結婚にもなく、すべては小説構造としての関係を作り出す契機に過ぎないだろう。必然的な実体としての定着がないことから、物語の流れは、いかようにも自在に変えることができる。これこそが、予見困難な物語の線が形作られる所以なのである。

自己決定能力を持たない人物群が、関係の函数としてのみ完璧に性格を規定され、結婚という中心の引力によって行為を与えられ、そして物語の線を攪乱すること——これがこのテクストの設定するルール群にほかならない。そしてヴィトゲンシュタインの言語ゲームがそうであるように、次の瞬間にそれらの同じルールが成立するか否かは分からない。そのルールは一回に限り有効で、他のテクストでは厳密には通用しない。横光が、陸続と執念深く純粋小説を書いた理由、あるいはそのことの帰結は、特定の理法が覆うテクストの世界を、一作ごとにその理法をずらしつつ生成し、それによって小説様式の可能性の拡がりを秤量しようとしたことにある。その時、小説そのものが、〈暗闇での跳躍〉となるのだ。そのような意味で「天使」は、純粋小説の実験がアヴァンギャルドの領域にまで侵入するような、真に変異したテクストなのである。

【注】

＊1 古谷綱武「『天使』について」（『横光利一』一九三七・一二、作品社）、125～126頁。

＊2 岩上順一「心理から倫理へ――『天使』と『雅歌』について」（『横光利一』一九四二・九、三笠書房）、101～106頁。

＊3 井上謙『評伝横光利一』（一九七五・一〇、桜楓社）、287頁。

＊4 菅野昭正205～206頁。

＊5 詳細は中村三春「横光利一の〈純粋小説〉」（『フィクションの機構』一九九四・三、ひつじ書房）参照。

＊6 中村三春「横光利一の文化創造論」（本書所収）参照。

「旅愁」——さまよえる本文

十重田裕一

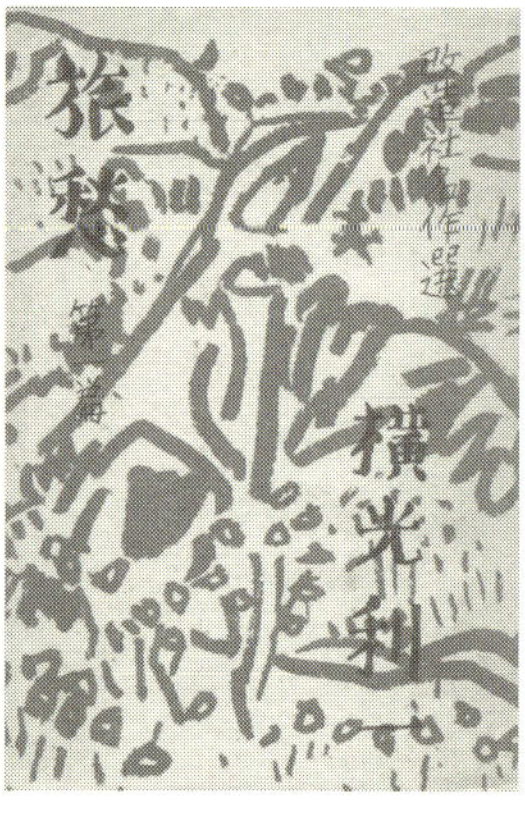

戦後版（改造社名作選）『旅愁』第一篇の表紙

1 はじめに——「旅愁」を論じるにあたっての前提

横光利一「旅愁」には大きく分けて、新聞・雑誌初出掲載本文（Ⅰ）、戦前版単行本収録本文（Ⅱ）、戦後版単行本収録本文（Ⅲ）の三種類がある。

Ⅰは、一九三七年四月から「東京日日新聞」「大阪毎日新聞」に連載された本文と、その後これを引き継いで「文藝春秋」「文学界」「人間」に断続的に連載された本文からなる。*1 Ⅱは、改造社刊行の『旅愁　第一篇』（一九四〇・六）、『旅愁　第二篇』（一九四〇・七）、『旅愁　第三篇』（一九四三・二）、Ⅲは、第二次世界大戦後、改造社から「改造社名作選」として刊行された『旅愁　第一篇』（一九四六・一）、『旅愁　第二篇』（一九四六・二）、『旅愁　第三篇』（一九四六・六）、『旅愁　第四篇』（一九四六・七）からなる本文である。その後も、改造社版『横光利一全集』第一六、一七、一八巻（一九四八・四、五、六）、『旅愁　全』（一九五〇・一二）など、「旅愁」の刊行は相次ぐ。しかし、著者自身による表現の改変が可能なのは、以上のⅠ～Ⅲの本文である。

「旅愁」を考察するためには、評価の如何にかかわりなく、どの本文を選択するかが重要となってくる。論の立て方次第で、新聞・雑誌初出、戦前版、戦後版のどの本文をとりあげるか、その選択が異なってくるからである。本文の選択それ自体に、論じる側の問題意識や視点があらわれてくるのである。

たとえば、戦前の思想との関連から「旅愁」を分析する際に、戦後版の本文を扱うことは望ましくない。また逆に、戦後の歴史的・社会的コンテクストから「旅愁」を考察する場合、戦前の新聞・雑誌初出掲載本文ならびに戦前版の本文をとりあげることも同様に問題がある。

戦前版と戦後版のどちらの本文を『定本　横光利一全集』(河出書房新社)に収録するか長い議論があったことにもうかがえるように、[*2]「旅愁」本文の異同は、この小説ならびに横光利一について考えるうえで欠かすことのできない重要なポイントとなる。

『定本　横光利一全集』は、初めて単行本に収録された本文、すなわち単行本初収録の本文を採録することを前提にしていた。この原則に基づくと、戦前版「旅愁」を採用することになるが、「旅愁」の後半部分は戦前には単行本化されていない。

したがって、単行本初収録の本文を採録するという原則を貫くと、第一篇から第三篇までを戦前版とし、第四篇を戦後版として採用するしかなくなる。しかし、このように「旅愁」の本文を編集してしまうと、戦前版・戦後版の、それぞれ性質の異なる本文を接木することになってしまうのである。

『定本　横光利一全集』では、全集の編集委員が編集上の困難をめぐって議論を積み重ねた結果、第一篇、第二篇、第三篇に改造社刊の戦前版を用い、戦前に単行本に収録されていない部分については雑誌初出を例外的に採用することになった。すなわち、すべて戦前版の本文で統一、これに戦後発表された「梅瓶」を加えて全集の本文はつくられているのである。

ここには、「旅愁」成立の複雑さが反映している。したがって、「旅愁」を論じるにあって不可欠となるこの小説の本文についての検証は、第二次世界大戦前後一〇年にわたって書きつがれた「旅愁」が、どのような歴史的・政治的状況のもとで生み出されたのかを問うことに直接つながってくるのである。

以上のような問題意識から、ここでは、「旅愁」本文の研究の端緒として、第二次世界大戦後、改造社から刊行された「旅愁」の成立について検討を行いたい。戦後版「旅愁」成立にかんする横光自身による証言はほとんどなく、その成立の経緯について、明らかにされていないからである。

しかし、『木佐木日記　第四巻』（一九七五・一〇、現代史出版会）に収録された戦前から戦後にかけての記録からは、戦後版「旅愁」が刊行されるまでの具体的なプロセスが当時の担当編集者・木佐木勝の視点から明らかとなる。戦後版「旅愁」の成立がこれだけ克明にたどられたものは他に類例がない。

以下では、戦後版「旅愁」成立のプロセスが克明に記された木佐木日記の記述とこれに関連する情報に基づきながら、「旅愁」成立の背景について整理し、考察を進めていきたい。

2　戦後版「旅愁」入稿に至るまでのプロセス

第二次世界大戦後、改造社が再興を期するべく、最初に刊行されることになった書物は「旅愁」であった。「旅愁」が選ばれたのは、戦前のベストセラーのひとつであり、戦前から継続していた改造社と横光との強い結び付きがあったことによる。[*3] 改造社出版部は、「改造社名作選」として第一篇、第二篇、第三篇、第四篇と次々に刊行していく。

しかし、第一篇の刊行は、必ずしも順調ではなかった。これからたどっていくことで明らかとなるように、刊行は難航を極めることになる。それは、ＧＨＱ／ＳＣＡＰ（General Headquarters/Supreme Commander for the Allied Powers）による検閲という言論規制があったからに他ならない。

それでは、戦後版「旅愁」が成立するまでに、どのような曲折をたどったのだろうか。まずは、入稿までのプロセスを見ていくことにしたい。

一九四五年一〇月二三日、木佐木は、改造社社長・山本実彦の命を受け、「改造」復刊号への小説寄稿を横光に依頼するべく、北沢の横光邸に向かう。しかし、山形の疎開先から戻っていなかったため会うことはできず、二九日に疎開先に速達を出す。『定本　横光利一全集』の「年譜」には、四五年六月に千代夫人の郷里、山形県鶴岡市に疎開し、同月末、同県西田川郡上郷村に移転したとあるので、西田川郡上郷村に速達を出したことになる。

一一月一六日の夜、木佐木は「旅愁」を読みはじめるが、「司令部の検閲の眼を通過できるかどうか」自信がないと日記に記している。木佐木は、「旅愁」とともに、石坂洋次郎「若い人」、林芙美子「放浪記」の刊行の準備も進めるが、それは、この三つの小説が改造社戦前の大ヒット商品であり、戦後の出版界の需要に応え、間に合う企画と考えたからであった。改造社とかかわりの深い横光の、戦前のベストセラーであった「旅愁」には、とくに期待がかけられていた。

橋本求『日本出版販売史』(一九六四・一、講談社)は、戦後のこの時期、「永い間読み物に飢えきっていた一般大衆」が「活字になったものなら何にでもとびついた」「出せば売れた」時代であったことを指摘したうえで、以下のように述べている。

単行本では文芸ものの再刊が活発に行なわれたのも、この時期の特徴だった。新しい時代の作家も作品もまだ生まれず、読者の渇をいやすものとしては、かつての名著の再発行がいちばん手早くて確実だったからである。

「旅愁」「若い人」「放浪記」といった改造社戦前のベストセラーの刊行は、まさしくこのような状況を背景にしていたのである。

木佐木は、一一月一六日に「旅愁」を読みはじめ、一九日に情報局に行き出版申請書を提出する。二〇日には、神田の明和印刷に行き、条件について相談をしている。二二日、木佐木は、「旅愁」が検閲を通らなかった際の意向を聞いておくために横光宅を訪問するが、疎開先にいるため不在。二八日の日記には、「旅愁」をあらためて読み返しながら、作者の意思を忖度すると同時に、検閲の結果について以下のように考えをめぐらせている。

その後「旅愁」については再読して、いよいよ判断に迷うばかりである。私は「旅愁」の検閲に引っかかりそうなところはマークしておいて、あらためて読み直してみるのだが、読むたびに迷いは深まるばかりである。迷っているばかりで解答が出ないので、いまでは迷うことの無意味を悟り、むしろ最悪の事態——出版不許可の場合を予想して、対策を立てたほうが賢明だと思うのだが、その場合考えられることは、結局私が全責任をとって山本実彦の前に首を差しのべるだけである。

一一月三〇日、山形にいる横光からようやく承諾の手紙が届く。「年譜」によれば、一一月は、上郷村の住まいを引き払い、温海温泉寿屋に滞在していた時期にあたる。そして、翌月、横光は家族とともに上京することになるのである。

一二月五日の日記に、「昨日中に「旅愁」第一篇の原本をバラして組み指定を完了し、今日明和印刷へ行って加藤工場長に渡す」とあることから、一二月四日に入稿が完了したことがわかる。復刊の企画を立ててから、わずか一ヶ月のあいだに入稿が完了という早いペースで編集作業は進められていたのである。

3　「旅愁」第一篇の成立の背景

木佐木がその懸念を何度も日記に書き記していたように、検閲に通るかどうかは重大な問題であった。「旅愁」の検閲が行われたと考えられる一九四五年末から四六年初めにかけては、まだ事前検閲の時代であったからである。[*4] 書き換えの具体的な箇所と理由を示された場合、それを遵守しなければ、出版は可能とならなかったのである。

だからこそ、入稿を終えてもなお、「旅愁」の、とくに第一篇の出版の成否が木佐木には気がかりだった。また、修正をもとめられたときに横光がそれに応じるかどうか、木佐木にとって大きな不安となっていたのである。

当の横光からの連絡がなかなかないことに困惑している様子は、日記に何度も記されている。たとえば、以下の一二月一四日の記述に見られるように、入稿を終えて初校ゲラが出ようとする段階になっても、横光が帰京せずにいて、編集の打ち合わせができないことを木佐木は嘆いていた。

かんじんの本人が一向に帰京する様子がないのでいよいよ不安になり、「シキユウゴキキヨウマツ」といってやったが、「旅愁」の初校ゲラがそろそろ出ようとするとき、私は本人と打ち合わせができず、困り切っている。

その後、連絡がとれたものの、「古いものは見る気がしない」（一二月二一日）という理由から、校正は一任されることになる。校正刷は、一二月一八日に九四ページ、二〇日に一六〇ページと、五月雨式に印刷所から届けられ、二二日に「旅愁」第一篇は三八八ページで組み上がる。二七日、序文はあと回しにしてもらうように頼み、「旅愁」第一篇の再校ゲラ二通を検閲の担当者に差出した。

そして、一二月二八日に、工場長のところへ行き、検閲の結果が出てからの対応策を講じ、あくる一九四六年一月四日の結果を待つことになる。木佐木は、四五年一一月二二日の日記に「芸術家横光利一の立場と司令部の検閲課の立場は両立しない」と記したが、検閲結果はこの予想を裏切ることはなかった。

　年が明けて、一九四六年一月四日、非公式ではあるが、「旅愁」のゲラが戻された。木佐木は、「むざんにも数ヵ所にわたって削除の筆が入っている」そのゲラをもって、横光を訪ね、削除箇所の手当てを依頼する。

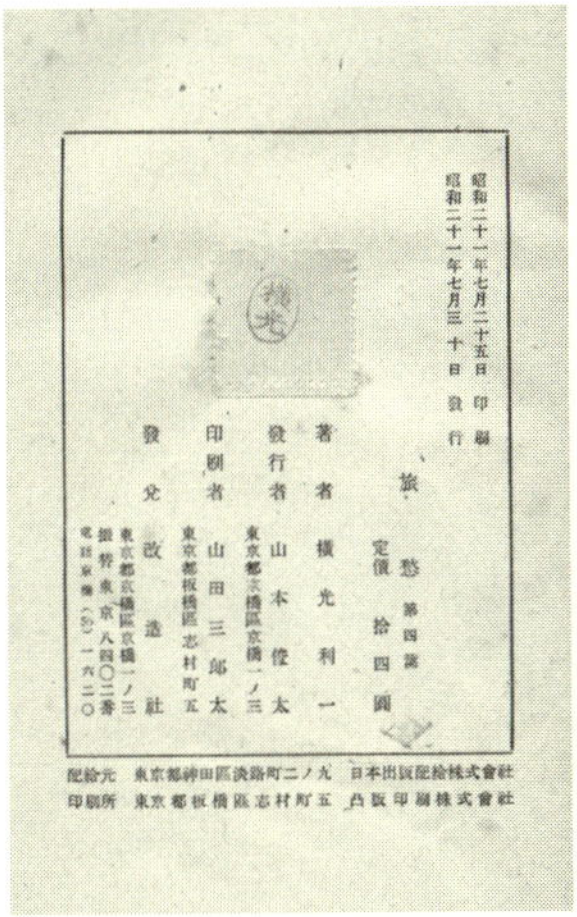
昭和二十一年七月二十五日印刷
昭和二十一年七月三十日發行
旅愁 第四篇
定價 拾四圓
著者 横光利一
發行者 山本俊太 東京都京橋區京橋一ノ三
印刷者 山田三郎太 東京都板橋區志村町五
發兌 改造社 東京都京橋區京橋一ノ三 振替東京八四〇二番
配給元 東京都神田區淡路町二ノ九 日本出版配給株式會社
印刷所 東京都板橋區志村町五 凸版印刷株式會社

『旅愁』第４篇の奥付

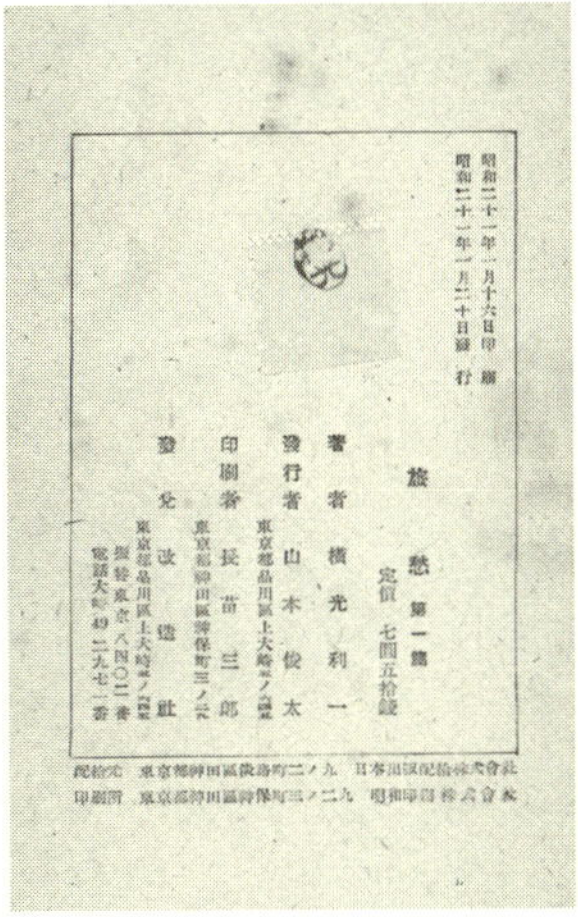
昭和二十一年一月十六日印刷
昭和二十一年一月二十日發行
旅愁 第一篇
定價 七圓五拾錢
著者 横光利一
發行者 山本俊太
發兌 改造社 振替東京八四〇二番
配給元 東京都神田區淡路町二ノ九 日本出版配給株式會社

『旅愁』第１篇の奥付

　翌五日には、「はっきりした日本語で「旅愁」の削除個所について、正式な申し渡しをされ」、「伏せ字は絶対に許されず、削除のあとをとどめないように訂正するように念を押された」という。戦前の日本で行われていた、××などの記号を使用、あるいは空白にするなどして検閲箇所を明示する方法とは異なり、ＧＨＱ／ＳＣＡＰの検閲の方法は、削除の箇所が一切明らかとならないようにその痕跡を消去する周到な方法であったのである。

　このような通達を受けた直後、木佐木は横光のもとに行き、表現を改変した校正刷を受け取っている。そして、木佐木は一九四六年一月五日の日記に、横光がＧＨＱ／ＳＣＡＰの命令にしたがって表現を書き換えたことについて、以下のように記している。

　横光氏は昨夜徹夜して、削除されたゲラに手を入れたと言っていたが、疲労の色は隠しきれなかった。相変わらずむっつりとして無表情だったが、横光利一の腹の中は私にはいたいほど感じられた。

　手渡されたゲラを一見したところ、赤インキの細字で削除された行間がびっしり埋められていた。私は念のために、作者の前でゲラの赤字にひととおり眼を通したが、帰りの電車の中でもう一度読みなおしてみた。私は救いのない気持で暗然としてしまった。同時に私は作者のみじめな気持をそこに見た。こんどの訂正ぶりは作者の変節でなくてなんであろう。そうでなければ作者の屈服以外のなにものでもない。作者の誇りは今はどこにあるのか。

作者の自発的な意思とはかかわりなく、検閲にしたがわなければ、作品が公表できない状況にこの時期作家たちは置かれていた。横光も例外ではなかった。作品を発表しないか、検閲にしたがいながら発表するか、そのどちらかを選択しなければならない状況下で、横光は「旅愁」の表現の書き換えをもとめられたのである。

それでは、横光はどのように表現を書き換えたのだろうか。その点については、別に検討したが、[*5] 木佐木はその印象を以下のように書き記している。

> 改造社の戦前版「旅愁」第一篇が司令部の検閲によって削除された部分は、全部反ヨーロッパ的な表現が問題にされた。[*6] 作者はその部分を原文の精神と反対な意味の字句に置き代えた。たとえば戦前版では「長い間、日本がさまざまなことを学んだヨーロッパである。そして同時に日本がそのため絶えず屈辱を忍ばせられたヨーロッパである」が戦後の改訂版では「長い間、日本がさまざまなことを学んだヨーロッパである。そして同時に日本がその感謝に絶えず自分を捧げて来たヨーロッパであった」となっている。[*7]

このように、「反ヨーロッパ的な表現」が「原文の精神と反対な意味の字句」に置き換えられた部分の他に、ヨーロッパの植民地主義に関する言及を消去し、ヨーロッパ、アメリカを批判していると読まれる虞のある箇所はすべて表現を書き換えている。たとえば、パリのカフェーで日本人を追い出そうとする「アメリカ人」が「その男」に書き換えられているのもその一例である。また、「愛国心」について登場人物が語っている部分、ナショナリズムを肯定する言説なども削除されているのである。

横光自身がこのような表現の書き換えをした後、一九四六年一月七日に以下のようなプロセスをへて、印刷許可が出るに至る。

> 早朝、明和印刷へ回り、「旅愁」の訂正個所の組変えを依頼した。午前中待っていて組変え済みのゲラを受け取り、午

後から司令部の検閲部へ行った。昨日会ったプリングスハイムに訂正済みのゲラを提出し「印刷許可」のスタンプを押してもらった。

関忠果・小林英三郎・松浦総三・大悟法進編著『雑誌『改造』の四十年　付・改造目次総覧』（一九七七・五、光和堂）には、「旅愁」は各巻一〇万部刊行され、「改造社の営業部は、発表と同時に殺到する雑誌『改造』と『旅愁』の購読中込みの整理に悲鳴を上げねばならなかった」とある。この記述にしたがうならば、改造社の戦後最初の出版物である「旅愁」の刊行は出版社の経営という視点からみて、成功したといえるかもしれない。

しかし、次節で述べるように、刊行までのプロセスは決して順調ではなかった。印刷許可を得た日に、印刷会社は製作費の値上げ交渉をすると同時に、配本予定の日に一〇万部納入できる確実な保証がないことが伝えられ、木佐木は大きな衝撃を受けることになる。市場における好評とは裏腹に、「旅愁」第一篇刊行の舞台裏は惨憺たるものであったことが、木佐木の日記から明らかとなるのである。

4――刊行をめぐる様々なトラブル

一九四六年一月、横光自ら表現を書き換えた校正刷を検閲局に提出し、ＧＨＱ／ＳＣＡＰの検閲を通過したのも束の間、第四篇刊行をめぐるトラブルと印刷所の契約違反が相前後して顕在化する。改造社の再出発を飾る「改造社名作選」の「旅愁」刊行にまつわる、これから述べるこうした紆余曲折は、横光と改造社がこの時期置かれた状況を象徴的に物語っているようにも見える。

「旅愁」第四篇刊行をめぐるトラブルは、一九四六年一月一五日に発覚した。横光が「旅愁」第四篇を小山書店から刊行する約束をしていたことを、木佐木は突然知らされたのである。

戦時中に改造社が廃業していた一九四五年五月に刊行の約束を取り交わし、手渡した原稿はすでに凸版印刷株式会社で組みあがっており、小山書店からの刊行が予定されていた。木佐木はすぐに横光に面会し事実の確認をもとめ、小山書店と交渉を重ね、ようやく刊行されることになった。

このような経緯があったため、第四篇のみ、奥付の印刷所が明和印刷株式会社から凸版印刷株式会社に変更となっている。使用されている紙や印刷が第三篇以前とは異なっているのも、おそらくこれとかかわる。また、第四篇の「後記」に、事態の簡単な経緯の説明と小山書店への謝辞を、横光自ら以下のように述べている。

昭和十九年の八月廿九日に、小山書店から第四篇発行の約束をしたが、二十年に焼失し発行不能になつたことがある。終戦後、再び同店の奨めに随ひ発行準備中、改造社の復興も同時になつた。すべては改造廃社中のこととて、一二三篇発行の部は、日の目を見ることもなからうと思つてゐた折である。この度、本篇を改造社出版部の厚意に加へ得たことは、小山書店の寛大さによること多大、深く謝するとともに、四散の厄にあふべき難行の旅愁も、やうやく行路を一つに集め得られ、全篇に出没する諸人物も、これで渡る荒海の和らぎも感じたことと察せられる。進むべし。

作者誌

第四篇刊行に際しては、他にもトラブルが発生していた。一九四六年七月一日に「旅愁」第四篇は校了となったが、七月二九日に表紙の紙が入っていないことが、印刷所からの連絡で判明したのである。第四篇の奥付には、昭和二一年七月二五日印刷、昭和二一年七月三〇日発行とあることから、トラブルが発生した時点では一刻の猶予もなかったものと思われる。木佐木は、善後策を講じることでかろうじてこの窮地を乗り切ったのである。

一方、印刷所の契約違反は、一九四六年一月二一日に判明した。この日の木佐木の日記には、以下のように記されている。

「旅愁」第一篇は「日配」の納入期限の二十日までに十万部というのが五万部となり、さらにその五万部も二十日の期限が二十五日に延ばされ、明和印刷の出方が猫の眼玉のように変わってきたが、二十日の昨日になっても、ついに一部も納入できなかったことが今日になって分かった。

「旅愁」第一篇の奥付には、昭和二一年一月一六日印刷、昭和二一年一月二〇日発行とあることから、木佐木は発行日の翌日に、「旅愁」第一篇が刊行されていないのを知ったことになる。木佐木の日記には、一月二〇日までには一冊も納入されず、翌二一日になって、ようやく八五〇〇部だけ納められたことが記録されている。そして、二月四日になっても、約束の部数が納品されることはなかったという。

また、印刷の技術もよくなかったこともあって、横光の書物の装丁や連載小説の挿絵を手がけていた佐野繁次郎の表紙絵も精彩を欠いていた。横光は表紙絵の赤い配色が気に入らなかった。そのことが木佐木の日記には明記されている。そのため、「旅愁」第三、四篇の表紙は黄色に変更された。

「旅愁」の成立についてはもちろんのこと、改造社から刊行開始となる『横光利一全集』刊行の経緯、横光死去の前後の記録など、ここで言及した以外にも、木佐木の日記には横光にかかわる重要な記述が少なからず見受けられる。

横光の亡くなった一九四七年一二月三〇日の翌日、山本実彦は以前に話題にした『横光利一全集』刊行の交渉を、木佐木に命じている。社命とはいえ、横光の死後、すぐに全集刊行の話を遺族にしなければならない戸惑いを木佐木は日記のなかで吐露している。しかし、この直後から、新潮社とのあいだで全集刊行の争奪戦が繰り広げられることになる。

一月一〇日、新潮社が印税を一割八部と切りだしたという情報が届き、山本は印税を二割出すことを決めた（二月七日の全集刊行の打ち合わせで、川端が印税二割では出版が成立するはずがないから、一分を全集編集費にまわすことを提案する）。そして、二月二日、正式に改造社から刊行されることが決定するのである。

二月二一日、改造社では『横光利一全集』刊行のための、第一回小委員会が開催され、第一回配本は「旅愁」に決定、編集に際して、司令部検閲済の「旅愁」本文が役立つことになった。『横光利一全集』に収録された「旅愁」の本文も、GHQ／SCAPの検閲のために改変されたものだった。全集が刊行開始となった一九四八年は、まだ検閲の行われていた時期にあたり、表現を書き換えた本文を採用する以外には、選択の余地がなかったのである。三月五日には、川端の意向もあって装丁の担当が安井曽太郎に決まり、内容見本作成のことなど、全集の編集は進行する。五月一一日の日記には、改造社の最大の企画であった『横光利一全集』刊行と呼応するように、横光利一賞の設定された経緯が記録されている。

しかし、改造社の経営が思わしくなく、一九四八年四月から刊行開始となった全集も、五一年三月、二三巻で中絶となってしまう。そして、雑誌「改造」は五五年二月号をもって終刊となり、改造社はその歴史を閉じたのである。

5　おわりに

以上、戦後版「旅愁」の成立の背景を、編集者の日記の詳細な記述を手がかりにたどってきた。それにより、横光が戦後版「旅愁」で、GHQ／SCAPの検閲による指示を受けて、本文の書き換えを行っていたことが明確となった。それと同時に、戦後版「旅愁」成立の背景が、担当編集者の視点から鮮やかに浮かび上がってきた。戦後版の本文の成立する一九四五年後半期の横光の動向が、担当編集者の視点から克明に映し出され、年譜の空白期を少なからず埋めることにもなったのである。

今後は、ここでの成果を踏まえて、GHQ／SCAPが具体的にどのような指示を出し、それに対して横光がどのように応じたかを考察していくことが必要となる。それにより、横光利一がGHQ／SCAPの厳しい検閲の下で、具体的にどのように本文を書き換えたかをたどることができるだろう。

現在、もっとも手に入れやすい「旅愁」のひとつである、講談社文芸文庫版『旅愁』上・下（一九九八・一一、一二）が、GHQ／SCAPの検閲による加筆・修正を施した本文『旅愁　全』（一九五〇・一一、改造社）を採用していることを想起するとき、この小説の本文の検証がいまなお重要な意味をもつように思われてくるのである。

【注】

＊1　「旅愁」第五篇は、「文藝春秋」に三回（一九四四・六、一〇、一九四五・一）、さらに「梅瓶」と題して「人間」（一九四六・四）に掲載された。しかし、執筆を中断したため、「旅愁」第五篇は完結しなかった。

＊2　篠田一士・前田愛・栗坪良樹「共同討議『旅愁』の意味」（『国文学　解釈と鑑賞』第四八巻第一三号、一九八三・一〇、至文堂）において、栗坪氏が全集編集に際しての経緯について発言している。

＊3　十重田裕一「出版メディアと作家の新時代──改造社と横光利一の一九二〇─三〇年代」（『文学』第四巻第二号、二〇〇三・三、岩波書店）で、改造社と横光の強い結びつきについては考察した。

＊4　山本武利『占領期メディア分析』（一九九六・三、法政大学出版局）の「第二部　GHQのメディア政策　第一章　メディアの

検閲、没収　第一節　事前検閲から事後検閲へ」によれば、一九四五年一〇月二九日から東京の出版社の書籍や雑誌が部分的ではあるが、事前検閲の対象に組み入れられたとある。なお、「CIS―2498」のデータには、一九四五年一二月に刊行された書籍の事前検閲の数は二七六で、事後検閲はない。翌四六年一月に入って、ようやく、事前検閲の数は三二三、事後検閲は三五となる。

＊5　「旅愁」第一篇の、GHQ／SCAPの検閲による加筆・修正については、十重田裕一「第二次世界大戦後版「旅愁」第一篇の検閲と表現」（中村明・野村雅昭・佐久間まゆみ・小宮千鶴子編『表現と文体』二〇〇五・三、明治書院）で考察した。

＊6　松浦総三『増補決定版　占領下の言論弾圧』（一九七四・一、現代ジャーナリズム出版会）も、以下のように、横光が全く逆の意味に書き換えたことについて言及している。「私の働いていた改造社の経験によると、横光利一の「旅愁」は百カ所以上カットされた。文芸評論家山本健吉は「カットされたが、たいしたことはなかった」（『昭和文学全集』「横光利一」）と書いているが、事実は横光利一自身の手によって意味が逆に書きかえられたところさえあった」と述べている。

＊7　戦前版「旅愁」の「ヨーロッパである」の部分は、戦後版の本文と同様に、「ヨーロッパであつた」である。なお、木佐木の引用には「あった」とあるが、実際の本文では「あつた」。

付記　本稿は、早稲田大学特定課題研究助成「横光利一とマスメディアの相互関連性の研究」（課題番号 2005A-019）の成果の一部である。

「夜の靴」——芭蕉、ヴァレリー、そして「不通線」

日置俊次

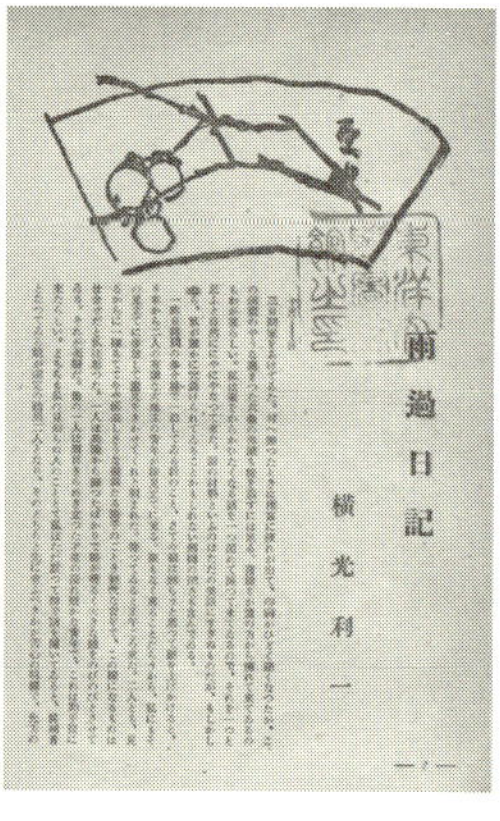

初出誌の一つ『人間』第2巻第5号「雨過日記」の冒頭

1 芭蕉の末裔として

昭和二〇年六月、横光利一は空襲が激化する東京を逃れて、山形県鶴岡市にある千代夫人の実家に身を寄せる。八月一二日に近郊の西田川郡上郷村に再疎開したが、借りられたのは農家の粗末な部屋で、畳も電燈もなくその日の食べものにも困る暮らしであった。「夜の靴」はその僻村で迎えた八月一五日、日本の敗戦を知る場面から書き出される。日付は「八月——日」という曖昧なものながら、形式としては日記に近い。作品に実名が登場する親友の川端康成も「日常を、恐らく作為なしにありの儘日記体に書いたもの」と推定している。*1

しかしこの日記体には、紀行・俳文としての性格もうかがえる。敗戦、東北という結びつきからも、横光は松尾芭蕉の『奥の細道』を意識していたであろう。そのイメージの連環については後に詳述するが、横光は自身を芭蕉の末裔と信じ、生涯芭蕉を強く意識し続けた作家である。『奥の細道』は、六月六日の月山登山を八日と書き換えるなどの改変に満ちている。「夜の靴」は「夜の靴ノート」など現場の素材メモを推敲する形で成立しているが、やはりフィクションを孕む。「一枚の原稿用紙も持つて来てゐない」というのは誇張であり、また六畳一間に起居といっても実際には部屋は八畳と六畳の二間あったという。[*2]

利一が傾倒したポール・ヴァレリーの「生まのままの真は偽せよりも偽せだ」という格言が九月某日に二度引用されているのは偶然ではない。これは「レオナルド・ダ・ヴィンチ方法論序説」に登場する言葉であるが、ここに既に、「不通線」と「象徴」の問題が提示されている。「夜の靴」の「あとがき」には「これはそのころの日記である」「終戦の日から自宅へ帰る日までの、およそ百ケ日間ほどのこと」と記されるが、「百ばかりの短篇集」であるともいう。「百」にこだわるのは、芭蕉が巻く連句の百韻を意識したと考えられる。『奥の細道』では要所に発句が配されるが、「夜の靴」では詩歌が引用され、季節感溢れる詩的断章がちりばめられる。冒頭近く、「池へ垂れ下つてゐる菊の弁を、四五疋の鯉が口をよせ、跳ねあがつて喰つてゐる」という一節は、「起きあがる菊ほのかなり水のあと」「秋を経て蝶もなめるや菊の露」「道のべの木槿は馬に食はれけり」などの芭蕉の発句を思わせる。

南瓜の尻から滴り落ちる雨の雫。雨を含んだ孟宗竹のしなやかさ。白瓜のすんなり垂れた肌ざわり。瞬間から瞬間へと濃度を変へる峯のオレンヂ色。その上にはつきり顕れた虹の明るさ。乳色に流れる霧の中にほの見える竹林。こうした短文の連なりが意識していたものは、発句であり連句であろう。一〇月某日の書き出し「葱の白根の冴え揃つた朝の雨。」は、「葱の白根の冴え揃ひたり朝の雨」という一句として整えることもできた。現に「旅愁」や「春園」などには横光自身の俳句が生かされている。しかしここでは、俳句に対してある種の距離がとられる。横光は発句ではなく、初めての短歌「足のうら黒き農夫を見てをれば流れ行く雲日を洩しけり」をあえて披露する。逆に言えば、それほどまでに横光の居所は、芭蕉の俳句や紀行の記憶を呼び覚ましてやまない空間であった。もともと昭和一三年八月、横光が湯殿山へ本格的に登拝したのも、芭蕉がついに語らなかった秘密を探ろうとした意図がうかがえる。一家が疎開した佐藤松右衛門宅より山道を登った場所にある鞍乗峠について、横光はこう記す。

それは私の部屋から背後の山へ登ること十分、鞍乗りと呼ぶ場所だ。そこは丁度馬の背に跨がつた感じの眺望で、右手に平野を越して出羽三山、羽黒、湯殿、月山が笠形に連なり、前方に鳥海山が聳えてゐる。そして左手の真下にある海が、ふかく喰ひ入つた峡谷に見える三角形の楔姿で、両翼に張つた草原から成る断崖の間から覗いてゐる。

『奥の細道』で出羽三山巡礼の句は「涼しさやほの三か月の羽黒山」「雲の峯幾つ崩て月の山」「語られぬ湯殿にぬらす袂哉」「湯殿山銭ふむ道の泪かな」（曾良）とまとめられているが、そこに「夜の靴」でも引用される「荒海や佐渡によこたふ天河」という日本海の句を加えると、峠の眺望は『奥の細道』のハイライトを要約したごとき、ある意味で贅沢な景色である。この景色は慣れぬ田舎暮らしで空腹に耐える横光の忍従の日々を慰めたであろう。ほかにも「余目から最上川に添つて新庄まで行く」「最上川の河口である。そこが酒田だ」といった記述が、もちろん「五月雨をあつめて早し最上川」「暑き日を海にいれたり最上川」の場面を思い出させるなど、符合は多い。しかし「夜の靴」の横光は、花鳥や風景に遊ぶことをどこかで抑制しようとしている。「春は馬車に乗つて」の表現を借りれば、何よりもまず透明な「一本のフラスコ」になり、「あらゆる感覚の眼を光らせて」、敗戦後「次ぎ次ぎに来る苦痛の波」を受け止めているように考えられる。

芭蕉が江戸から東北への大行脚に出立したのは、元禄二年（一六八九）である。奥州平泉で源義経が非業の最期を遂げたちょうど五百年後であった。芭蕉は、多くの忠臣がたてこもり敗残の兵となった義経居館の高館の跡に立ち、「国敗れて山河あり、城春にして草青みたり」と杜甫の詩を吟じて落涙し、「夏草や兵どもが夢の跡」と詠む。曾良も「卯の花に兼房みゆる白毛かな」と忠臣の白髪を卯の花に重ねて詠む。「夜の靴」の書き出しでは、先述したように国が敗れた報がもたらされる。「なだれ下つた夏菊の懸崖」を見つめつつ、横光は「この村はむかしの古戦場の跡でそれだけだ」という。ここに「夏草や」の句を喚起する情調が漂うことは避けられない。白い花もクローズアップされている。[*3]

茎のひよろ長い白い干瓢の花がゆれてゐる。私はこの花が好きだ。眼はいつもここで停ると心は休まる。敗戦の憂きめをじつと、このか細い花茎だけが支へてくれてゐるようだ。私にとつて、今はその他の何ものでもないただ一本の白い花。

横光は優美な「夕顔」の語感を避け、「干瓢の花」と泥臭く呼ぶ。しかし芭蕉の「夕顔に干瓢むいて遊びけり」「夕顔に見とるるや身もうかりひよん」「ゆふがほに米搗休む哀哉」等の句を知っていただろう。また自分の居所を「義経が京の白河から平泉へ落ちて行く途中も、多分ここを通つて、一夜をここの山堂の中で眠つたことだらう」と確認している。「夏草や」の句がさらに思い出される。

芭蕉のこの東北の旅は、何よりも「蚤・蚊にせゝられて眠らず。持病さへおこりて消入許になん」という行程であった。平泉を発ったあと、尿前の関から出羽の国に入り、出羽新庄藩堺田の封人の家に宿りを求めるが、そこでも芭蕉は蚤に悩まされ、名句「蚤虱馬の尿する枕もと」が詠まれる。山形に仮寓した横光を最も悩ましたのも蚤であり、「空襲の方がまだましだ」と悲鳴を上げるほどであった。

> ここへ移つてから一番自分を悩ますものは蚤だ。昼間も食事をしてゐる唇へまで跳びこんで来る。大げさにいへば、顔を撫でると、ぼろぼろと指間からこぼれ落ちさうな気配で、眉毛にも跳びかかる。まして夜など眠れたものではない。

これだけ符合する世界を描きながら、『奥の細道』への言及はない。流行作家として一世を風靡した横光の名も職業も知られていない僻村に身をおき、匿名の異邦人として通そうとする努力の一環というだけでは説明できない。芭蕉の句を引用すれば、蚤に責められる日ごとの苦しみが、ある意味で風雅の追体験という次元に移行してしまいかねないことを恐れたのであろうか。とにかく『奥の細道』の重みに押しつぶされてしまわぬように、芭蕉の名は世間話の中に放り出される形でさりげなく引用されている。

> 「おれは、人に感心する性質だよ。おれは自分が悪いと思へばこそ人に感心するのだ。これが風雅といふものさ。芭蕉さんのとは少しばかり違ふ。僕のはね。」
> 「芭蕉さんのはどういふの?」
> 「あの風雅は、まだ花や鳥に慰められてゐる無事なところがあつてね。そこが繁栄する理由だよ。芭蕉さん、きつと自分のそこがいやだつたんぢやないかなア。あの人は伊賀の柘植の人だから、おれと同じ村だ。それだから、おれにはあの人の心持ちがよく分る。小林秀雄はそこを知つてるもんだから、おれに芭蕉論をやれやれと、奨めるのさ。」
> 「小林さんが?」妻は顔を上げた。
> 「うむ。しかし、小林の方が芭蕉さんより一寸ばかし進歩してゐるね。おれの見たところではだ。」

芭蕉の「風雅は、まだ花や鳥に慰められてゐる無事なところがあ」り、「そこがいやだつたんぢやないかなア」と書かれている心情は、おそらく横光自身のことを語っている。横光は「悪い」自分を認め、小林秀雄に「感心」してみせる。ここには「僕は馬鹿じゃない、何故かというと自分が馬鹿だと気が附くごとに、自分を否定し——自分を殺すから」というヴァレリー的な論理の影響も匂う。[*4] 小林が芭蕉より進歩しているのは、ヴァレリーを訳しているからではないか。ヴァレリーはマラルメとポーに傾倒し、明晰の魔テスト氏という分身を描いた。ある意味で「夜の靴」は、ヴァレリーに心底傾倒し、敗戦と同時にその訃報に接した横光自身の『テスト氏』であったのではないか。テスト氏は花鳥に慰められはしない。芭蕉と身内であることを公言しながら、横光はそこに寄りかかるまいとする。俳句を信じつつ、俳句だけでは脚下の動乱の世が記述できないことも知っている。風雅の次元へ安易に没入することを戒め、詩への憧憬にも似た想いを失わぬまま、自己の極北まで見極める覚悟で、横光は敗戦後の混乱の中に新しい文学観を拓こうと模索している。

名句を生んだ出羽の国から鼠《ねず》の関（西田川郡温海町鼠ヶ関）を越えて、芭蕉は日本海沿いに越後に入った。出雲崎で「荒海や」の想を得る。「病おこりて事を記さず」という文飾によって、その地の記述はそっけない。芭蕉は多くを秘め隠している。横光はこの句を他の詩歌ととり合わせ、芭蕉だけが特別に浮き上がらないよう注意しつつ引用する。

日本の全部をあげて汗水たらして働いてゐるのも、いつの日か、誰か一人の詩人に、ほんの一行の生きたしるしを書かしめるためかもしれない、と思ふことは誤りだらうか。

淡海のみゆふなみちどりながなけば心もしぬにいにしへ思ほゆ（人麿）

何と美しい一行の詩だらう。これを越した詩はかつて一行でもあつただらうか。たとえこのまま国が滅ばうとも、これで生きた証拠になつたと思はれるものは、この他に何があるだらう。これに並ぶものに、

荒海や佐渡によこたふ天の川（芭蕉）

今やこの詩は実にさみしく美しい。去年まではこれ程も美しく違ふものかと私は思ふ。

右の一節は「夜の靴」の主題に触れる部分である。人麿の歌は琵琶湖という淡水の海を、芭蕉の発句は日本海を詠む。人麿の詠う大津の、義仲寺には義経に敗れた義仲の墓があり、近江を愛した芭蕉の墓がある。人麿は廃墟を通じて、過去から時間をたっぷり湛える琵琶湖を歌い、芭蕉はそのたゆたう時間を「ゆく春を近江の人と惜しみける」と詠んだ。その

芭蕉の墓の近くで横光は幼年期を過ごした。両親が京都の山科に移ってからも逢坂山を徒歩で越えて大津の姉をいくたびも訪ねており、その風景は多くの習作に描かれている。右の一節には「愁ひつつ丘にのぼれば花茨」という蕪村の句も引用されるが、逢坂山に登って愁いつつ琵琶湖を見下ろしていた若き日の横光の映像が重ねられていたかも知れない。大津は横光文学の出発点である。芭蕉の本拠地江戸、生誕の地伊賀、墓所のある大津、『奥の細道』の出羽と、横光が深く関わった意味は大きい。芭蕉との血縁を意識し、また普段より縁起を担いで「神の啓示」を信じ、一部の人々からは「神がかり」とも呼ばれる横光が、偶然では片付けられない因果の糸を感じたとしても不思議はないだろう。[*5]

かういふときふと自分のことを思ふと、他人を見てどんなに感動してゐるときであらうとも、直ちに私は悲しみに襲はれる。文士に憑きもののこの悲しさは、どんな山中にゐようとも、どれほど人から物を貰はうとも、慰められることはさらにない。さみしさ、まさり来るばかりでただ日を送つてゐるのみだ。何だか私には突き刺さつてゐるものがある。

横光は因果の糸を喜ぶのではなく、底知れぬ悲しさ、寂しさを覚えている。その寂しさを、作家であるものの避けがたい寂しさとして表白している。例えば横光の内にさざめく海の記憶は、横光が「海」と書き記すだけでは読者に何一つ伝わりはしない。幼年期、呉に住んだ横光は、便所に落ちて父に瀬戸内海で洗われたときに、「小さな魚が貝の中から出たり入つたりしてゐた美しさ」に驚いた。[*6]また最初の妻を肺結核で失ったときに見た逗子の内海は「春は馬車に乗つて」などの作品に繰り返し登場する。忘れがたい記憶のこもごも貼りついた「海」は、そのままでは贋であり、詩的象徴の次元へ昇華されねばならない。時空を超えて読者と結ばれるために、ある意味で個としての何かが減殺されていき、どこかで「生まのままの」命が、すなわち生身の人の臭いが掻き消える必要がある。それが寂しい。出羽三山と日本海を前にしても、そこにもう生身の芭蕉の姿はない。自身の肉体もやがて消え行くことを横光は鮮烈に意識している。

2 「不通線」という架け橋

若き日の横光は「文字について——形式とメカニズムについて」という文章の中で「海」という文字についてこう述べ

ている。[7]

譬へば、海と云ふ文字がある。だが、われわれは此の海と云ふ文字から、同様に一定の海を感じるであらうか。或るものは曽て見た瀬戸内海を幻想するであらう。また或る者は逗子の内海を連想するであらう。即ち、その読者の頭に従つて、文字から受けるエネルギーの量が個々別々に独立して違ふのだ。ここに、文字の形式の面白さがある。

神谷忠孝はこの一節を引用しつつ、横光の形式主義論に関して「文単位の表現技巧への関心が、やがて構成の技巧にまで発展し、新感覚派時代の集大成である『上海』となって結実した」と分かりやすく要約する。[8]しかし現実には、横光の試行錯誤はもう少し混沌とした経過をたどったはずである。「一番最初は詩を書いた」[9]横光、ポーの詩「アナベル・リー」に初恋の女性おかつの死を重ねてもいる横光は、「ポウの教訓」[10]という文章で「常に断固として意識的に構成せよ！」と標榜しており、当初から構成美への関心は存在したように見える。いずれにしても、横光の新感覚派時代の表現には省略と飛躍と速度と比喩が駆使されて、韻文的要素が強い。「日輪」の「見よ、大兄、爾の勾玉は玄猪の爪のやうに穢れてゐる」「やめよ、爾の管玉は病める蠶のやうに曇つてゐる」というリズムの呼応するやりとりや「彼は小石を拾ふと森の中へ投げ込んだ。森は数枚の柏の葉から月光を払ひ落して呟いた」という一節に見られる擬人法は、通常のリアリズムによる描写からは外れる。散文の中に意味やイメージの凝縮された韻文をちりばめる文体には、私小説的な発想、作者と読者が無条件に一つになれるという幻想に満ちた散文形式への批判があった。「文字から受けるエネルギーの量が個々別々に独立して違ふ」ことは、人と人の間に「不通線」が存在することを指している。そしてその「不通線」の存在は、人が十全に理解しあうことを妨げている。横光の韻文への執着は、そんな「不通線」に対する寂しさの表白である。川端康成が「詩の象徴が常に横光君のうちを流れていたことも疑えない」と指摘しているように[11]、横光は「不通線」を顕在化しつつ、「象徴」と呼ばれる位相で、つまり言語による説明を超えた磁界で何とか読者とつながろうとしていた。

農民のみとは限らず、一般人の間にも生じてゐるこの不通線は、焼けたもの、焼け残り、出征者や、居残り組、疎開者や受入れ家族、など幾多の間に生じてゐる無感動さの錯綜、重複、混乱が、ひん曲り、捻ぢあひ、嚙みつきあつて、喚きちらしてゐるのが現在だ。（中略）誰も彼もほほけた不通線に怒つてゐるのだ。まつたくこれは新しい、生れたばかりのものである。間もなくこれは絶望に変るだらう。次ぎには希望に。

右は敗戦によって生まれた「不通線」について述べた一節であるが、もともと横光は言葉からも論理からも必ずこぼれ落ちてしまうものがあるという事実を切実に考えており、平俗な言葉の伝達でさえ「不通線」を免れないことを意識している。その乗り越えの合図が横光自身にも定義のしがたい「象徴」なのである。「マラルメは、たとへ全人類が滅んでもこの詩ただ一行残れば、人類は生きた甲斐がある、とさうひそかに思つてゐたさうですよ。それが象徴主義の立ち姿なんですからね」という言葉も、「象徴」を具体的に説明してはくれない。全人類が滅べば、詩の一行は意味を失うだろう。

しかし滅びの空間、少なくとも自分の滅びたあとの遠い歴史の先まで思いを馳せ、川のように流れ去るのではなく重層的に湛えられる海の水の一滴に似た永遠の一行を書くという思念に、横光は賭けようとしている。ある意味で川端の「末期の眼」にも通じる発想だが、過去と未来を包摂する視野は広い。「不通線」に絶望しつつ、散文と韻文との間の境界も、古典と現代文学との境界も越えていくごときほとんど不可能な言葉の理想郷を、横光は生涯模索していた。

「夜の靴」では「私は道元禅書の中からノートへ『夏臘』といふ二字を書き写した。叢林に夏安居して修業したる年数をいふ、と末尾に註釈がある」という形で、釈迦堂の菅井胡堂和尚よりもらった衛藤即應（菅井の恩師）校注による岩波文庫『正法眼蔵』（昭和14・6〜18・9）の引用がある。註釈とは同書中の「字彙」だが、その「拈華瞬目」の項にあるように「迦葉尊者のみ独破微笑して」「正法眼蔵」を授かる重要性が『正法眼蔵』ではくどいほど繰り返し述べられている。「象徴」を突き詰めれば、完全な意思伝達としての、言葉を排した迦葉の微笑のごとき磁界に至るだろう。究極的には沈黙につながる言葉。このような沈黙の意味を考えるとき、言葉を極度に切り詰めて沈黙を孕んだ俳句と、それを感受する座という共同体のモデルは、やはり横光の脳裏から去ったことはないであろう。[*12]

「旅愁」のあのチロルの場面では、「千鶴子の祈つてゐる間矢代は空の星を仰いでゐた。心は古代を遡る憂愁に満ちて来て、山上に立つてゐる自分の位置もだんだん彼は忘れてくるのであつた」とあり、氷河の広がりに星が流れて「荒海や」の句に通じる構図が展開される。そこでも人の姿は次第にかき消える。一度すべてが消失した世界を思うことは、「不通線」の消え去った場所に新しい理想の「座」を再構築する希望ともなりうる。[*13]

「木人夜穿靴去、石女暁冠帽帰」という題詩に登場する「木石」も言葉を超えた無の世界に通じるものだが、茂木雅夫はそれを「不通線」に対する「開通線」と捉え、また「いわゆる身を木石のようにして他に尽くす」思いやりの心こそ「一種の共通線」だと論じている。[*14]こうした人情論に関して菅野昭正は、「長い間共同体の機構を動かす暗黙の力として働いてきた人情が、戦争、そして戦後の騒然たる風圧に吹きさらされて、あちこちでほころびを露呈してゆく事態が観察されてい」ると捉えており、[*15]黒田大河も「それぞれの『不通線』を抱えたまま人々は戦後を生きなければならない」として、「不通線」と「戦後」を限定的に結び付ける。[*16]また梶木剛は「この村にとって、横光利一は所詮は余所者で」あるから、「村を去り、帰京し」なければならないとしている。[*17]このように「木石」も「不通線」も解釈が分かれており、「木人」「石女」それは論者間の「不通線」を顕在化させてもいる。しかしこの「不通線」は、芭蕉とヴァレリーを横光の内奥で結びあわせる架け橋ともなっているのではあるまいか。ヴァレリーは七月に胃癌で亡くなっているが、横光も胃潰瘍に苦しんでいる。「海辺の墓地」中の詩の頁の飛び散る波濤を思い出しつつ横光は、自身の肉体の消失を前提に、「念念刻刻死に迫る泥中の思ひ」で孤独な足音、「木石となつた人間の孤独な音の美しさ」に賭けながら、そんな「不通線」に満ちた重層的な言葉の海へ、寂しさの中へ改めて居場所を定めようとしていたのである。

（二〇〇四年八月稿）

【注】

＊1　川端康成「天の象徴」（『寝園』昭和25・3、細川書店、「あとがき」改題）。

＊2　現実と作品の齟齬については工藤恆治『新感覚派の作家　横光利一とやまがた』（昭和53・7、東北出版企画）、および『横光利一と鶴岡』（平成12・9、横光利一文学碑建設実行委員会）を参照。ただし二間のうち一室を荷物置き場にして、一室に起居したと考えられる。

＊3　白い花については、拙論「横光利一『旅愁』論」（『国語と国文学』平成4・2）参照。なお横光が「一時芭蕉の遺作を耽読した」ことを由良哲次が証言している（『横光利一の芸術思想』増補版、昭和59・9、日本図書センター、34頁）。

＊4　小林訳「テスト氏航海日誌抄」（筑摩書房版『ヴァレリー全集2』昭和43・2、58頁）。ヴァレリーとポー、マラルメとの関係は、ロイス・デイヴィス・ヴァインズ『ポオとヴァレリー――明晰の魔・詩学』（平成14・10、国書刊行会）等を参照。横光が最

初にヴァレリーから衝撃を受けたのは、河上徹太郎訳「レオナルド・ダ・ヴィンチ方法論序説」（『白痴群』昭和4・6）による。なお伴悦『横光利一文学の生成──終わりなき揺動の行跡』（平成11・9、おうふう、291頁）は、「夜の靴」について「ともすれば花鳥に慰められがちな、いわば一方的な自然観からの対自的脱却」を指摘している。

＊5　横光象三は、昭和五年の由良海岸滞在中の父に触れ、「あのときほど神の啓示を信じさせられた事はなかつた」という言葉を記録する（「回想の中の父」、河出書房版『横光利一全集』第12巻月報、昭和31・6）。山形（庄内）は「神の啓示」で「機械」を執筆した記念の場所である。

＊6　村松梢風『近代作家伝』（上巻、昭和26・6、創元社、183頁）。

＊7　原題は「形式とメカニズムについて」（『創作月刊』昭和4・3）。

＊8　神谷忠孝『横光利一論』（昭和53・10、双文社、25頁）。

＊9　「まづ長さを」（『文章倶楽部』昭和4・2）。

＊10　「新感覚派文学の研究」（『文芸創作講座』昭和3・12〜4・9、文芸春秋社）。学生時代にはポーの勉強会も開いており、級友佐藤一英は名訳で『ポオ全詩集』（大正12・6、聚英閣）を上梓している。

＊11　前掲「天の象徴」。保昌正夫『横光利一──菊池寛・川端康成の周辺』（平成11・12、笠間書院、161頁）は人麻呂、芭蕉の引用に「川端のノーベル文学賞受賞時の講演『美しい日本の私』がおのずと想起される」と指摘。

＊12　拙稿「横光利一『旅愁』論──そのナショナリズムと虚構空間」（『昭和文学研究』平成12・3）は、時空を超える虚構空間への志向を指摘。言葉への不信と象徴との関係については拙論「横光利一試論──『春は馬車に乗つて』における死の象徴化」（『日本近代文学』平成8・10）参照。

＊13　拙論「横光利一試論──『旅愁』における俳句」（『東京医科歯科大学教養部紀要』平成13・3）参照。

＊14　茂木雅夫「横光利一──夜の靴」（森山重雄編『日本文学──始原から現代へ』昭和53・9、笠間書院所収）、『横光利一の表現世界──日本の小説』（平成7・10、勉誠社、101頁）参照。また濱川勝彦『論攷横光利一』（平成13・3、和泉書院、247頁）は『臨済録』を引き、「横光利一は『裏に向い』逢着する自我を殺そうとしているのではなかろうか。そこに現出する自己のあり様が『木石』なのであ」るとして、茂木説を批判している。題詩は、拙論「横光利一における微笑の意味──『旅愁』論へ」（『国語と国文学』平成3・6）で触れたように『景徳伝燈録』巻29所収、同安察の十玄談が元である。十玄談は道元『正法眼蔵』でしばしば引かれ、題詩は指月慧印の『指月禅師仮名法語』に引かれるが、横光の引用原典は不明。

＊15　菅野昭正『横光利一』（平成3・1、福武書店、316頁）
＊16　黒田大河「『夜の靴』――〈敗戦〉という『不通線』」（『国文学　解釈と鑑賞』平成12・6）参照。また玉村周『横光利一』（平成4・1、明治書院、285頁）は「不通線」に触れて「絶望の中に希望が、混沌の中に秩序が、変化の中に不変が、という構造において現実を見」る姿勢を指摘。なお拙論「横光利一における象徴の意味」（『東京医科歯科大学教養部研究紀要』平成4・3）は、横光の世界感覚に自己・他者間の分裂に対する興味、分裂の溝への興味があり、それは現実と作品、読者と作品の間に横たわる「不通線」として認識されている点を論じる。
＊17　梶木剛「作家案内――横光利一」（『夜の靴・微笑』平成7・1、講談社）。

Ⅲ 読むための事典

上海からの千代夫人あて横光のハガキ（昭和13年12月23日）

アヴァンギャルド芸術

島村健司

アヴァンギャルドとは二〇世紀初頭にはじまり、既成の芸術観を破壊し、芸術諸ジャンルの境界を飛び越えようとした革新的・実験的な運動の総体である。用語としてはフランスの軍隊用語（前衛部隊）を芸術領域に転用したもの。アヴァンギャルドのめざすところは芸術・非芸術の境界さえ突き崩す。その点、ポピュラー文化と対立し、芸術性を問うモダニズムとは一線を画すとされる。ただ、これらによって生み出された事象が刺激的なだけに、多々大衆的に消費される。

●代表的なイズム

アヴァンギャルド自体は一定の思想形態をとっておらず、さまざまなイズム（主義・派）が混交している。代表的なものの概略を記しておこう。

・**未来主義（未来派）**―イタリアの詩人マリネッティが「未来派宣言」（一九〇九）を発表、あらゆるアカデミスムや因循に反抗して、速度・騒音・闘争・機械などを賛美。「未来主義映画宣言」（一九一六）を行うなど、未来派の影響は映画・絵画・音楽・演劇へと広く及ぶ。

・**キュビスム（立体派）**―ピカソやブラックらに代表されるキュビスムは自然を球や円錐や円筒に分解するセザンヌの試行を受けて展開、のちの遠近法との決別は空間的奥行やそれをあらわすための光影を不要としたが、その後、理論を強調しすぎた反省から写実的な方向へ回帰していく。

・**構成主義（構成派）**―未来派や立体派の影響圏はロシアにも及び、革命（一九一七）を経て社会主義世界における生産性や集団の論理と結合し構成主義に結実。過去の芸術を否認したうえで描写のかわりに構成を、創造のかわりに建設を主張、素材を唯物的に構成した。のち唯物性が強調された左翼的・政治的な方向と、純粋な造形性をめざす二方面に分化。

・**表現主義（表現派）**―構成主義とは逆に、表現主義は感情の吐露・表出を打ち出す。ムンク、ゴッホ、ボトラーらは印象派から出発するが、独特の個性を反映させながら形象を単純化、色彩を強調した表現性は、二〇世紀初頭のドイツの若手芸術家を刺激し、表現主義として結実した。この反動として工業技術に基づく機能的な新しい美を創造する目的で、建築・工芸・デザイン・絵画にわたる実験と教育の場としてバウハウスが設立された。

・**ダダイスム**—何も意味しない「ダダ」ということばを標榜し、ルーマニアの詩人トリスタン・ツァラは「ダダ宣言」（一九一八）を行う。伝統や権威、常識に対する否定・破壊という意味では最も突出している。

・**シュルレアリスム（超現実主義）**—ダダの影響を受け、フランスの詩人アンドレ・ブルトンは「シュルレアリスム宣言」（一九二四）を発する。自己の壊滅・否定に向わざるをえなかったダダに対して、建設的に歩むため、フロイトの精神分析（無意識・夢・偶然など）を契機として抑圧されていた意識の深部へと感性を解放しようとするものであった。

こうした運動がほぼ同時多発的におこってきたのは産業形態の機械化による人的資源の締め出し、第一次世界大戦による大量死や破壊を契機とするところが大きい。それらを根底に既成の社会に対する否定や反抗となってアヴァンギャルドの波が形成されたのである。

◉——日本での展開

対抗する制度や機構より先にアヴァンギャルドが存在することはありえない。国家の運営による制度化された美術展である文展（一九〇七年から実施された文部省美術展覧会）に対抗して発足するのが二科会（第二科美術展覧会）である。東郷青児や神原泰らの登場によって未来派・立体派傾向を強めていく二科会。一九二〇年に亡命してきたデヴィッド・ブルリュックはそうした動きを助長、二科会のなかでより活発な〈未来派美術協会〉（一九二〇）や、〈アクション〉（一九二二年・神原泰、中川紀元、山本行雄、吉田謙吉ら）が結成される。

詩人でもあった神原泰の「第一回神原泰宣言」（一九二一・二）、同年一二月、詩人平戸廉吉の「日本未来派運動」リーフレットの日比谷街頭配布、ダダイストを標榜する詩人高橋新吉や、アナキスム傾向の詩誌『赤と黒』（一九二三年一月創刊）の同人萩原恭次郎らにも波及している。さらに構成主義に関心を示した村山知義が一九二三年ドイツ留学から帰国し、同年〈未来派美術協会〉の柳瀬正夢らと〈マヴォ〉（MAVO）を結成。翌年四月の帝都復興創案展における建築モデルの展示、七月『マヴォ』創刊、一〇月映画館葵館の緞帳制作、一一月『現在の芸術と未来の芸術』（長隆舎書店刊行、一二月築地小劇場公演「朝から夜中まで」（カイザー作・土方与志演出）の舞台装置制作（日本初の構成派の立体的舞台として伝説化）など、村山の多方面にわたる活動は〈マヴォ〉の志向を代表する。築地小劇場と旗揚公演以来かかわりを築いていた吉田謙吉（この公演ゲーリング作「海戦」で表現派の舞台装置をつくった）も一九二五年〈マヴォ〉に加わる。

◉――新感覚派との隣接性

　関東大震災（一九二三年九月一日）をまたいで活動した〈マヴォ〉だが、実質的には震災が運動の成長を促進させる情勢を生み出したという意味では、この震災からほぼ一年後『文芸時代』の創刊（一九二四・一〇）をもって登場してきた新感覚派と同じ地平にある。〈未来派美術協会〉〈アクション〉〈マヴォ〉〈第一作家同盟〉（日本画の急進団体）が大同団結し、三科会（三科造形美術協会）が創設されたのもまったく同時期だった。新感覚派とアヴァンギャルドの隣接性は、たとえば『文芸時代』の表紙絵を描いた人物がほとんど〈アクション〉や〈マヴォ〉に属していたことにもあらわれている（山本行雄（創刊〜一九二五・三）、村山知義（同・四〜六）、中川紀元（同・七〜一二）、吉田謙吉（一九二六・一〜九）、宮田重雄（同・一〇）以降終刊まで不明）。『文芸時代』のカットはすべて吉田謙吉が担当、横光利一とのかかわりでは煙草のゴールデンバットを模した『愛の挨拶』（一九二七・六、金星堂）の装丁が有名である。ちなみに横光の作品で多くの挿絵や装丁を担当したのは佐野繁次郎。二科展がモダニズム転回をはかるころ、佐野は東郷青児らとともに「二科モダニズム」の一人に数えられた。装丁の仕事のなかではアルミ板を表紙に縫いつけた横光の『時計』（一九三四・一二、創元社）がとくに注目された。

　横光は「感覚活動―感覚活動と感覚的作用に対する非難への逆説」のなかで「未来派、立体派、表現派、ダダイズム、象徴派、構成派、如実派のある一部、これらは総て自分は新感覚派に属するものとして認めてゐる」（『文芸時代』一九二五・二）と記し、先述のアヴァンギャルドにおける代表的な各派の名称をほぼおさえているところから、そのような風潮を視野に入れていたことはまちがいない。また、衣笠貞之助（一九二四年横光の「日輪」を映画化）とともに横光・川端らは新感覚派映画連盟を結成（一九二六）。同年つくられた「狂つた一頁」はドイツ表現主義映画「ガリガリ博士」（ロベルト・ヴィーネ監督、一九二一年公開）の影響を多分に受けているとされる。無声映画であった当時、セリフや簡単な場面説明などには字幕が用いられるのが常套のなか「狂つた一頁」は無字幕で映像のみによる伝達を試み、絶対映画や純粋映画といわれる前衛的な実践であった。

　大正期新興美術が演劇と協同していったように、文学も演劇との交流が激化する。新感覚派の横光や岸田国士なども菊池寛とのかかわりから文芸春秋社が後押しすることになった新劇協会に参加。菊池作の「真似」（帝国劇場、一九二七・五）では横光が演出、神原泰が舞台装置を担当している。

◉——文化統制と断絶

本間正義によれば「昭和にはいるや急速にプロレタリア美術の中に、発散消滅してしまう」とし〈自由美術家協会〉（一九三七年・抽象主義の傾向）や〈独立美術協会〉（一九三九年・シュルレアリスムの傾向）が立ち上がってくるまで「日本の前衛はここで一時断絶する」（『近代の美術』「日本の前衛美術」一九七一・三、至文堂）。五十殿利治はこれに首肯しながらも大正期新興美術運動の支流の一つが「昭和初年の都市モダニズムmodernityに流れこんでいる」、それこそが「メカニズム＝機械美学」であるとしている（『日本のアヴァンギャルド芸術　〈マヴォ〉とその時代』二〇〇一・八、青土社）。中原実や村山知義から板垣鷹穂に至る機械についての言述はとらえ方に相違がありながら一九三〇年前後を最高潮とする機械芸術論まで確かに一つの支流を形成している。後年、花田清輝はこの時期の機械芸術論のあり方について考察を加えているが、横光の「機械」（『改造』一九三〇・九）にも触れている（『アヴァンギャルド芸術』一九五四・一〇、未来社）。戦争色が濃くなる一九三〇年代の半ば以降、日本におけるアヴァンギャルドの方向はおよそシュルレアリスムと抽象主義の二派にまとまっていく。しかし一九四四年に一般公募展が禁止されたことによって各美術団体は解散に追い込まれた。

渡欧中（一九三六年三月〜八月）横光は、のちに第二次世界大戦後のアヴァンギャルドを牽引した岡本太郎としばしば行動をともにしたが、その時のことを下敷きにした「厨房日記」（『欧州紀行』一九三七・四、創元社）には、パリ・モンマルトルのツァラの邸宅を訪れた記述がある。

「シユールレアリズムは日本では成功していますか。」とまた暫くしてツアラアは訊ねた。

「日本ではシユールレアリズムは地震だけで結構ですから、繁盛しません。」

かう梶は云ひたかつた。しかし、彼はただ駄目だと云つただけでその夜は友人と一緒に家へ帰つて来た。

すでにツァラは衰退したダダからシュルレアリスムに合流していたが、そのシュルレアリスムもファシズムの台頭によって瓦解していくころである。日本でのアヴァンギャルドの趨勢には地震という天災を抜きにして語れない側面がある。横光に関していえば、関東大震災後の新感覚派の誕生から「厨房日記」のこの記述までの軌跡は極めて暗示的である。

レスプリ・ヌーヴォー

佐山美佳

●――『詩と詩論』創刊

一九二八（昭和3）年は、「全日本無産者芸術連盟」（ナップ）の結成や『戦旗』の創刊など、マルクス主義文学運動の勢力拡大が著しい年であるが、いわゆる芸術派の側からも新しいエポックが誕生する。それは、同年九月、〈レスプリ・ヌーヴォー〉を旗幟にかかげた季刊詩誌『詩と詩論』（全14冊、厚生閣書店）の創刊である。オーガナイザーの春山行夫を中心に、同人には北川冬彦、安西冬衛、飯島正、上田敏雄、神原泰、近藤東《あずま》、滝口武士《たけし》、竹中郁、外山卯三郎、三好達治が名を連ねている。彼らの多くが二十代の若手でありながら、すでに『亜』『薔薇・魔術・学説』『青空』などの詩誌に属し、前衛運動の経験を持つ実力派揃いであった。彼らにとって『詩と詩論』とは、各々身につけていた詩のスタイルを整理し組みかえるための実験装置であったのである。

創刊号の後記には刊行目的として、「旧詩壇の無詩学的独裁を打破して、今日のポエジー」を示すことが謳われている。この文言は、①口語自由詩運動と連動して隆盛を極めていた民衆詩派　②詩話会の解散後も不当な詩壇支配をつづけている大家たち　③観念が先行し平板化したプロレタリア詩　④萩原朔太郎を中心とした情調的な象徴詩派など、旧世代に向けられた打倒宣言であった。同時に、欧米二〇世紀文学をリアルタイムで移植することで、世界的な視野に立った「今日のポエジー」を提示すること。いわば、第一次大戦後の欧米に興ったL'esprit Nouveau（新精神）による芸術の革命を、日本において展開しようという大胆な挑戦でもあった。

創刊号では未来派や象徴主義そして超自然主義が検討の中心となっており、第2冊以降は形式主義《フォルマリスム》、新散文詩、超現実主義《シュルレアリスム》、シネ・ポエム、新即物主義《ノイエ・ザハリヒカイト》など多岐にわたる言語実験が誌上で試みられる。その主義や持論からは、各々恣意的に受容された解釈のばらつきが見られるが、あえて彼らの共通理念を挙げるならば、雑誌名に冠された〈詩論〉の語が示すように、〈いかに書くか〉という理論的自覚に基づいた主知的な文学観にあったといえる。実際、この雑誌が登場するまで「詩」と「詩論」は切り離されて捉えられており、詩論と密接に連動した詩作は前例のないものであった。

創刊当初は、詩の改革運動に重きを置いていたが、第5冊より同人組織を寄稿者制度に改め、旧同人に加え、大野俊一、笹沢美明、佐藤一英、佐藤朔、滝口修造、西脇順三郎、堀辰雄、吉田一穂、渡辺一夫、そして横光利一といった小説家や外国文学研究者、シュールレアリストなどを執筆者に迎える。それに従って編集内容は詩の領域から文学全般へと拡張し、三十数カ国の詩人を紹介した「世界現代詩人レヴィユ」（第4冊）の成功をもとに、「ポオル・ヴァレリイの研究」（第5・7冊）、「アンドレ・ヂイドの研究」（第6冊）、「現代アメリカ短篇抄」（第8冊）などの特集が組まれ、さらに別冊『現代英文学評論』『年刊小説』も刊行された。こうした意欲的な試みの中で、主知主義やジェームス・ジヨイス、マルセル・プルーストらによる新心理主義文学への道も開拓され、『詩と詩論』は詩の枠を越えて日本現代文学全体の基盤を形成するに至った。

なお北川・飯島・神原らは、春山を中心とするフォルマリスム・シュールレアリスムの〈現実遊離〉傾向に次第に反発を抱くようになり、一九三〇年六月、社会的前衛を打ち出した『詩・現実』（全5冊、武蔵野書院）を創刊。左翼に接近することで、『詩と詩論』（第8冊以降）とは袂を分かつことになる。

◉——詩と小説

旧詩壇への反逆と詩学による新しい詩的創造の遂行が日本のレスプリ・ヌーヴォーのスローガンであるならば、すでに大正末期から既成文壇に反旗を翻し、「国語との不逞極る血戦」を展開していたのが、横光利一を中心とした新感覚派のメンバーであった。一九二七年五月、新感覚派の活動拠点であった『文芸時代』が終刊。さらに新しい文学の可能性を求めた横光が、新詩運動に関与したとしても不思議ではない。

横光は『詩と詩論』に詩「善について」（第4冊）と、北川冬彦の詩集『戦争』の序文となる「冬彦抄」（第5冊）を発表している。

同人の中でも北川冬彦とは、処女詩集『三半規管喪失』（一九二五・一）を贈呈されて以来の別懇の間柄であった。北川が『詩と詩論』から離脱した際も、横光は行動を共にしている。両者の作品における影響関係も気になるところである。

北川が短詩運動につづいて主唱した新散文詩運動の先駆的な作品「豚」（『検温器と花』一九二六・一〇）に注目してみよう。

豚

新月。山間の隧道《すいどう》から貨物列車がでて来た。列車は忽《たちま》ち、渓川に出逢つた。深夜の渓川は列車を引き摺《す》つて二哩《マイル》流れた。やがて、渓川が北に折れるときがきた。列車は小児の如くよろめいて築堤の上から転落した。——暫《しばら》くすると、渓川の真中に黒黒と横《よこた》はつてゐる列車の腹が音もなく真つ二つに割れて、中から豚がうようよ這《は》い出た！

豚。豚。豚の群れは二哩の渓川を一斉に遡り始めた。

山間の隧道の奥の枕木の上には、一匹の小豚が呻《うめ》いてゐた。

書き出しの鮮烈な印象、短いセンテンスによって畳み掛けるようなリズム感、直喩、擬人法、オノマトペ、体言止の使用、そして映画を思わせる視覚的形象など、横光初期の文体表現と非常によく似ている。北川の詩の出発には、フランスの立体派《キュビスム》詩人マックス・ジャコブの影響が大きいといわれるが、言葉の冗漫さを排し鮮烈さに賭ける表現（たとえば短詩「落日」の「鉄の寝台／検温器が／音もなく滑り落ちた。」）は、横光の表現意識とも共鳴している。殊に短詩から新散文詩へと踏み出したこの「豚」は、新散文詩運動の目標である詩＝韻文／小説＝散文という既成の枠組みの解体とパラダイム転換が図られているため、小説と見紛うほど外観が似ている。

北川の新散文詩運動は、この後『詩と詩論』誌上で本格的に展開され、行ワケの必然性に対する懐疑から句読点や改行のない散文詩へと向かう。そこで再び、北川の詩と横光の小説は急接近する。横光は、北川らの「全く行を変へずにべたべたと連らねて了ふ運動」に関心を示し、それを取り入れて映画フィルムの連続性を表現した飯島正の実験小説「圭子」（『文芸都市』一九二九・七）等に接することで、「機械」（一九三〇・九）や「鳥」（一九三〇・二）の文体を創出し完成させたのである（十重田裕一「『鳥』の方法——『機械』への展開を視座として——」『早稲田大学大学院文学研究科紀要』一九九一・二）。

また、「機械」は『詩と詩論』で注目され、春山行夫が評論「文学の思考　横光利一氏の新著〈機械〉について」（第12冊）を発表している。春山は「〈機械〉の一巻に示されたものは、最早横光利一氏の〈感性〉のみではない。そこには感性を切断する主知がある。この主知が〈機械〉一巻に於ける作者の〈文学の思考〉を我々に提出する」と賞賛。この〈主知〉は、かつて横光が「新感覚論」（一九二五・二）の中で「新感覚的表徴は少くとも悟性によりて内的直感の象徴化《シンボライズ》されたものでなければならぬ」と強調していた〈悟性〉と響き合っている。同じモダニスムを志向するものとして、早期から論理的思考に重点を置いてきた横光の先見性をうかがうことができよう。

その他、『詩と詩論』のヴァレリイ特集が、横光の〈自意識〉への関心を促し、「機械」創作のきっかけとなったという指摘もあり（井上謙「横光利一――『機械』執筆の背景――」『一般教育教室彙報』13　日本大学理工学部、一九七二・三）、横光が新心理主義への道を摸索する過程で、レスプリ・ヌーヴォーとの出合いは極めて重要であったことがわかる。

◉――レスプリ・ヌーヴォーの風

〈世界的同時性〉を希求しつつ欧米の最新文学事情を満載した『詩と詩論』の刊行については、春山行夫の手腕を抜きにして語ることはできない。春山は編集・広告文案・校正などを一手に引き受け、全14冊（15冊以降は「文学」と改題し6冊刊行）、一度も遅延することなく発行しつづけた。第一次大戦後のパリで創刊された国際色豊かな前衛リトルマガジン『トランジション』（一九二七～一九三八）の影響を受け、日本の詩誌としては先例のない、毎号三百頁にも及ぶ充実したクォータリー（季刊誌）として構成された。誌面構成も、エッセイ・ポエジィ・ノオト・エスキイス・ヴァリエテと分類されまとまっており、この洗練されたスタイルは以降の詩誌における定番として踏襲されてゆく。さらに春山は詩的精神を詩のみならず小説やエッセイの分野にも拡大しようと考え、『詩と詩論』と連動させながら、同じ厚生閣書店から「現代の芸術と批評叢書」を相次いで刊行。こういった活気ある出版を可能にした背景には、春山にすべてを委ね、利益を度外視してバックアップした厚生閣という出版社の存在があったことも忘れてはなるまい。

新しい詩人たちに共感し彼らを支えた出版社として、ボン書店（一九三一～三九）にもふれておきたい。鳥羽茂という一青年が興したボン書店は小さな個人出版社であり経営状況は思わしくなかったが、春山行夫、北園克衛、安西冬衛、山中散生らモダニスム詩人の詩集とシュールレアリスム文献を上梓した。昭和初期からの〈円本ブーム〉が終息へと向かうなか、第一書房の『月下の一群』（堀口大学訳、一九二五・九）のような豪華本とは違った、シンプルで粋な鳥羽の造本感覚はモボ・モガを魅了したらしい。内堀弘によると、少女歌劇スターがアクセサリーとして銀座の街を持ち歩いたほどの人気であったという（『ボン書店の幻―モダニズム出版社の光と影』）。ボン書店初の刊行詩集『一匙の雲』（竹中郁、一九三二・八）の表紙は、斬新な視覚実験に挑んだ芸術家モホリ・ナギのモノクロ写真で飾られ、装丁そのものがモダンアートと呼ぶにふさわしい出来映えであった。

関東大震災と文学

水野　麗

●——地震・津波・山崩れ——自然災害

大正一二年（一九二三）九月一日、土曜日、午前一一時五八分四四秒。伊豆大島付近を震源とし、マグニチュード七・九を記録する直下型地震が発生した。このいわゆる「関東大震災」によって、東京・神奈川・千葉をはじめとする関東全域、山梨・静岡の各県は大きな被害を被った。

関東大震災の死亡者数は、日露戦争や東京大空襲の死傷者数よりも多く、明治以降の災害で依然一位、世界順位で八位である。被害総額は、日銀推計で四五億七千万円、大蔵省調査で一〇一億六千万円である。

揺れ以外の災害も甚大で、高さ一〇m以上の津波が地震発生後数分で陸地に到達、伊豆半島東岸・相模湾・房総半島沿岸を襲った。鎌倉の由比ヶ浜で約一〇〇人、藤沢の江ノ島桟橋で約五〇人が行方不明となった。また山崩れ・崖崩れ・土石流が起こり、神奈川県の山間部から下流域にかけて家屋が流出・埋没した。小田原市の根府川付近では、約八〇〇人が死亡した。土砂災害としても明治以降最大であった。

●——火災——天災と人災、都市の破綻

地震発生時刻が、昼食準備のため火を使用する時間と重なっていたことから、火災が多発した。他方、能登半島付近に台風が上陸しており、関東地方には強風が吹いていた。そのため火は瞬く間に延焼、熱のために引き起こされる上昇気流、すなわち火災旋風に煽られて被害が拡大した。鎮火したのは二日後の九月三日午前一〇時とされている。

東京・横浜両市での焼失家屋数は世帯数の62・5％にのぼる。日本橋区は区全体を焼失、浅草区は98％、本所区は93％、京橋区は88％、深川区は87％を失った。焼失面積は三四七〇ヘクタールに及んでいる。

このことから分かるように、地震の被害を大きくし、死傷者の数を増やしたのは、建物の倒壊による直接的なものではなく、その後を襲った火災であった。明治維新から半世紀を経て、東京・横浜では都市化が進み、人口密度と家屋の密集度が高まっていた。しかし、それに伴う都市基幹施設の整備は追いついていなかったのである。関東大震災における火災は、人災の要素が強かったと言えよう。

◉──流言・虐待・虐殺──恐怖に駆られた群衆と政治的意図

突発的に極限状態に置かれた人々はパニックに陥り、「不逞鮮人が暴動を起こす」「社会主義者が蜂起する」さらに「朝鮮人暴動の背後には社会主義者がいる」という流言が流れた。震災の被害の少ない地域ほど恐怖心が煽られ、痛ましい暴行・虐殺事件が発生した。内務省警保局は、虐殺による犠牲者の数を、朝鮮人二三一名、中国人三名、日本人五九名としている。しかし約六〇〇〇名ないし六六〇〇名とするのが通説である。

新聞は「不逞鮮人の跋扈《ばっこ》に不安に包まれた東京井に毒を投じ各所に強盗強姦略奪を擅《ほしいまま》にす」「数百人の鮮人はこの機会に乗じて凶器を持ちて避難民を襲撃しつつあり」と報道した。また警察当局による警戒をうながすための通達が逆に流言の信憑性を後押し、市民が噂を信じる結果となった。

内田康哉臨時内閣によって戒厳令が布告され、水野錬太郎内相と赤池濃警視総監が首都の治安を担当した。二人は朝鮮の3・1万歳独立運動事件直後の朝鮮総督府総監、ならびに総督府内務局長であった。また日本国による朝鮮統治が非人道的なものであることについての罪悪感が翻って、復讐されるのではないかという恐怖となり、日本に住む朝鮮人への攻撃となった。麻生久は「平常朝鮮人を苦しめてゐるという意識があれば疑心暗鬼を生じて今度の様な事になります」と書いている。

社会主義運動、労働運動に対する不安や憎悪も同様で、さらにこの機会を利用した弾圧が行われた。亀戸事件では純労働者組合長の平沢計七や南葛労働会理事の河合義虎ら労働運動家の計一〇名が亀戸警察署に捕らえられ、習志野の近衛第13連隊の騎兵隊によって殺害された。大杉事件(甘粕事件)では、無政府主義者の大杉栄・伊藤野枝・甥の橘宗一が、憲兵隊本部内で扼殺された。麻布3連隊甘粕正彦憲兵大尉によって殺害されたとされているが、隊全体の責任が問われなかったのは、当時、秩父宮が入隊していたためであるという説が有力である。

市民の間では、近隣の自衛のために消防組・在郷軍人・青年団を中心に自警団が組織された。これは一九二〇年頃から行われた警察による民衆組織化の成果と言える。各地に関所を設け、刀剣・木刀・鳶口・竹槍などで武装、抜刀した状態で尋問を行った。「君が代」や皇統を口にさせ、言いよどんだ場合、不逞鮮人と見なして私刑にかけた。河東碧梧桐門下の俳人染川藍泉は「厳戒令下とは云ひながら、太平の御代の東京市に抜刀した警戒とは」と記している。また長田幹彦は『大地は震ふ』で「逢ふ人たちは誰も彼も恐ろしく殺気立ってゐて、危険此上もなかった。あの時の興奮状態なら私達もたしかに人の二人や三人は斬れたと思ふ。」と書いていることからも、震災当時の異様な状況が窺える。

◉――記録と哀話・美談――「震災文学」

文学者で震災について書かなかった者はいないと言えるほど、手記、見聞録、短歌などが多数発表された。また一般市民も多くの文書を記している。後藤亮一編『帝都震災大火実記』、一氏義良編『実地調査／大震大火の東京』、宮武外骨『震災画報』は九月のうちに刊行されている。その後、幸田露伴や与謝野晶子らが寄稿した大日本雄弁会講談社『大正大震災大火災』、詩話会編『災禍の上に』、東京市役所と萬朝報社が共編した一般市民の記録詩集『十一時五十八分』が刊行された。第一高等学校国語漢文科では生徒が記した作文を『大震の日』として出版した。既存の各雑誌もこぞって震災特集号を発刊した。また震災の記録として有名な著作に田山花袋の『東京震災記』、寺田寅彦の「震災日記より」がある。

これらの文書では災害のすさまじさを記録するとともに、悲惨な死を語る「哀話」や、震災下にあっても「日本人」としての美徳を保った行いを讃える「美談」が多く書かれた。震災は国民に等しく共有された体験として記述され、共同体としての一体感を高めた出来事と化したのである。

◉――文化の一掃――「帝都復興」

横光利一は昭和九年（一九三四）の「覚書」において「今から考えてみると、大正十二年の関東の大地震は日本の国民にとっては、世界の大戦と匹敵したほどの大きな影響を与へてゐる。」と記している。関東大震災は、人々の生活や思考を一変させるものだった。江戸情緒を残した東京は解体し、急速な復興の中で、モダニズム化の傾向が強まった。「帝都復興」の声とともにダンスホールやカフェー、また川端康成『浅草紅団』にも登場する浅草公園のカジノフォーリーが、市民の娯楽場所として人気を集めた。「今日は帝劇、明日は三越」という流行語に見られるように、中流ブルジョワの消費生活が喧伝された。

また、新しいメディアの登場もあった。大正一四年（一九二五）に社団法人東京放送局が日本最初のラジオ放送を開始し、昭和二年（一九二七）には、日本ビクター蓄音機株式会社が設立された。大正一四年（一九二五年）には大日本雄弁会講談社から大衆雑誌『キング』が発売され、「日本一面白い！日本一為になる！日本一安い！」というキャッチフレーズの効果もあって、創刊号は七四万部という空前の売り上げを記録した。大正一五年（一九二六）刊行開始の改造社『現代日本文学全集』は、一冊一円という廉価で出版し成功を納め、これをきっかけに「円本ブーム」が起こった。これらは震災による書籍の焼失を補うように売れ、文学の大衆化の流れを作った。「大衆小説」がジャンルとして確立され、広い読者層を獲得したのも、この時期である。

◉──文壇の世代交代──「白樺派」・「文芸戦線」・「文芸時代」

関東大震災以後の大衆消費社会において、震災以前とは異なる新しい文学が現れた。この時期、文壇には二つの大きな流れがあった。

一つはプロレタリア文学である。日本でのプロレタリア文学運動の先駆けとなったのは、大正一〇年（一九二一）発刊の小牧近江を中心とする雑誌『種まく人』である。関東大震災後の大正一三年（一九二四）には、後継誌である『文芸戦線』が創刊され、黒島伝治、葉山嘉樹ら数多くのプロレタリア文学が排出された。その後、昭和三年（一九二八）に「ナップ（全日本無産者芸術連盟）」が結成され、機関誌『戦旗』に寄稿した小林多喜二や徳永直らが優れた作品を書き、広い読者層を得た。

もう一つの流れは「新感覚派」である。この名称は、横光の斬新な表現を見た批評家千葉亀雄によって付けられた。『文芸戦線』と同じ年に創刊された『文芸時代』には、横光利一・川端康成・中河与一・片岡鉄兵が集った。第一次世界大戦後のヨーロッパで起こった前衛芸術、すなわちシュールレアリスム・ダダイズム・未来派を同時代的に受容することによって、これまでにない文学表現がなされたのである。こうした状況下で、横光は東京の市街をテーマとする『無礼な街』、『街の底』を描いた。「新感覚派」は震災後の文学、モダニズムを象徴するような文学だったのである。

当時の文壇では、醜悪な生き様を赤裸々に描く自然主義文学の風潮がすでに廃れていた。また「個人主義の文学」と呼ばれた白樺派も変容し、行き詰まりを見せていた。関東大震災の直前に有島武郎は自殺、震災によって白樺派の雑誌『白樺』は廃刊となる。『文芸戦線』、『文芸時代』という二つの雑誌は、世代を交代するように創刊されたのである。震災から五年後の昭和二年（一九二七）には芥川龍之介が自殺、「時代に敗北した死」と見なされた。プロレタリア文学の台頭は既存の社会体制に対するアンチテーゼであり、新感覚派の台頭は、既存作家に対するアンチテーゼであった。プロレタリア文学と新感覚派は論争の火花を散らしながら、一時代を築くことになる。

関東大震災をきっかけに、時代は「大正」から「昭和」へと移行し、日本の文化と文学は大きく変質していったのである。

プロレタリア文学

松村　良

◉横光のマルキシズム観

　横光利一とプロレタリア文学との関係をここでは取り上げる。まず横光自身のマルキシズム観から追ってみることにしよう。

　『書方草紙』（昭和6〈一九三一〉・11、白水社）の「序」で、横光は「此の集の中には大正七年から昭和元年にいたる十年間の、主として国語との不逞極る血戦時代から、マルキシズムとの格闘時代を経て、国語への服従時代の今にいたるまで、およそ十五年間の紆余曲折した脱皮生活の断片的記録を集めた」と書いている。また「詩と小説」（『作品』昭和6・2）の中で、横光はマルクスについて「彼は凡そ私の文学的生涯の半生を虐めに虐めた。私の十九のときから、三十一まで、十二年間マルクスは私の頭から放れたことがなかつた」と書いている。

　横光が数え年で一九歳になるのは大正五年（一九一六）、三重県立第三中学校を卒業して早稲田大学高等予科英文学科に入学した年である。そして三一歳になるのは昭和三年（一九二八）、四月に上海に旅行し、一一月の「風呂と銀行」以後、断続的に『改造』に「上海」を連載し始める。また、この年から翌年にかけて〈形式主義文学論争〉が起こり、横光はプロレタリア文学陣営と対立する。これは「国語との不逞極る血戦時代から、マルキシズムとの格闘時代」とほぼ重なっており、つまり横光にとってこの「十二年間マルクスは私の頭から離れたことがなかつた」のだ。「マルクスの審判」（『新潮』大正12〈一九二三〉・8）の中で、判事の感情が「彼の理智がマルクスの理論の堂々とした正しさを肯定すればするほど、その系統に属する一切の社会思想に反感と恐怖と敵意とを持つにいたつた」と説明されているのは、横光もまたそのようなアンビバレンスな感情をマルキシズムに対して抱き続けていたであろうことを窺わせる。

　だが昭和四年（一九二九）の藤澤桓夫宛書簡（9月11日）に「ポール・バレリーの「ダビンチの方法論序説」の訳を読み、天下にこんなに豪い男がゐたのかと思ひ、一切、筆を捨てたくなつた」とあるように、横光はヴァレリーに傾倒するようになり、このヴァレリーとの出会いがマルクスからの解放をもたらすことになる。ただし、昭和五年（一九三〇）

の藤澤宛書簡（5月13日）で、横光は「僕は人間学を中心としたマルキストだと自分で思つてゐる」と述べ、「芸術上、マルキシズムのイデオロギーと文学のイデオロギーとはどうしても僕は違ふやうに思うのだ」と主張しながらも、「マルキシズムへはだんだん魅力が増すばかりだ」と告白している。

昭和八年（一九三三）二月の官憲による小林多喜二虐殺、六月の佐野学・鍋山貞親の獄中転向声明を経て、マルキシズムおよびプロレタリア文学運動は急速に衰退する。横光は「厨房日記」（昭和12〈一九三七〉・4、創元社刊『欧州紀行』初収）の中で、自分の分身である梶に、日本の左翼は「なかなか繁栄したときも」あるが「日本独特であるところの秩序といふ自然に対する闘争の形となつて現れてしまつた結果「自然消滅」しつつあると語らせている。この時点ではもう、横光の中で日本におけるマルキシズムの問題は決着がついてしまっている。

横光にとってのマルキシズムは、かつてその魅力と反感によって自分を引き裂かれ、そのような自分を〈克服〉する契機となったもの、ということができるだろう。それでは、横光とマルキシズムおよびプロレタリア文学との対立点は、いったい何だったのだろうか。

◉——横光とプロレタリア文学との対立点

まず横光とプロレタリア文学とを分かつものとして、菊池寛の存在が挙げられる。大正六年（一九一七）のロシア革命以後、社会主義思想は急速に日本にも浸透し、大正一〇年（一九二一）の『種蒔く人』の創刊によりプロレタリア文学運動が始まる。翌大正一一年（一九二二）には日本共産党が結成され、第一次世界大戦後の不況にあえぐ民衆にとってマルキシズムは最も先鋭的な社会運動と見なされた。この時文壇におけるブルジョワ作家の典型としてプロレタリア文学側の批判の標的とされたのが、大正九年（一九二〇）の「真珠夫人」以後、通俗小説作家として成功した菊池だった。

菊池は大正一二年一月に『文芸春秋』を創刊し、自分の周辺にいる新進作家や作家志望の青年達に書く場を提供した。当時の『文芸春秋』は文壇ゴシップやプロレタリア文学への揶揄・中傷などの雑文中心の雑誌だった。横光はこの『文芸春秋』創刊号に「時代は放蕩する」という一文を載せた。「階級文学者諸卿へ」という副題のついたこの文章の内容は、階級文学すなわちプロレタリア文学陣営は、文学を「階級打破の武器であると定義」する「文化批評の別名」であるが、一方横光自身が目指す文学とは「新らしき時代感覚」に基づく「時代の供物」でなければならないと主張するものだった。

　横光が作家としてのデビュー時点で『文芸春秋』同人という反プロレタリア文学陣営に所属していたことと、文学を〈批評〉する側ではなく〈時代感覚〉として表現する側に立ったことが、その後の新感覚派の中心人物としてプロレタリア文学と対立する契機になったと言えよう。注意しなければならないのは、プロレタリア文学の〈文化批評〉性自体を横光は否定していないということであり、それはのちの「新感覚派とコンミニズム文学」（『新潮』昭和3・1）での「われわれは、いかなる者と雖も、資本主義の機構の上にある以上、資本主義を、その正邪にかかはらず、認めなければならぬ。またわれわれは、いかなるものと雖も、マルキシズムを、その正邪にかかはらず、存在する以上は認めなければならぬ」という主張と通底する。ここで横光は「文壇の総てのものは、マルキストにならねばならぬ」というプロレタリア文学側の主張に対して、「此の資本主義機構は、崩壊しつつあるや否や、と云ふことは、最早やわれわれ文学に関心するものの問題ではない」と述べている。つまり横光にとっての〈文学〉とは、「文字の表現」という〈テクスト〉の問題に限定されていた。

　その後の〈形式主義文学論争〉において、横光とプロレタリア文学陣営とのやりとりが嚙み合ってないのは、横光が「文芸時評」（『文芸春秋』昭和3・11）の中で「形式とは、リズムを持った意味の通じる文字の羅列に他ならない」として定義した〈テクスト〉の問題としての〈形式〉を、〈文化批評〉としての〈内容〉に対峙させてしまったことにあるのではないか。〈文化批評〉は必然的に〈作者のいる現実〉を問題化するが、横光はその出発点からずっと、自身の〈マルキシズムとの格闘〉とは別に、〈作者のいない仮想現実〉での〈新らしき時代感覚〉の表現を求めていたのである。「蠅」（『文芸春秋』大正12・5）や「日輪」（『新小説』大正12・5）はその成果に他ならない。

◉──「第一次世界大戦後文学」としての共通点

　だが実は、プロレタリア文学こそが、新感覚派も含めた二〇世紀の〈新らしき時代感覚〉の表現を求める運動の本流だった、ということを最後に述べておきたい。

　林淑美「文学と社会運動」（『岩波講座日本文学史第13巻　20世紀の文学2』平成8〈一九九六〉・6、岩波書店）によれば、「近代の革命運動あるいは社会運動の特徴は、ある特定の抑圧者に対する反抗や反乱ではなく、体系化への意志による社会秩序の顚覆あるいは変革をめざそうとするところにある」という。第一次世界大戦後の「大衆社会への変質および都市化現象」は、「これまで疑われなかった道徳と文化の無効化と旧い形式の崩壊」をもたらした。その結果「既存秩序の否定と破壊と新たな未来のための静止することのない運動の創造」を合言葉に「芸術革命と社会革命とが結びつく」、そのような「芸術的経験による現実体系の変更という課題」を要請したのが石川啄木や大杉栄であり、またそれを「束の間実現した」のが〈大正アヴァンギャルド〉だったと林は主張する。そして日本のプロレタリア文学運動は、その延長線上に存在するものであったはずなのに、実際には〈目的意識〉の名のもとに「主体の創造行為の過程にこそ諸個人の意識の変革を求め、芸術の外部からあらかじめの結果や目的を持ち込まないというアヴァンギャルド芸術の精神を徹底的に否定することに」なったという。

横光利一を中心とした新感覚派文学運動は、このように硬直化していったプロレタリア文学運動を補完するものとして位置づけられるのではないか。最終的に横光が〈国語への服従〉によって既成の現実を追認し、プロレタリア文学側が「革命運動や労働運動の理論を無媒介的に適用する」ようになったとしても、両者の出発点は〈既存秩序の否定〉による現実の再構成だったはずなのだ。「第一次世界大戦後文学」としての巨視的な視点が、今後の研究において、ますます重視されていくであろう。

新感覚派

掛野剛史

●概説

「新感覚派」という名称は、大正一三年（一九二四）一〇月に創刊された『文芸時代』に集った同人たちに当時の批評家千葉亀雄が命名したものである。千葉は「新感覚派の誕生」（『世紀』大正13・11）において、「「文芸時代」に現はれた傾向」を「現実を、単なる現実として表現する一面に、さゝやかな暗示と象徴によつて、内部人生全面の存在と意義をわざと小さな穴からのぞかせるやうな、微妙な態度の芸術」と評した。そして「この「新感覚派」はもつと早くから当然に起るべき筈のものであり」、「「文芸時代」派の人々の持つ感覚が、今日まで現はれたところの、どんなわが感覚芸術家よりも、ずつと新らしい、語彙と詩とリズムの感覚に生きて居るものであることはもう議論がない」と絶賛した。

この『文芸時代』に集った同人は、創刊当初は石浜金作・伊藤貴麿・片岡鉄兵・加宮貴一・川端康成・今東光・佐々木味津三・佐佐木茂索・十一谷義三郎・菅忠雄・鈴木彦次郎・諏訪三郎・中河与一・横光利一の十四名である。後に稲垣足穂・岸田国士・酒井真人・南幸夫・三宅幾三郎が加わり、今東光が抜けている。

千葉亀雄の言葉に後押しされた形で、翌月の『文芸時代』には片岡鉄兵の「若き読者に訴ふ」（『文芸時代』大正13・12）が載った。

ここで片岡は創刊号に載った横光利一「頭ならびに腹」の「沿線の小駅は石のやうに黙殺された。」という冒頭の一文を取り上げる。そして或る既成作家がこの一句を「徒らに奇を衒ふ表現であつて、さういふ奇抜な表現法を以て新時代と称し、感覚的なりと主張するのは不可ない」と評したことに反発し、この表現は「物にぶつ付《ママ》かつて火花の如く内面に散るポエムを、外面的に光躍せしめる」ため、「彼自身の感覚を、所謂一般常識的な感覚の外に際立たしめ」た必然的な描写であったとその意義を強調する。そしてもし仮に「小駅には停らずに、全速力で疾走した。」といった文章だったとすれば「斯る常識的な、一般的な、文章は既成作家の慣用文章である。それは自然主義の方法から多くの距離を出ない、否、科学者の五官に標準を採った写実主義に於て自然主義と同様の平面上にある日本のリアリストに最も必然な文章である」と批判して既成文壇への対決姿勢を鮮明に打出す。

同時に、「『沿線の小駅は石のやうに黙殺された。』この文章によつて、ピヨイ、ピヨイ、ピヨイと、幾つも幾つもの小駅が、急行列車の窓をかすめて後方に退く様を、若き読者諸君、諸君の感覚は諒解するや否や、私の切に聞かんと欲する所である」と訴えた。

この片岡の発言に、既成文壇は様々に反応した。いわゆる新感覚派論争が開始されるのである。広津和郎は「新感覚主義に就て―片岡鉄兵君に与ふ」(『時事新報』大正13・12・6〜7、9〜14)を書き、片岡が言う「或る既成作家」が宇野浩二だと明かした上で「『頭ならびに腹』と云ふ作物全体との有機的関係に於いて、その言葉が生きてゐるかどうかといふ事の方が、もつと重大なのだ。」と片岡が賞賛する冒頭の一文を問題にする。さらに「君の新感覚主義についての思想、及君のその主張を裏書きするために示してゐる作品は、如何にひゐき目に見ても、決して新しいものではない」として、「自分が今望んでゐるものは、もつと健康な感覚主義だ。それこそほんたうに『時代感覚』のビリビリ張切つた感覚主義だ」と書く。

生田長江は「文壇の新時代に与ふ」(『新潮』大正14・4)において、ポール・モーラン『夜ひらく』(初訳発行大正13)の直喩、擬人法、連想的暗示法といった表現技巧が横光を代表とする新感覚派に共通することを指摘し、続いて「序にもう少し新しく」(『新潮』大正14・5)で、その『夜ひらく』の〈感覚〉は新しいものではないとし、「その新しくもないポオル・モオラン的感覚を、大変新しいもののやうに考へて、それを学ばうとさへしてゐる日本の文壇の自称『新時代』者等の感覚は、単なる借り物であり、単に装はれただけのものである故に、謂はばポオル・モオラン的感覚ほどにも新しくない」と非難する。また斎藤龍太郎は「横光利一氏の芸術―特にその表現に就いて」(『文芸時代』大正14・1)において、「擬人的手法」など表現の特異性にのみ新しさの意義を見ることを批判した。

こうした批判の中で、『文芸時代』同人とその周辺の人物がそれぞれの〈新感覚論〉を発表していく。川端康成は「新進作家の新傾向解説」(『文芸時代』大正14・1)において、「今日の新進作家の新感覚的な表現もまた、表現主義の人々が認識論にその理論的根拠を置いたと同じやうに、認識論を味方とすることが出来る」として〈表現主義的認識論〉、そして精神分析学に根拠を置いた〈ダダ主義的発想法〉を新感覚派の理論的根拠として提示する。そして「百合と私とが別々にあると考へて百合を描くのは、自然主義的な書き方である。古い客観主義である。これまでの文芸の表現は、すべてこれだつたと云つていい。／ところが、主観の力はそれで満足しなくなつた。百合の内に私がある。私の内に百合がある。この二つは結局同じである。そして、この気持で物を書き現さうとするところに新主観主義の根拠があるのである。その最も著しいのがドイツの表現主義である」として更に一歩進めて次のように書く。

自分があるので天地万物が存在する、自分の主観の内に天地万物がある、と云ふ気持で物を見るのは、主観の力を強調することであり、主観の絶対性を信仰することである。ここに新しい喜びがある。また、天地万物の内に自分の主観がある、と云ふ気持で物を見るのは、主観の拡大であり、主観を自由に流動させることである。そして、この考へ方を進展させると、自他一如となり、万物一如となつて、天地万物は全ての境界を失つて一つの精神に融和した一元の世界となる。

この〈自他一如〉〈万物一如〉の世界を作り出す主観の強調、そして認識論的懐疑は横光の新感覚論にも共通している。横光はカントの『純粋理性批判』を参照し、その用語を自己流に用いながら次のような説明を行う。横光の〈新感覚論〉の要諦の一端が窺える個所である。

自分の云ふ感覚と云ふ概念、即ち新感覚派の感覚的表徴とは、一言で云ふと自然の外相を剥奪し物自体　《ママ》踊り込む主観の直感的触発物を云ふ。（略）／主観とはその物自体なる客体を認識する活動能力をさして云ふ。認識とは悟性と感性との綜合体なるは勿論である。
（「感覚活動（感覚活動と感覚的作物に対する非難への逆説）」『文芸時代』大正14・2）

これ以降、『文芸時代』大正一四年（一九二五）七月号で、「「新感覚派」の名称に就いて」という特集が組まれるなど『文芸時代』をはじめとしたメディアで様々に新感覚派が論じられる。しかし命名者の千葉亀雄は既に「今頃新感覚派の存在意義いかんを、改めて批判するほどの興味を自分は持ち合せない」（『文芸時代』大正14・7）と素気ない態度を示すなど、論争は徐々に下火になっていく。大正一四年（一九二五）七月には新感覚派に対抗する勢力として雑誌『不同調』が新潮社から創刊され、新人生派というグループが生れるが、これ以上論議は深められないまま雲散霧消してしまった感は否めない。

片岡鉄兵「新感覚派の表」（『新小説』大正15・4）を最後

に新感覚派の側からの言及も殆んどなくなり、昭和二年(一九二七)五月、新感覚派の拠点だった『文芸時代』が終刊するに至る。片岡は左傾し、横光は上海に渡り、それぞれの道を歩んでいくことになる。

◉——研究の展望

新感覚派を日本近代文学史の中で巨視的に考えれば、第一次大戦後のヨーロッパの前衛芸術運動の影響下に興った文学運動だと見做すことができる。横光自身が「未来派、立体派、表現派、ダダイズム、象徴派、構成派、如実派のある一部、これらは総て自分は新感覚派に属するものとして認めてゐる」(「感覚活動」)と表明していたように、そして川端の「新進作家の新傾向解説」でも新感覚派の理論的根拠を〈表現主義的認識〉〈ダダ主義的発想法〉においていたように、この時期、未来派・表現派・ダダイズムなどの海外文学の新思潮は次々と日本の文壇に紹介されていた。このような空気の中で新感覚派の自己形成が行われたことは間違いないし、彼らもその後継者たらんとしていた節がある。

従って同時代に受容された海外思潮との影響関係の具体的な実相を明らかにすることがまず必要になるだろうが、〈影響〉という言葉だけでこの時期の新感覚派の全体像を捉えることはできない。新感覚派論争は論争の過程で理論が作られていくといった側面もあり、また同じ新感覚派だとしても相当その志向や文学観に隔たりがある場合が見られるからである。

千葉亀雄によって突如名づけられた「新感覚派」という名称のもとで、『文芸時代』同人達は相互に差異と共通項を内包しながら論を展開していく。文壇的情勢にも影響されつつ行われた各人の理論化の過程を同時代の膨大な言説の細かい網の目から抉り出していくという慎重な作業が求められるだろう。それにより、新感覚派対既成文壇といった対立項では見えてこなかった新たな連続と断絶が浮上してくる可能性がある。

形式主義文学論争

伊藤佐枝

「形式主義文学論争」とは、一九二八年から翌年にかけて、横光利一ら新感覚派系の作家を中心とする「形式主義」文学者と、蔵原惟人らプロレタリア文学者との間で行われた論争であるというのが文学史の一般的な理解である。当時、プロレタリア文学は自らの内部で行われた芸術大衆化論争の果てに、自らにふさわしい新たな文学形式を模索し始めていた。そこへ、かねてよりプロレタリア文学理論に批判的だった横光が介入し、芸術の形式が内容によって決定されるとする蔵原「芸術運動当面の緊急問題」(『戦旗』一九二八・八)及び平林初之輔「批評家の任務について」(『新潮』一九二八・一〇、副題略、以降同様)に対し、形式が内容を決定すると「文芸時評」(『文芸春秋』一九二八・一一)で述べた事から、形式が先か内容が先かで殆ど不毛な論戦が展開され、割って入った谷川徹三「文学・形式問答」(『改造』一九二九・三)がヨーロッパの形式美学の見地から論点を整理して論戦を実質上終息させたというのが、この論争の最も常識的な総括のようだ。

なるほど、形式と内容との価値の優劣のあげつらいは不毛かもしれない。その上、形式主義側とプロレタリア文学側とでは、肝心の「形式」「内容」という語彙の定義に関してさえ、意見の共通了解が最後まで行われていない。だがそこで逆に、「形式」「内容」という語彙にこだわる事をやめ、各論者がそれぞれの語彙を使用する事でどのような思考を表現しようとしたかを読む時、浮び上がって来る幾つかの論点は決して軽視できるものではない。

●代表的な評論・座談会

まず、論争が生み出した代表的な文章を挙げておく。形式主義側では、横光が前掲「文芸時評」に続き「形式と思想」(『読売新聞』一九二八・一一・二七〜八)「マルキシズム文学の展開」(『文芸春秋』一九二九・二)「形式とメカニズムについて」(『創作月刊』一九二九・三)等で論を展開した。この横光の論を骨子として形式主義陣営の代表的統一見解の形成に大きく貢献したのは犬養健「形式主義文学論の修正」(『東京朝日新聞』一九二八・一二・一六〜二〇)である。また「形式主義文学の一端」(『東京朝日新聞』一九二八・一一・二二

〜四）に始まる中河与一の一連の議論は、後に取捨選択の上で『形式主義芸術論』（一九三〇、新潮社）と『フォルマリズム芸術論』（一九三〇、天人社）の二著に結実する（両著は小林秀雄・春山行夫らの批評、谷川徹三と中河との間の応酬を呼び起した）。この他、池谷信三郎・川端康成・石浜金作・久野豊彦らの発言があった。

　プロレタリア文学側では、蔵原が「理論的な三、四の問題　三　形式の問題」（『東京朝日新聞』一九二八・一一・二八）「プロレタリア文学の内容と形式」（『戦旗』一九二九・二）、平林が「文学に於ける新形式の要望」（『新潮』一九二九・二）等で、形式主義を否定しつつ形式論議の重要性を認めた。形式主義陣営の言説を尖鋭に批判したのが勝本清一郎と小宮山明敏で、勝本には「形式主義文学説を排す」（『新潮』一九二九・一二）「内容と形式の関係」（『創作月刊』一九二九・三）、小宮山には「形式主義文学の史的位置」（『新潮』一九二九・二）等がある。また、大宅壮一なども発言している。

　加えて、横光・平林・勝本・大宅という双方の陣営の論客が同席した座談会「当来の文学と要望する文学」（『新潮』一九二九・一、他に黒田礼二・新居格・片岡鉄兵・浅原六朗・中村武羅夫参加）をも挙げておきたい。内容から推してこの座談会が行われたのは一九二八年一一月二二日であり、まだ論争が具体化していない時期のものだが、後に熾烈な論戦を行う横光と勝本が互いの主張に一定の配慮を示している事には注意してよい。

●——作者の意図か読者の読みか

　谷川の「文学・形式問答」は「形式」の定義から始めているが、外在的な物差しを適用した事で事実上横光の問題提起を封殺している。横光は以前から形式主義を標榜していたが、この論争での問題提起を支えていたのはむしろ「内容」とは何かという問いであった。「平林氏の云ふ内容とは、何を書かうとしたかであり、何が書かれてあるかではない。何が書かれてあるかは、形式を通じて見たる読者の幻想であり、さうして、これこそ、真の内容と云はるべきものである」（「文芸時評」）。ここで横光の言う「形式」とは「リズムを持つた意味の通じる文字の羅列」の事だが、この定義の正否は問題ではない。「内容」をプロレタリア文学側は「何を書かうとしたか」＝〈作者の意図〉とし、形式主義側は「何が書かれてあるか」＝〈読者の読み〉とする、というこの横光の整理こそ、以後の論争の最大の対立点を抉り出している。どちらの定義を採用するかで、「形式」と「内容」とのどちらが先行する筈かが自動的に変ってしまうからである。事実、プロレタリア文学陣営は横光の「内容」定義に激しく反発した。「読者の幻想」ならば作者は「内容」を制御しえない事になりそれは「虚無思想」ではないか、とたとえば勝本は前掲の二編の評論の中で難詰している。〈作者の意図〉＝マルクシズム世界観の表現がプロレタリア文学の倫理であった以上、彼らの反発は無理からぬものであった。しかし、どこまでも作者の状況から出発する事を自明として疑わない彼らの論じ方が、まっさらの作品と向い合う読者の状態から出発する形式主義者の論じ方に比して、硬直し、リアリティを欠いたものに映る事も確かなのである。

〈実在するのは書かれた本文だけだ〉というのが形式主義側の根本的な主張である。現在の読者にこの主張が身近だとすれば、それは彼らの摂取したロシア・フォルマリズムの理論が現代の文学理論の基礎になっているという事情のせいもある。だが、その書かれた本文に於て作者の意図と読者の読みとのどちらがより重視されるべきかという問いは、現在でも決着がついているわけではない。

●――作品批評のための評価基準

〈書かれた本文〉への固執が示すように、この論争で形式主義は創作よりもまず受容・批評の問題として提出された。だからこそ、それは文芸時評から始まったのである。横光はそこで平林たい子や徳田秋声らの具体的な作品に即して、優れた文学作品は「形式と材料との一致」したものであるとした。これは思想的価値によって作品を判定しようとするプロレタリア文学理論への異議であり、本文の書かれ方それ自体に即した、文芸批評のための客観的な評価基準への待望であった。この基準が確立した時漸く、その基準をクリアした上での作品の思想的価値がきちんと問題にされ、形式主義者とプロレタリア文学者とが生産的な「激しき論争」を行えるだろうと横光は予言している（前掲「マルキシズム文学の展開」）。この予言は形式主義文学論争の中では成就されなかった。しかし、ここで提出された問題はこの論争の後にプロレタリア文学陣営の内部で起った芸術的価値論争に引き継がれる。既に指摘されている通り、「政治的価値」にどうしても回収され得ない「芸術的価値」に固執してしまう平林初之輔――彼は横光の形式への意志に共感を示していた――は、正に形式主義者の位置に立っていた。

芸術的価値論争は、文学史的には中野重治「芸術に政治的価値なんてものはない」（『新潮』一九二九・一〇）の一人勝ちに終った印象がある。しかし、「マルクシズム」をたとえば「フェミニズム」に置き換えるなら、平林の苦悩は今も新しい。

◉――生きることと書くこと

既に指摘があるが、中野が芸術の「芸術的価値」を全面的に認めえたのは、実は、優れた芸術は優れた世界観（＝マルクシズム）から生み出されると確信していたからである。この中野の論を中河与一が前掲の二著の中で賞賛している事は偶然ではない。そこには〈形式主義〉と〈マルクシズム〉といった陣営の差異を越えて、〈書くこと〉と〈生きること〉との関係をめぐる認識の共鳴がある。但し、形式主義文学論争そのものに於ては、この問題は形式主義陣営の内部抗争として現れた。

〈書かれた本文〉から出発した形式主義論は、犬養健によって〈書く主体〉の問題を導入される。犬養は〈書く〉という物理的行為を境として作家主体の活動を「人間活動」と「作家活動」とに分断し、作家は後者に於ては「形式の支配のなかに身を投じ」ざるをえないが前者に於ては「常に怠る事のない内容主義者」であるべきだと説く事によって、形式主義は作品の無内容を技巧で糊塗するものだといった類の批判を防ごうとした。この分断は、池谷信三郎「作家運動の範囲」（『東京朝日新聞』一九二八・一二・二四）、犬養「内面形式の問題」（『東京朝日新聞』一九二九・一・一一〜一二）という質疑応答を通じて形式主義陣営の基本合意化して行くが、中河だけは納得しなかった。一九二九年一月から二月にかけて、『東京日日新聞』紙上で中河「形式主義の理論は動的である」（一・二三〜五）、犬養「わが形式論の解説」（一・二七、二九）、中河「形式主義理論は生活的根拠を持つ」（二・六）、横光「形式論への批判」（二・一六〜七）といった応酬が続く。中河にとっては、もし形式主義が価値ある思想であるなら、それは〈書くこと〉に限定されてはならず、〈生きること〉全般の問題でなければならなかった。対して、犬養と横光とは、〈生きること〉と〈書くこと〉との間に不可避なずれを感じていたようである。「人間はどの瞬間からたちまち作家であるか？」（「形式主義文学論の修正」）という犬養の問いは、未だ答えられていない。

新心理主義

錦咲やか

◉――「新心理主義」の位相

「新心理主義」という文学潮流について最も詳細に解説したのは、同人誌『評言と構想』16号～21号（昭和54〈一九七九〉・6～昭和56〈一九八一〉・6、18号は休載）に連載された曾根博義の「新心理主義研究序説」である。曾根は「新心理主義は、新心理主義文学、新心理派、新心理主義派、新心理主義文学派などとも呼ばれる、昭和初年の非プロレタリア文学者の一部に見られた一定の文学傾向、思潮、ないし流派を指す用語である」と述べた。ただし「新心理派だけは、新社会派と対立させて、新心理主義（文学）とは異なる流派を指す場合があるので注意を要する」。実際のところ、「新心理主義」とは何人かの作家が集まって起こした文学運動ではなく、拠点となった雑誌もない。これを主張したのは伊藤整ほぼ一人だったが、その周囲にいた複数の作家のテクストから、似た傾向を読み取ることができる。瀬沼茂樹は『現代文学』（昭和8〈一九三三〉、木星社書院）において「新感覚派の感覚描写の内面にあって、その外面性を裏づけていた心理描写を一歩押し進め、人間をその全生活意識から切り離して、心理的存在とし、生理的存在として、その解体・分裂において、個別的に、剋明に追求していくときに、『意識の流れ』『内的独白』などの方法にたつ新心理主義文学を発生せしめた」（傍点原文）と記し、「新心理主義文学」を新感覚派の一分岐として早くから規定した。また、比較文学的な観点から外国作家との影響関係についても述べ、ジョイスやプルーストの方法に学び、人間心理の深層の流れを表現することを目指した新心理主義の代表的作家として、伊藤整、堀辰雄、川端康成などを挙げている。堀の「聖家族」（昭和5〈一九三〇〉）、川端の「水晶幻想」（昭和6〈一九三一〉）は特に新心理主義的手法が結実した佳品とされる。

瀬沼の論考より一年前、伊藤が初めて出した文芸評論集は『新心理主義文学』（昭和7〈一九三二〉、厚生閣）であった。彼は大正末期にマルクス主義文学が与えた「思考法の革命」と、新感覚派が提出した「文体の革命」との二つの概念でこの時期のいわゆる言語論的転回を捉えていた。伊藤が戦後書いた回想評論「新興芸術派と新心理主義文学」

（『近代文学』第五巻七号、昭和25〈一九五〇〉）には、マルクス主義の政治運動と文学が道徳的な終末意識を若者たちに与える中、横光利一をその力に対抗する「新しい芸術派の代表者」と見た視線がはっきりと描かれている。やがて伊藤は自らがフロイトとジョイスとに強い影響を受けたことを明言しつつ、新感覚派理論を超克する文芸論を打ち出す。「新感覚派的な形態の印象描写から心理のより直接な描写へ」というのがその論旨であった。一方、横光はその頃既に「機械」という独自の変異を遂げていた。

●――同時代的「新心理主義」

「新心理主義」は日本独自の用語であり、世界的には「意識の流れの小説」（stream of consciousness novel）がそれにあたる。〈内的独白〉（monologue intérieur）を主要な技法とし、これは小説叙述において語り手による地の文をほぼあるいは一切介さずに、作中登場人物の思考・感情・心理内容を直接的に呈示する文体である。マルセル・プルースト、ジェイムズ・ジョイス、ヴァージニア・ウルフ、ウィリアム・フォークナー、サミュエル・ベケットなどのテクストにより、現代に至るまで様々なジャンルへ広く普及した手法で、他方、日本古典における〈心内語〉（心中思惟）はその独自の発現であったともみられる。

横光の場合「機械」（『改造』昭和5〈一九三〇〉・9）が最も関係深く、他に「鳥」「高架線」「時間」なども挙げられるだろう。伊藤の影響を受けたわけではなく、新感覚派の理論より派生させ、独自に展開したものと思われる。谷川徹三「横光氏の『機械』と『鞭』に於ける文体について」（『新潮』昭5〈一九三〇〉・10）においては、精神分析学派の思考を取り入れたプルーストやジョイス、さらに遡ったところで初めて〈内的独白〉的手法を使い『もう森へなんか行かない』（原題『月桂樹は切られて』一八八七）を書いたエドゥアール・デュジャルダンとの影響関係が示唆されたが、小林秀雄は同時代評（「横光利一」『文藝春秋』昭和5〈一九三〇〉・11）でこれを否定し、いわゆる「作者の宿命の主張低音」を問題化する視座から「『機械』は世人の語彙にはない言葉で書かれた倫理書だ」と称揚した。また伊藤整は「機械」について「一定の職業や立場や思想を持続する間は同一の人格的存在を持続するといふ日本の自然主義の人間観が、ここで崩されたことは最も注目に値する」（『現代日本文学全集36横光利一集』「解説」昭和29〈一九五四〉・3、筑摩書房）と評価している。「機械」の結末は「私はもう私が分らなくなつてきた。〔…〕誰かもう私に代つて私を審いてくれ。私が何をして来たかそんなことを私に聞いたつて私の知つてゐよう筈がないのだから」という有名な一節で終わっている。

ここで「私」のテクスト最終局面の述懐は確かに同一の人格的意識を保持しない宣言であり、他者という外部によって規定される内面の発見を示唆するのである。

「新感覚派」はもともと『文芸時代』の創刊（大正13〈一九二四〉・10）に端を発し、一九二〇年代にエイゼンシュテインらが理論化したモンタージュの技法やキュービズムをテクスト内描写に引き入れていた。また、横光は出発当初より科学と文学の関連について深く注目していた。「客体としての自然への科学への浸食」（『文芸時代』大正14〈一九二五〉・9）では科学的認識方法の変化によって自然が浸され、それが文学上の主観認識にも関わってくると論じている。これは先に示した、マルクス主義文学による「思考法の革命」と、新感覚派による「文体の革命」との二つで時代のパラダイム・シフトを捉えていた伊藤の認識と通底する。自然科学論との融合、未来派の影響、プルースト『失われた時を求めて』や伊藤整のジョイスの研究、新心理主義はそれら全てを組み合わせて抽出されたテクストの方法といえるだろう。

●――「新心理主義」が志向する時空間

さて、今日、このような「新心理主義」から汲み取られるべき意義とは何であるのか。横光は「心理主義と文学」（『文学時代』昭和6〈一九三一〉・6）において「心理描写」を文学の特権的機能として認めた。「機械」は流動・連続する文体で個人の内面を終始描写したテクストであるが、ミラン・クンデラは『小説の精神』（金井裕・浅野敏夫訳、一九九〇、法政大学出版局、原著一九八六）で、行動を通した「自我」の探究がなされた後、目に見えない内面の生を探る時代が到来したと述べている。すなわち、外的要因が圧倒的に強くなった結果、内的動機の意味がもはやなくなった世界にあって、人間にどんな可能性が残されているのか、という問いだ。行動による自己の把握から、内面の探究による自己の探索へと移りゆくスタイルは、最も端的な外部要因たる他者の生と行動の融合を促す描写の過程であるともいえ、それは横光の言う「心理主義即人間主義」とも本質的に響き合う発想である。例えばプルーストの『失われた時を求めて』は〈無意的記憶〉の手法を用い、無意識の記憶を呼び覚まさせ、失われた過去と現在とを物語叙述の内部において融合させ、時間と自我が調和する統一体として回復しようとする試みであった。では横光の「機械」から「鞭」「時間」（『中央公論』昭6〈一九三一〉・4）といったテクスト群の流れは、どのような〈可能性〉を追っていたと考えられるだろうか。

『詩と詩論』で昭和三（一九二八）年以来、紹介がなされてきたヴァレリーらの「純粋詩」や「純粋」の概念などを踏まえ、当時の純文学と通俗小説との差別化理論を包括して横光は「純粋小説論」を著した。通俗小説から「感傷性」を排して「偶然性」の要素を取り入れ、また「自分を見る自分」としての合わせ鏡を覗き込むかのような自意識の発現として「第四人称」を提案する。これは横光が「一人の人間に於ける行為と思考の中間は、何物であらうか。この一番に重要な、一番に不明確な『場所』に、ある何ものかと混合して、人としての眼と、個人としての眼と、その個人を見る目とが意識となつて横つてゐる」と述べているように、通常、他者との視点の差異やある行為への自意識優先を特権的に持つ内的記述と、それとは異なった観察者による外的記述との「中間」を目指そうとするものであった。ここに横光の志向と、新心理主義的手法との接近が認められる。

曾根は「話すやうに書く」から「書くやうに書く」ことへの転換が、昭和三年頃までの新感覚派的文体の鍵であるとして、「機械」の文体についてはそこからさらに「話すように書く」方向へと「新たなる再転換を企てた作品であることを認識しなければならないだろう」と語った（「新心理主義研究序説」）。江戸戯作や落語、講談との文体的類似性もその導きに多少負っていると思われるが、その文体では、観察者による「言語と経験の同型性」という括弧付き記述に対し、「心理」という流れを用いて「書く」ことでその括弧を外し、世界の関節を外そうとする試みとしての意味が大きかったのではないか。自己への言及に含まれている観察者としての外枠と、その内部に嵌め込まれた物語との「中間」という裂け目へ接近しようとする文体はすなわち、テクスト自らを絶えず解体し続け、その裂け目から物語の可能性を新たに望見しようとする契機であり、ここにこそ「新心理主義」の現在性が存するものと考えられるのである。

「時間」では時間を胃袋の量という空間へ変換することが思考される。また「時間」の前月、横光はエッセイ「鍵について」（『詩・現実』昭和6〈一九三一〉・3）でヴァレリーとの影響関係を語り、「一定の時間を明確に己れのものと感じようとするその意識の計量の仕方」を志向する。「心理の交錯する運命を表現し計算する」時、心理は心の推移であり、テクストに流れる時間のなかで意識の計算式は進んでいく。言語や計算が線条性・継起性を基本とする以上、テクストはその心理とともにどこまでも流れていかなければならない。

純粋小説論

重松恵美

●——世界小説を目指した人々

純粋小説論争というものを、「純粋小説論」（一九三五）以前を含む十年余りの期間のものとして考えてみたい。横光自身が「純粋小説論」の冒頭に、「純文学にして通俗小説、このこと以外に、文芸復興は絶対に有り得ない」と記しているように、事の発端は一九三三年以来の文芸復興である。横光によれば、「純粋小説論」以前に行われた中島健蔵や阿部知二らによる様々な議論はすべて純粋小説論であり、「現代の日本文学を、少くとも第一流の世界小説に近づける高級化論」であったという。

そこで、ここでは、「第一流の世界小説」を目指した人々として、特に、雑誌『作品』及び『文学界』で活躍した横光周辺の人々、小林秀雄、河上徹太郎、林房雄、桑原武夫、坂口安吾、石川淳らの動向を追って、純粋小説論争の広汎な把握の一例を試みることにする。

●——古くて新しい純粋小説

純粋小説とは、ジイド「贋金つくり」に由来する概念であり、その他にも「純粋小説論」にはシェストフやドストエフスキーの影響があることは、既によく知られている。これら「純粋小説論」にて言及される西洋の思想家や小説家は、何の脈絡もなく無造作に名前を列挙されているように見えるだろうか。

まず、ジイドとシェストフにはドストエフスキー再発見の功績がある。シェストフの不安の哲学、自意識の問題は、ジイドとドストエフスキーの小説にも共有されている。さらに、「純粋小説論」に登場する人物を見ていくと、詩人ヴァレリーは純粋自我および純粋詩を論じ、哲学者アランは散文の純粋性を論じて、ジイドの純粋小説と呼応する概念をそれぞれ提出した人物である。そして、この3名が再評価したのがスタンダールとバルザックということになる。

つまり、ジイド、シェストフ、ヴァレリー、アランといった思想家小説家たちによって、一九世紀小説（ドストエフスキー、トルストイ、スタンダール、バルザック）が再評価されるという、二〇世紀初頭のフランス文学界における再評価、再発見の図式が、「純粋小説論」の背景にあるのだ。

「贋金つくり」は、ジョイスやプルーストらの作品と共に、西欧二〇世紀小説と呼ばれる二〇世紀前半の作品群の一つである。この作品群は、実験的な小説として新しい手法に着目されることが多いが、「贋金つくり」という純粋小説の指し示すところは必ずしも新奇なものではない。言い替えれば、「純粋小説論」においてドストエフスキーやスタンダールといった前世紀の作家を語ることは、即ち、当時として最新の「第一流の世界小説」を論じることと同義になり得たのである。

●――アラン受容の謎

この頃、小林秀雄の周辺では大岡昇平と桑原武夫がスタンダールの紹介に努めていたが、彼等はアランの紹介者としても知られる人々である。特に「純粋小説論」に関係するのは、桑原の訳業であろう。アラン『芸術論集』の中の「散文について」の章は、一九三三年『作品』五～九月号に桑原訳で掲載され、同年一二月『散文論』と題して作品社から刊行される。同社は『作品』の出版元であり、翌年二月号の同誌には「誌上出版記念会」の記事を見ることが出来る。

ところで、横光のアラン受容には一つの謎があって、それは代筆と目される横光名義の小説論が関わってくるためなのだ。「新小説論」（一九三三～三四）は、桑原訳『散文論』の大幅な引用から成り立っており、「散文の精神」（一九三四）では、「新小説論」からの孫引き、抜粋の形でアランが紹介されている。誰かが代筆した「新小説論」を通じて横光は『散文論』を学んだのではないか、と思わせるのは、「純粋小説論」の次のような箇所である。「作者は（略）それらの人間の思ふところをある関連に於てとらへ、これを作者の思想と均衡させつつ、中心に向つて集中して行かねばならぬ。」

ここで明らかに横光は、ジイドの提唱する純粋小説（複数の人間が各々の問題を抱える小説）と関わりのあるものとして、『散文論』を理解している。アランの摂取については、河上徹太郎の示唆があったことも想像されるが、それだけではないだろう。例えば、坂口安吾、石川淳らにも『散文論』を学んだ形跡がある。今では忘れられた観のあるアランだが、昭和一〇年代には毎年一～三冊の翻訳が出て一定の読者を得ている。そうした静かなアラン流行の中で、「純粋小説論」は執筆され、また、理解されていったのである。

●――社会主義リアリズムとの交点

同じ頃、エンゲルス書簡（日本語訳、一九三二）が一因となって、バルザックが流行する。ここでは、一九三二年から三二年に林房雄と宮本顕治の間に行われた、バルザックに関わる応酬を参考に見てみよう。林は「作家のために」でマルクスとエンゲルスによるバルザック評に言及しながら、「ぼくらは、シェークスピアやバルザックやトルストイと競争しなければならぬ。」と述べて、宮本から「シェクスピアとプロレタリア文学の競争といふ風な珍妙な超歴史的な文学競争」と批判されるのだが、林の「超歴史的な文学競争」は「純粋小説論」の世界文学志向に通じる姿勢といえる。宮本は、社会主義リアリズムの実践のために、バルザックなど一九世紀のリアリズムを歴史的な限界を持つものとして批判的に学ぼうとする。それに対して林や横光は、バルザックが前世紀の作家であることにこだわることなく、「超歴史的な文学競争」をあえてしたのである。

横光は、プロレタリア作家としばしば問題意識を共有しながら、一線を画してきた。前述したエンゲルス書簡がバルザックの小説について、「私はこの時代の職業的歴史家や経済学者や統計学者の書物を全部ひっくるめたよりも多くのことを学びました。」と記したのを受けてのことだろうか、バルザック全集内容見本（一九三四）に一文を寄せた横光が、「この大作家の存在してゐた事のために、今日小説は初めて自然科学と対等の交際が出来、同時に哲学や社会科学との競演に際しても何ら卑下する要はないのである。」と述べていることも興味深い。

ところで、林房雄が「文学の競争者はどこまでも文学者だ。」と述べた地点から、横光は更に一歩を踏み出すように、「私はこの度の全集刊行の壮挙を、ただ文学のためにのみ祝ふべきことだとは思はない。」と述べ、旧来の小説あるいは文学の概念に収まりきらないものとして新しい小説を想定し、バルザックを近代小説の先駆者として評価する。全集の宣伝文という性格に留意すべきではあるが、政治と文学論争や社会主義リアリズム論争と深く関連する一文といえる。そして、この横光のバルザック評の半年後に「純粋小説論」が世に問われるのだ。「純粋小説論」の言う「新しいリアリズム」を理解するためにも、社会主義リアリズムとの関係を考えなくてはならないだろう。

●——「旅愁」再考に向けて

一九三二年、水野亮はバルザックの人物再現の手法について、「一作では主役を演じ、他の作ではワキ役に廻るといふ風に（略）すでに読者と再三の親しみを重ねてはゐるが、常に何か未知のものを蔵する人物が、どれほど飛躍的な魅力をもつて読者に迫るか」と記した。「人々がめいめい勝手に物事を考へてゐることが事実であり、作中に現れた幾人かの人物も、同様に自分一人のやうには物事を思ふものでない」という「純粋小説論」の記述は、「贋金つくり」の手法から学んだものでもあるが、前述したようにアランから学んだものでもあるだろうし、直接間接にバルザックの手法から学んだものでもあるだろう。

「純粋小説論」によれば、旧来の小説は、作者を代弁する一人の人物による小説であり、それに対抗する新しい小説は、複数の人物が各々の問題を抱える小説である。作中には様々な問題が投げ出され、それに対して作者という一個人は解答を提示することが出来ない。横光のこのような考え方、人間に対する、世の中のあり様に対する把握の仕方は、彼の純粋小説と呼ばれるべき実作品を一見まとまりのないものにした。ジイド「贋金つくりの日記」に、「各々の章は、それぞれ読者の心に対して新しい問題を提出する」と記されているように、旧来の小説概念では失敗と見なされることが、純粋小説の場合は意図的なものであったりする。

問題の複雑さのために、作者はこれを長編として書くことを作品から要請され、解答の提示されないために、読者は作品への参加を要請される。読者は作中の様々な問題を我が身に引き受けねばならない。しかも、純粋小説では、事件は次々と生起することになっている。そこでは、いつ何が起こるか予測もつかない。偶然の積み重ねが、可能なる作品世界を構築する。「純粋小説論」にいう「可能の世界の創造」について言えば、坂口安吾「文章の一形式」（一九三五）や石川淳「虚構について」（一九四〇）にも類似する主張が見られる。偶然であり可能であるところにこそリアリティーがあるという考え方を、横光、坂口、石川は共有している。

さて、このような、次々と投げ出される問題に何一つとして解決を与えない小説は、どのように収束するものだろうか。果たして、その作品世界に終わりはあり得るのか。横光の長編がしばしば未完であることも、「主題の拡張、主題の輪郭の遁走そのものによって終をつけるようにするのだ。」というジイドの言葉とあわせて検討すべきだろう。

筋書きの錯綜、解答の不提示、読者参加。偶然性と可能性、そして未完性。これらはいずれも「贋金つくり」に用いられた手法であり性質であり、「旅愁」の出発点とは、これを実践しようとしたところにあったのだろう。「旅愁」の示す限界に捕われることなく「旅愁」の示す可能性を考えるために、「純粋小説論」は多くの示唆を与えてくれる。

日本浪曼派

沖野厚太郎

●横光と日本浪曼派

一九四七年の秋、保田與重郎はかつて日本浪曼派の僚友だった亀井勝一郎に連れられ、初めて横光利一のもとを訪れた。そのことが書きしるされている保田のエッセー「最後の一人」には、横光の「本質者」であるがゆえの「悲劇」に敬意を表しつつも、彼への追悼文という性格にふさわしからぬ次のような発言が見られる。「私の文学的な出発以来十数年に亙る全期間を通じて、徹頭徹尾私は外観上彼の敵対者たる立場にあつた」。保田は、日本文学を「近代風にした最大の闘将」は横光だったと述べたあと、「近代風」という「アメリカニズムの流行」を、「東京市中に円タクといふものが走り出したといふ状態」にたとえている。

昭和文学を主導した観のある、この「最もハイカラな」文学に対する反措定として保田が提示したのが、「後鳥羽院以後隠遁詩人の系譜」であったと考えられる。「芭蕉があのやうに俗語をしり駆使しつゝ、『俳諧の益は俗語を正すなり』と言ひ、『この事は人のしらぬ所なり、大切の所なり』と言つた（くろさうし）その『正す』とは、実に後鳥羽上皇の『御ことばを力とし其細き一筋をたどりうしなふことなかれ』（許六離別詞）と王朝の『みやび』に思ひつないだ」。保田の説く日本文芸の系譜学のこの簡潔な要約は、三島由紀夫の処女作を『文芸文化』に連載するにあたり、編集後記に作者を「われわれ自身の年少者」と述べた蓮田善明が、一九四一年に発表したエッセー「養生の文学」に書きしるしたものである。

そして「養生の文学」には、同年上期の芥川賞として、外地（日本軍の占領地域のこと）文学のはしりとされる、多田裕計の小説「長江デルタ」を、「この時代にはこのやうなものこそ」と推薦してしまうような、横光の時代伴走者的な態度に対する、手きびしい批判が展開されている。蓮田は、『日本浪曼派』同人に名を連ねた佐藤春夫の発言、「横光のやうに歴史のない作家が日本的といふのはをかしい」を掲げつつ、皮肉たっぷりに以下のように述べる。「歴史のない人が『この時代』と言ふ時代とは、如何なものであらうか。氏は『みそぎ』に参加して日本精神を悟つたらしい。それはい、ことをしたものである。しかし氏は歴史を面倒として一挙に神世の心を試してみようとしただけのことである」。

横光の「日本精神」の「ハイカラ」ぶりは、『旅愁』における矢代たちの京都観光にも遺憾なく発揮されている。あまたある寺のなかで龍安寺の石庭がかれらの話題の中心を占めるのは、それが「縦横寸分の狂ひなく近代庭園法の数学に合致してゐ」るからにすぎない。宗教施設を単なる「美術品」へと還元したうえ、それに西欧流の価値基準を適用しなんら疑わない態度は、和辻哲郎の『古寺巡礼』の延長上にある。保田の影響下に古寺めぐりを始めた亀井が一九四三年刊の『大和古寺風物誌』で、寺や仏像が人々の信仰とともにあった歴史に常に思いをはせているのとは、ひどく対照的であると言わねばならない。

◉——日本浪曼派と保田

しかし橋川文三は、もはや研究の古典となった『日本浪曼派批判序説』のなかで、次のように述べている。「改めていうまでもないと思うが、私たちにとって、日本ロマン派とは保田与重郎以外のものではなかった。亀井勝一郎、芳賀檀などは、私たち少年の目には、あるあいまいな文学的ジャーナリストにすぎなかったし、浅野晃以下にいたっては殆ど問題にもされなかったと思う」。「当時のティーンエージャー」だった自己のこういった読書体験にもとづき橋川は、日本浪曼派を、これと対立していた武田麟太郎・高見順らの『人民文庫』グループとともに、ナルプ（日本プロレタリア作家同盟の略称）解体後における転向現象と見なす、平野謙に代表されるような文学史観につよい疑義を表明するのである。

『転形期の文学』がすでにナウカ社から三年前出ているにもかかわらず、亀井が「評論家としての私の処女作集」と述べる一九三七年刊のゲーテ論『人間教育』にも、彼と保田との断絶ははっきり現れている。マルクス主義という「真実」へ身を投じた昭和初年の良心的青年たちと同様「秩序」と「衝突し破砕して」いった、ウェルテルの純粋をここでの亀井は一度たりと疑っていない。けれど、翌年出た保田の『ヱルテルは何故死んだか』においては、ウェルテルは、自身の死を自己決定することもできずいろいろ策を弄する、「卑怯」なところのある青年として記述されている。保田は、ゲーテが理想化して描いた『若きウェルテルの悩み』のなかでさえ脆弱なものにすぎない、自己定立的存在としての「人間」という虚構を、「約束や責任や信用」といった「制度基礎の保証」に据えざるをえなかった、「近代」というシステムを徹底的に批判しているのである。

「嘘は真実のイロニーであ」り、「このイロニーの裁可者は人間に求められない、神だけである」。亀井と同じくプロレタリア文学からの転向組だった林房雄の思考にも、カール・バルトの危機神学に淵源する保田のこうした峻烈きわまりないイロニーは、まったく見いだすことができない。『文学界』によるシンポジウム「近代の超克」に出席するにあたり、林は「勤皇の心」という文章を提出した。ところが、シンポジウムと同じ一九四二年に出版された保田の大著『万葉集の精神』では、江戸後期の国学者伴信友の『長等の山風』の考証に従い、大友皇子は正式な天皇であったと述べられている。はたして大友天皇が「嘘」の天皇なのか、そして大海人皇子が「真実」の天皇にふさわしいのか。壬申の内乱において、当時の人々が否応なく直面してしまった天智系か天武系かという絶対的選択に、「万世一系」を前提とする林のあまりにナイーブな「勤皇の心」が、よく耐ええないことは明らかであろう。

　合法的な近江朝政権を違法な手段でもって大海人が倒した壬申の内乱は、しかし単なる権力闘争などではなくれっきとした革命であった。そう主張する保田はその正当性の保証を、柿本人麻呂が高市皇子挽歌でこのとき吹いたとうたった、神的意思の表象としての「斎宮の神風」に求めている。保田が『万葉集の精神』で歴史に寓して説いた、この革命の神話的ヴィジョンにかつて魅せられた一人が、のちに新日本文学会の有力会員となって活躍した針生一郎である。針生は大浦信行監督のドキュメンタリー映画『日本心中』のなかで、自身の戦前の保田への傾倒を告白するとともに、それが戦後のヴァルター・ベンヤミンに対する関心と「循環」していると述べる。「私たち何も知らなかった少年たちが『革命』以外のものに関心をひかれ、魅惑されたということは不自然ではないか」と、保田の言説が革命のそれにほかならぬことを橋川が強調してやまなかったのも、もっともと言わなければならない。

◉──保田と横光

　戦後いちはやく『文学時標』に激烈な保田否定の言辞を書きつらねた杉浦明平も、『ユリイカ』の日本浪曼派特集号において、保田を他のメンバーからはっきりと区別している。「日本浪曼派はお人好しぞろいで、人道主義から戦争を謳歌讃美していたのではないかと思えないでもない。ニヒリズムから戦争を謳歌していたのは、わたしの管見では、保田與重郎ひとりきりだった。つまり日本浪曼派は保田だった」。「ニヒリズムから戦争を謳歌していた」と杉浦が述べるとき思いうかべていたのが、保田が雑誌『コギト』特派員として一九三八年大陸旅行した経験にもとづき書いた紀行文「蒙疆」のなかの、以下の一節であったことは間違いない。「我々は東洋平和のために優秀な支那を殲滅せねばならない、しかしこの悲劇は、支那人の歴史の思想の誤謬に原因する。間違つたものは滅ぼさねばならない」。

だが、南京大虐殺を言説化したと見まがうばかりの保田の言葉が、杉浦の言うような「ニヒリズム」からというより、政治神学的発想から導きだされたものであることは、ピューリタン革命の指導者クロムウェルの次の発言と比較してみても明らかである。「もちろん、きみらの大敵は実にスペイン人である。かれは天性の敵。かれは本性的にそうであり、本性的に徹頭徹尾そうなのである。かれの内部に、およそあらゆる神のみわざに対して存在する敵性のゆえに。およそきみたちの内にある、あるいはありうる、あらゆる神のみわざに対して」。（カール・シュミット『政治的なものの概念』田中浩・原田武雄訳）

一九三六年に渡欧した横光はフランスにおいて、国民戦線と人民戦線の対立によりもたらされた、アポカリプス的混乱を目のあたりにした。同年七月、フランスより一足早く人民戦線政府が成立したスペインではついに右派のフランコ将軍との内戦が勃発し、横光はスペイン行きを断念するにいたっている。翌年発表のエッセー「考へる葦」で、横光は「現代に於ても、最後の審判を下すものは爆薬である」と述べ、ヨーロッパの右翼と左翼双方の思考を支配していた、みずからの正当性の「審判」を「爆薬」という暴力に仰ごうとする政治神学的態度を、かつて聖バルテルミの虐殺を引き起こした一六・七世紀の宗教戦争になぞらえる。そのつよい危機感が、横光をして『旅愁』の次のような場面を描かしめたのかもしれない。

日本と中国が戦争を開始したという誤報が出たため、サンミッシェルの中華料理店で中国人客は激しい敵意をあらわにし、矢代ら日本人客にいつまでたっても料理が出てこない。すると沖老人が、「戦ふとき」も「礼儀や仁徳」を忘れるべきでなく、自分たち日本人客にも「食事を与へ」てくれるようにと「見事な英語」でもって「演説」を行なう。けれども、日中戦争が始まって二年目の一九三九年に横光がこうした場面を書きつづったとき、それはもはや、日本の不正ゆえに駆りたてられざるをえない中国人の行為を非文明的で懲罰の対象であるかのように見くだす、「暴支膺懲」（乱暴な支那を討ち懲らしめるの意）という国家の欺瞞にみちた戦争正当化のプロパガンダに、結果的に同調するものでしかなかった。

戦時体制と文学

米村みゆき

◉――大政翼賛会と文学者、日本文学報国会

一九三七年からの対中国戦争から太平洋戦争期において、文学者たちの自主的な言論活動は著しく規制を受けることになったが、その一方、総動員政策の一環としての活動は推進された。一九四〇年七月に発足した第二次近衛内閣によって、時勢は新たな局面を迎える。新体制運動を推進する国民統制組織の大政翼賛会が結成され、文化部長に岸田国士が就任。この頃、政府の新体制政策に翼賛すべく新組織を結成しようとする動きがあり、その一つに文壇の統合化と「新しい国家理想」への協力を目指す日本文学者会があった。一九四一年一二月八日の戦果の国民総熱狂状態で開かれた文学者愛国大会を契機に、文学者の国策的一元的組織、日本文学報国会が結成された。一九四二年五月二六日に創立総会が開かれ、出席者は三〇〇名を超え、議長は菊池寛だった。同会は、小説、劇文学、評論随筆、詩、短歌、俳句、国文学、外国文学の八部門を包含し、会員はこのいずれかの部門に所属することになった。その目的は、「全日本文学者の総力を結集して、皇国の伝統と理想とを顕現する日本文学を確立し、皇道文化の宣揚に翼賛する」（会要綱）こと、すなわち日本主義的世界観の確立と国策の宣伝であった。主な事業には、大東亜文学者大会（計3回）、『愛国百人一首』の選定、文芸報国運動の講演会、国民座右銘選定などが挙げられる。会員数は約四〇〇〇名であり、同会に入会しなかったのは、中里介山のみであった。

横光利一は、これら文学者による諸団体の運動、また大政翼賛会文化部による翼賛文化運動にどれほど関わっていたのだろうか。横光の評伝によると、「旅愁」の第二編を中断して間もないころ、文芸家協会の会長だった菊池寛による提唱がきっかけで「文芸銃後運動」が起こり、文壇の有志によって全国を遊説する愛国運動を行ったが、横光は積極的に参加したという。『文学界』（一九四〇・七）の「同人アンケート」にも「私にはこれに加はつたことが人間の平和に役立つことと思つてゐる」「いつも勝つものが世界を平和にする実権を握るといふことも変らなからう」と記す。また、一九四一年八月大政翼賛会主宰による国民錬成目的の「みそぎ」に参加し、その感想を「東京日日新聞」に寄

せた。これは世間に反響を呼び、横光は時勢に迎合したとみられてあちこちから非難された（井上謙『横光利一―評伝と研究―』一九九四、おうふう参照）。次に、日本文学報国会関連資料で、横光の活動を拾い出してみよう。新体制のバスに乗り遅れまいとして、『文学界』を活躍の場としていた横光利一、尾崎士郎、河上徹太郎、小林秀雄らの作家二二名が日本文学者会を結成。一九四一年一二月大政翼賛会会議室を会場に開催された愛国者大会は、朝日新聞他で報道されているが、横光は愛国の熱情を吐露している。愛国者大会を受けて、大政翼賛会文化部は、全国文学者を打って一丸とする強力な組織を実現することとなり日本文学者会という名称に決定、本会設立の処理委員として、菊池寛、高村光太郎、横光利一、谷川徹三、吉屋信子などが指名された。また、報国会による文芸報国講演会を一九四二年八月二日から一二日までの期間、全国主要都市八〇箇所、関東近県二七都市で開催することになり、講師たちは文芸報国の立場から皇道精神の高揚、国内文化工作、国民の指導善導などの活動をした。横光はその講師で、第七班九州地方甲班として「現代の考うべきこと」を講演。第七班は一一月二六日から一二月三日まで小倉、佐賀、佐世保、大村、長崎の各開催地で「純粋な熱意を傾倒した講話がもたれ三三〇〇名におよぶ聴衆に国民精神教育上啓発するところ多い収穫をあげた」。文報事務局が会員の練成を兼ねた勤労奉仕を実施したのは、七月二七日。戦士した兵士の霊（英霊）に対し忠霊塔の基礎工事に文学者たちが参加し、石や土塊を運んだが、参加者に横光の名がみえる。一九四二年一一月三日から一〇日まで開催された第一回大東亜文学者大会では、大会議員として横光は名を連ねているし、大会付帯行事として各国新聞社、海外ラジオ向けの決議文発表があったが、議長の指名で横光を含めた七人が決議文を起草、そして横光が力強く朗読した。同会一日目の会議中横光は「科学精神を克服しなければ東洋はヨーロッパと同じようになるだろう。東亜の遠いところから来た皆さんは、御自分がそのあるところの或る一つの光だと思って、再びお帰りになられんことを希望します」と発言している。一九四三年八月に開催された第二回東亜文学者大会においても、日本の大会議員参加者として横光の名がみえる。「軍人援護善行者訪問」運動で、文報が選んだ派遣作家に横光利一がいた。全国の軍人遺族、家族、傷痍軍人の中から善行者を選んで訪問し、その報告文を新聞、雑誌に掲載、さらなる善行を国民に促すといった運動で、横光は佐賀県に足を延ばした。一九四四年、久米正雄が事務局長を退任し、新年度を迎えた日本文学報国会は新陣容を発表、横光は小説部会の幹事長だった。その理由は、会長の正宗白鳥が週に一度は事務局に顔を出すとおっしゃっているのに、若い私がじっとしていることは許されない、であった（以上、櫻本富雄『日本文学報国会』一九九五、青木書店参照）。また、北九州文化連盟事業記録（一九四三年九月現在）によると、横光利一、谷川徹三、岡田三郎、浅原六郎の四氏を囲んで小倉井筒屋で座談会が行なわれたことがわかる。劉寒吉「手紙風な報告書」（一九四三年七月地方翼賛文化団体報告書第一輯大政翼賛会実践局文化部）の一九四二年度に行った主な事業の中にも文芸座談会として同座談会の言及がある（北河賢三『資料集　総力戦と文化』二〇〇〇、大月書店参照）。

◉——文学における戦争責任、敗戦ののち

小田切秀雄の「文学における戦争責任」が発表されたのは、『新日本文学』一九四六年六月号であった。戦争は終わったが、「まだ新しい文学的創造は緒についたばかり」の頃だ。同年三月新日本文学界東京支部創立大会において提案し、可決されたものの要旨である同文章は、文学の堕落に第一に責任のあるのは文学者にほかならぬ、と自分たちが文学における戦争責任者を文壇の中からあげる所以を記している。「主要な責任者のみ」として指名されたのは、菊池寛、久米正雄、中村武羅夫、高村光太郎、野口米次郎、西条八十、斉藤劉、斉藤茂吉、岩田富雄（獅子文六）、火野葦平、横光利一、河上徹太郎、小林秀雄、亀井勝一郎、保田与重郎、林房雄、浅野晃、中河与一、尾崎士郎、佐藤春夫、武者小路実篤、戸川貞雄、吉川英治、藤田徳太郎、山田孝雄の二五名。彼らは「特に文学及び文学者の反動的組織化に直接の責任を有するもの」、また「組織上さうでなくとも従来のその人物の文壇的な地位の重さの故にその人物が侵略賛美のメガフォンと化して恥じなかつたことが廣汎な文学者及び人民に深刻にして強力な影響を及ばした者」の二種類のに重点が置かれた文学者だった。この文章は戦時中の文学者の自己批判であるという。「一億総懺悔」のように「誰にも責任があるといふことによつて一部の者の重大且つ直接的な責任がごまかされてしまふ」、したがって、彼らが「責任を眞に解決する」ことに協力するため徹底的に追及しようとしたものだ。

横光は、この指名について、「たいした苦痛ではない」と口にしたというが、昭和一〇年代初頭の全盛期の華やいだ横光サロンとは対照的に、戦後における横光家の様変わりがあまりにもひどく、これは戦争末期の横光の国粋主義的傾向に対する批判の、集中的あらわれと言う他なかった（木村徳三「思い出すままに」『定本　横光利一全集』月報11、大久保典夫「横光の戦中・戦後」『国文学　解釈と鑑賞』一九八三・一〇）。一九四一年一二月八日の「日記」に、横光は「戦いは

ついに始まった。そして大勝した。先祖を神だと信じた民族が勝つたのだ。自分は不思議以上のものを感じた。出るものが出たのだ」と記した。彼にとって太平洋戦争は、「欧米の侵略に対するやむにやまれぬ抵抗」であり、満州事変、上海事変についても「日本の中国侵略という理解はなかった」。それは、『上海』（一九三二）の参木が芳秋蘭の抗日運動に納得が出来ないでいることに現われている（羽島徹哉「横光利一と戦争」『横光利一事典』二〇〇〇、おうふう参照）。敗戦の知らせを受けた深い衝撃を「私はどうと倒れたように片手を畳につき、庭の斜面を見てゐた。なだれ下つた夏菊の懸崖が焔の色で燃えてゐる。その背後の山が無号のどよめきを上げ、今にも崩れかかつて来さうな西日の底で、幾つもの火の丸が狂めき返つている」（『夜の靴』一九四七）と記す。

加藤周一『羊の歌』（一九六八、岩波書店）には、政府が「国民精神総動員」と称していた頃の横光の姿を直截に伝える印象深い小文が載せられている。「縮図」は、とめどもなく進んでゆく軍国主義的風潮の中で、第一高等学校の寄宿寮の内側にいた加藤たちが、「日本は神国」であるとか、「東洋精神文明」の伝統などの言葉が頭の悪い時代錯誤としか思われず、外側の世界と大きなくいちがいが生じようとしていた状況を写しだす。そして、それが「小説の神様」といわれていた横光が第一高等学校で講演したときに爆発したことを伝えるのだ。講演会が終わった後座談会の席へ移ってから、車座になっていた一五人ばかりの学生と横光が激論をはじめた。学生たちは、横光は初歩的なところで科学がわかっていない、科学と精神文明を対立させて考えるのはまちがいではないか、一体みそぎといわれるのは本気ですかと次から次へと詰め寄り、横光のその返答にまた食い下がる。横光の立場は、軍国主義権力が承認し、歓迎するものであった。対抗する学生に対し「そんなことをいうから君たちはだめなのだ。」と議論を打ち切って大喝一声した。立場の違いにのっとった発言ではあったが、横光が弱点を指摘され激怒したことは、弱点の自覚の証拠であったかもしれない、と加藤は回想している。そして、敗戦と占領の後しばらくを経て横光は亡くなる。胃潰瘍の出血で、医者にはかからず、おれの病気は科学ではなく精神でなおすといった。その話を加藤は中島健蔵から聞き、あらためて横光利一はそのまちがった哲学の代価を、自分の生命で支払ったと思った、と記している。

メディア文化

小林洋介

●——出版メディア

大正末期から昭和初期にかけては、商業出版メディアが発達を遂げた時代である。『中央公論』（一八九九年創刊）、『改造』（一九一九年創刊）などの総合誌と、『新潮』（一九〇四年創刊）、『文芸春秋』（一九二三年創刊）などの文芸誌は、知識層を中心に多くの読者を持ち、文学作品を供給する媒体として重要な役割を担った。『文芸春秋』は一九二六年ごろから総合誌へと脱皮し、一九二八年には文芸春秋社は株式会社となった。これらの総合誌や文芸誌は互いに競い合いながら部数拡大に熱を上げた。この時期の出版社による商業目的の文芸事業として見逃せないのが、改造社が一九二六年に予約受付を開始した『現代日本文学全集』（当初38巻）であり、一冊あたり予約申込金一円という破格の値段で三五万部を売上げ、大成功を収めた。他の出版社もこれに倣って一冊一円の全集を次々に刊行し、いわゆる「円本ブーム」が起こった。

『文芸春秋』は事実上、菊池寛が管理する雑誌として出発したが、横光や川端康成らはその第2号以降「編集同人」となり、『文芸春秋』で活動する過程で作家として認められるようになったと言ってよい。したがって、横光らが『文芸時代』を創刊した際、その行動が『文芸春秋』と菊池寛に対する反抗だと見なされ、それに対し『文芸時代』創刊号（一九二四・一〇）では反抗の意図を否定する文章が掲載される、という事態も起こった。

出版社とその総合誌・文芸誌の急速な発展は、出版社の企画に添った形で作品を発表することを作家に強いることにもつながった。たとえば横光の小説『上海』は、改造社による単行本化（一九三二・七）に際し、横光としては元々別のタイトルを意図していたにもかかわらず、改造社が作者である横光の意向とは異なる『上海』という書名をつけて出版したと言われている。

また、昭和初期は大衆雑誌が多数の読者を獲得した時代でもあった。その代表例は講談社が一九二五年に創刊した『キング』である。たとえば、『改造』の発行部数は一九二七年の最も多いときで二〇万部に達したと推測されるが、同じ年に『キング』は一四〇万部に達していたと言われる。

この事実を見ても、大衆雑誌の隆盛のほどが見てとれる。

◉——演劇

　明治末からの近代劇（新劇）の運動で重要な役割を果たしたのは、坪内逍遥を中心とした「文芸協会」と小山内薫《おさないかおる》を中心とする「自由劇場」であった。そしてその次の時代に新劇の中心的な存在となったのが、一九二四年に創設され、小規模ながら新しいすぐれた設備を備えた「築地小劇場」である。築地小劇場の創設時の挨拶文には「俳優の養成及び一般戯曲、演出、研究機関等を同劇場内に並置致します。」とあり、同人として小山内薫や出資者の土方与志《ひじかたよし》ら六人の名が挙げられている。大正期の築地小劇場は、ゴーゴリーやチェーホフをはじめとしたロシア・リアリズム戯曲、表現主義戯曲など、西洋近代劇を本格的に上演した。築地小劇場には付属の劇団として「劇団築地小劇場」があったが、一九二九年、そこから土方を中心とする「新築地劇団」が分裂し、劇団築地小劇場は一九三〇年に解散した。新築地劇団はプロレタリア演劇運動との関係が深く、演劇の内容も左翼的色彩を帯びることが多くなった。そして、左翼劇場や左傾化した新築地劇団は国家による弾圧を受けることとなる。一九三四年には日本プロレタリア演劇同盟（プロット）が解散に追い込まれ、新たに新協劇団が設立された。しかし一九四〇年には、新協劇団と新築地劇団が強制的に解散させられるに至る。築地小劇場は一九四〇年に「国民新劇場」と改称するが、一九四五年には劇場自体も戦災により消失し、その運動は名実共に終結した。

　一方、横光の早稲田大学時代の同級生である友田恭助は、元は劇団築地小劇場のメンバーだったが、一九三二年に築地座を結成し、築地座は芸術主義的演劇運動の拠点となった。かつて『文芸時代』同人であった劇作家の岸田国士《きしだくにお》も、築地座の顧問としてこの運動に参加し、その理論的支柱となった。築地座は四年間活動したが、一九三六年に解散、その後徴兵された友田は上海で戦死する。

　横光はエッセイ「イブセンの戯曲」（『文章倶楽部』一九二五・二）で、「全然文学などと云ふものを知らなかつた時」、イプセンの戯曲「彫刻師」を読んで「非常に感心させられた」と述べて、戯曲への強い関心を示している。横光はまた「歌舞伎と新劇と人物」（『朝日グラフ』一九二六・一）において、「新劇が人間の写生であるなら、歌舞伎劇は人間生活の図案である」と述べるなど、独自の演劇観を提示している。「表現派の役者」（『新潮』一九二五・一）という小説のタイトルからは、前衛演劇への関心を垣間見ることもできる。横光はその創作活動の初期から多くの戯曲を書いているが、実際に上演されたものとしては「食はされたもの」

（新劇協会、一九二五・一〜二）、「男と女と男」（新劇協会、一九二六・三）などがある。また横光は、一九二六年一一月に上演されたチェーホフ「記念祭」の舞台監督を務め、一九二七年五月に上演された菊池寛「真似」の演出を担当した。

◉——映画

一九一〇年代までの映画は歌舞伎などの演劇の形式に捕われており、女優は存在せず、男優の女形が女性役を演じていたが、一九一八年ごろから起こった純映画劇運動（説明の廃止、字幕の使用、女優の採用による映画独自の表現を目指した運動）を経て、一九二〇年代になると、映画独自の手法を駆使し女優を使った、より本格的な映画が出現する。一九二〇年代は映画の世界で時代劇が流行した時期であるが、昭和に入ると小市民の生活を描いた映画やモダンな風俗を反映した映画も多くなる。他方、昭和初期は、「何が彼女をそうさせたか」（一九三〇、帝国キネマ、藤森成吉原作、鈴木重吉監督）をはじめ、マルクス主義の影響を受けた「傾向映画」が話題になった時期でもある。このころまでの映画は無声映画であり、映画館では活動弁士が活躍していた。この時期を代表する映画監督としては、衣笠貞之助、溝口健二、小津安二郎らがいる。

横光の小説を題材とする映画としては、一九二五年一一月上演の無声映画「日輪」（連合映画芸術家協会、衣笠貞之助監督）があるが、この映画は検閲により内容がかなり変更されてしまった。「日輪」の映画化について横光は「日輪挿話」（『若草』一九二七・八）に感想を著している。衣笠は横光、川端康成ら『文芸時代』同人とともに「新感覚派映画連盟」を結成し、一九二六年には川端のシナリオによる前衛的な映画「狂つた一頁」を制作した。ちなみに、川端はこのときの撮影のエピソードをもとに小説「笑はぬ男」を書いた。

一九三〇年代になると、トーキー映画（音声つきの映画）が普及し始める。本格的なトーキーが外国からの輸入映画として登場したのは一九二九年であるとされる。日本で制作された最初の本格的トーキー映画は五所平之助監督「マダムと女房」（一九三一、松竹）で、以後日本映画は次第に無声映画からトーキーに切り替わっていく。横光もエッセイ「趣味性活」（『文体』一九三三・七）で、「いつか三四年前に「ジャン・ダアク」といふフランスの映画でほとんど人の顔ばかり映したものを見たことがあつたが、無音映画の傑作もそれが最後でそれからトーキーの世界が始つて来たのを覚えてゐる。」と書いて、無声からトーキーへという映画の変化に言及している。「日輪」のほかに横光の小説で映画化されたものには、「家族会議」（一九三六、松竹、島津保次郎監督）がある。

また、横光の小説における表現形式と映画の技法との近似性が、十重田裕一氏によって指摘されている。

◉――その他のメディア文化

大正期はいわゆる「浅草オペラ」をはじめとした歌劇が流行した時代でもある。昭和に入ると、宝塚少女歌劇が一九二七年に「レヴュウ」と銘打たれた初の作品「モン・パリ」を公演して好評を博し、一九三二年ごろには宝塚と松竹の少女歌劇部が競い合うレヴュー全盛期を迎える。

レコードの普及は、「君恋し」（一九二八）、「東京行進曲」（一九二九）などの歌謡曲の流行を促した。「東京行進曲」は、『キング』に連載された菊池寛の小説を、日活が映画化し（溝口健二監督）、映画に合わせて作曲された同名の歌（西条八十作詞、中山晋平作曲、佐藤千夜子歌）のレコードが二五万枚の売上げを記録したもので、この歌の流行は、当時の大衆芸術がジャンル横断的に連携する形で生み出した現象として注目すべきものである。

日本のラジオ放送は、一九二五年三月の東京放送局による仮放送をもって始まり、七月には本放送に移行した。同八月には、小山内薫の演出による初のラジオドラマ『炭坑の中』（リチャード・ヒューズ原作）が、東京放送局によって放送された。ラジオ放送開始当初は東京、大阪、名古屋の三放送局がそれぞれ独自の番組を放送していたが、一九二六年に全国規模の統一された放送網の確立を目指して社団法人日本放送協会が設立され、一九二八年には昭和天皇即位の大礼関連の番組が全国に中継された。横光が「解説に代へて」（『三代名作全集―横光利一集』一九四一・一〇、河出書房）で、「ラヂオといふ声音の奇形物」を「震災直後わが国に初めて生じた近代科学の具象物」の一つとして挙げているように、ラジオは関東大震災後の新しい時代に突如として現れた新たなメディアであった。横光は戯曲「恐ろしき花」第4幕（原題「貴族の結婚」、『文芸春秋』一九二六・六）で早くも、「ラヂオの拡声器」から音楽が流れる場面を登場させている。

科学と文学

河田和子

●新感覚派の文学と自然科学

横光利一の小説には、自然科学者がしばしば登場する。例えば、「園」(『文芸時代』大正14〈一九二五〉・4)では肺を患った物理学者が死後の魂の速度を測定し、「鳥」(『改造』昭和5〈一九三〇〉・2)では地質学専門の「私」が地質学界の論争になぞらえてリカ子と友人Qとの三角関係を語る。また、『雅歌』(昭和7〈一九三二〉・12、書物展望社)では恋心に戸惑う物理学者羽根田が、『紋章』(昭和9〈一九三四〉・9、改造社)では行動的な発明家雁金が登場し、『旅愁』(昭和12〈一九三七〉～21〈一九四六〉)や「微笑」(『人間』昭和23〈一九四八〉・1)では、槙三や栖方といった若き数学者が数学の議論を展開する。新感覚派の時代から晩年にいたるまで、横光は常に自然科学の影響を意識し、新しい時代を象徴する文学表現を模索していた。

横光が自然科学の影響を問題にしたのは、関東大震災後の変化を垣間見てのことである。「解説に代へて」(『三代名作全集―横光利一集』昭和16〈一九四一〉・10、河出書房)では、次のように述べている。

> 眼にする大都会が茫茫とした信ずべからざる焼野原となつて周囲に広がつてゐる中を、自動車といふ速力の変化物が初めて世の中にうろうろとし始め、直ちにラヂオといふ声音の奇形物が顕れ、飛行機といふ鳥類の模型が実用品として空中を飛び始めた。これらはすべて震災直後わが国に初めて生じた近代科学の具象物である。焼野原にかかる近代科学の先端が陸続と形となつて顕れた青年期の人間の感覚は、何らかの意味で変らざるを得ない。

震災後の復興によって、自動車やラジオ、飛行機等文明の利器が登場し、近代科学の発達による生活の変化が人々の感覚を変えた。そうした科学のもたらした感覚の変容を新しく表現すべく登場したのが新感覚派の文学だった。

文学に科学の要素を取り入れようとする傾向は、横光のみならず、新感覚派と称される『文芸時代』同人らにも共有されていたものである。大正一四年(一九二五)九月号の「文芸時代」では、「科学的要素の新文芸に於ける地位」という特集が組まれており、横光の「客体への科学の浸蝕」

（昭和6〈一九三一〉・11、白水社刊行の『書方草紙』に収録、「客体としての自然への科学の浸蝕」に改題）を筆頭に、加宮貴一「科学の湿潤」、細井和喜蔵「科学的文芸」、中村還一「科学的要素の新文芸に於ける地位」等が掲載されている。どの論も、科学の洗礼を受けた時代において、文学も科学的要素が要求されていることを述べたもので、同人らの科学的文学への志向を代表するものとして横光の評論が巻頭に置かれている。同評論では、「われわれの客観となる客体が、科学のために浸蝕され」、文学の主観＝感覚も変化したことから、科学性を持った新しい文学を如何に創出するかが「新感覚文学の命題」となると規定している。横光のいう科学とは、「客観の法則を物理的に認識」し「時間と空間の観念量を数学化すること」にあり、物理学的法則で対象を捉える点に新感覚派の科学性を見ていた。

同時代、科学性を重視していたのはプロレタリア文学である。だが、その科学は唯物史観に基づく社会科学的なものであり、自然科学的認識を文学に取り入れようとした新感覚派とは異なっている。ともに科学的な文学を志向しながら両陣営が対立したのは、思想上の相違というより、寧ろ両者の考える「科学」の概念が異なっていたことによるのである。

横光は、自然科学の中でも物理学的法則を構成する数学を文学表現の中に取り込もうとした。「園」でも唐突に数式が出てくるが、数学によって事物を計量化し記号化する理性＝科学的合理的精神に基づく表現が試みられていたのである。この数学的表現は、世界を数字によって記号化する象徴主義の表現手法と繋がっているが、時間と空間を数式化したアインシュタインの理論も影響している。

●──アインシュタインの影響

横光が自然科学的な認識を文学に取り入れる上で特に意識していたのは、アインシュタインの相対性理論である。アインシュタインは大正一一年（一九二二）一一月一七日に来日したが、旅の途中の七日にノーベル物理学賞受賞が決定し、日本で熱狂的な歓迎を受けた。彼を招聘したのは改造社社長山本実彦で、同年一二月号の『改造』ではアインシュタイン特集も組まれ、石原純・山田光雄・阿部良夫・遠藤美壽訳の『アインスタイン全集』全四巻（改造社）も刊行されて、アインシュタイン・ブームが到来する。

アインシュタインの相対性理論の大きな功績は、時間と空間の概念を数式化し世界認識の方法を変えた点にある。古典物理学に限らず、相対性理論以前の伝統的見方では、空間と時間がそれぞれ独立したものと考えられていた。しかし、アインシュタインの相対性理論は、時間と空間に対する観測者の判断は相対的なものだとし、H・ミンコフスキーの四次元時空の概念を援用しながら、相互規定的、相互浸透的な時間と空間（＝時空）が四次元的連続体を形成していることを明らかにした。

横光が、客体＝自然の「物理的法則を形成すると云ふことは、時間と空間の観念量を数学化することだ」（「客体への科学の侵蝕」）と述べたのも、アインシュタインの相対性理論に基づいている。「静かなる羅列」（『文芸春秋』大正14〈一九二五〉・7）の複眼的で多時間的な構成からも、「相対性理論によって新たに設定された、徹底的な相対主義」（金子務『アインシュタイン・ショックⅡ』昭和56〈一九八一〉・7、河出書房新社）が見て取れる。横光は、理論物理学の新しい世界認識の方法を取り入れることが、文学の新しいスタイル、表現を生み出すことにも繋がると考えていた。横光の文学はアインシュタインの科学理論の洗礼を受けたものであり、晩年まで相対性理論にこだわり続けたのも、それが近代科学のパラダイムを変革した理論だったからにほかならない。

『旅愁』では、「生命力のシンボル」とされる「淫祠」が「相対性原理」とのアナロジーで説明され、「微笑」では、「相対性原理の間違ひを指摘した」数学者を登場させている。両作品には、アインシュタインの相対性理論を乗り越えようとする志向が見られ、そこに近代科学の超克のモチーフもあるのだが、横光の文学においてアインシュタインの影響がいかに強かったかがうかがえよう。作風が変化し科学に対して批判的立場を取るようになっても、科学的な世界認識の方法を意識しながら新しい文学表現を模索していた点では変わっていないのである。

◉――科学主義批判と〈近代の超克〉

横光は、新感覚派時代、科学的な文学を目指したが、「機械」（『改造』昭和5〈一九三〇〉・9）以降、科学に対し寧ろ懐疑的な姿勢を示すようになる。彼が科学に不信感を抱くようになったのは、自然科学の限界性を意識したことによる。人間の心理、主観も自然科学的に認識して表現しようとしたところに、横光の科学に対する信仰があった。だが、結局物理学的法則で心理を計測することは不可能であり、「覚書」（『文学界』昭和8〈一九三三〉・10）では「自然科学が他の何よりも人間心理を侮蔑した」と考えるようになるのである。

『旅愁』でも、科学主義の是非をめぐって日本派の矢代と西洋派の久慈との論争が展開される。久慈の信奉する「科学」は「万国共通の論理」＝科学的合理主義を意味するが、ヨーロッパ中心主義的なものとして矢代に難じられる。横光の科学批判が展開されているところだが、この久慈に、

「芸術家ほど科学者でなければならぬ」(「芸術派の真理主義について」、『読売新聞』昭和5〈一九三〇〉・3・16〜19)として文学の科学性を重視したかつての横光を重ねてみることもできるのである。

昭和一七年(一九四二)一一月四日、大東亜会館で開催された大東亜文学者大会の会議「大東亜精神の強化普及」で、横光は「大東亜各国の文学者諸氏の過去の本当の苦しみは、科学との闘争であ」り、「科学だけではなくて、科学精神とさへ闘争して、これを克服して行かなければ、文学といふものは駄目になるのぢやないかと私は思ふ」(『日本学芸新聞』昭和17〈一九四二〉・11・15)と主張した。彼は、文学者の立場から、西洋由来の科学や科学精神、換言すれば科学的合理主義や実証主義精神を批判的に克服しようとしていた。横光自身、アインシュタインをはじめとする自然科学的認識の影響を強く受けてきたからこそ、その合理主義的枠組みでは捉えきれない文学独自の領域を見出そうとしたのである。

この発言の一・二ヶ月前、『文学界』(9月・10月号)の特集で、河上徹太郎や京都学派の哲学者ら文化人十数名による知的協力会議「近代の超克」が掲載され、西洋の近代の行き詰まりを如何に乗り越えるかという問題とともに、日本的近代の省察がなされた。このシンポジウムに横光は参加していないが、先の発言など〈近代の超克〉論議に呼応したものである。当時の知識人の間では、近代を形作っている根本に科学的精神があるという共通認識があり、「近代科学に対する観方が、『近代の超克』論を背後で規定して」(廣松渉『〈近代の超克〉論—昭和思想史への一視角—』昭和55〈一九八〇〉・4、朝日出版社)いたのだが、この論議では「近代科学の批判的超克という課題」について明確な方向性が示されなかったとされる。だが、その課題に文学者の立場から取り組もうとしたのが横光だったのである。

戦中、横光は、近代科学と日本人の心性を調和させた形の新しい世界認識を古神道によって表そうとし、『旅愁』で幣帛と集合論を結びつけた幣帛数学一致論を展開して、戦後、文壇から批判を浴びることにもなった。しかし、そこにはいかにして西洋由来の自然科学を日本の文学や文化に取り入れていくかという問題認識があり、彼ほど科学と悪戦苦闘した文学者もいない。自然科学が昭和のモダニズム文学に与えた影響を考えることにも繋がってくるだけに、横光の文学において思索された科学の問題は、今日においても問われるべき課題を残している。

ポストコロニアル

土屋 忍

●——曖昧な日本のポストコロニアリズム

ポストコロニアリズム的志向が日本の人文系諸学で広がり始めたのは、エドワード・サイードの『オリエンタリズム』(一九七八)が邦訳された一九八六年頃である。この書物の功績は、西洋地域における言説の地政学を戦略的に立ち上げ、表象行為それ自体の暴力性をわかりやすく指摘したところにある。すなわち、政治的抑圧や経済的搾取だけではなく、文化帝国主義的(とみなし得る)言説にも世界の不均衡の責を担わせようとしたのである。植民地主義批判と言えば、歴史的に形成された地理上の実体概念としての植民地、占領地、統治地、租界地などを分析対象とし、その軍政や行政に携わる政府、企業、軍部、メディア、教育機関ばかりが悪者にされてきた。ところが、武器も資本も特殊な情報も持たない作家の著作物(弱者への同情や共感が表現されたものも含む)にも暴力批判の矛先が向けられるようになったのだ。だが他方では、歴史的事実の追求可能性を切り捨てて歴史を語るスタイルの批評も登場した。また、表象する主体が表象される客体を抑圧、支配しているという図式は、作家還元主義的研究においては陳腐な作家批判と冒頭から結論の見える文学論及び文化論を導き、他方で表現主義的研究においては黙殺されるに等しかった。

ポストコロニアリズムが文学に持ち込んだのは、簡単に言えば、地政学的世界認識と「他者」への配慮の問題であった。制度のレベルであれ表象のレベルであれ、ポストコロニアリズムとは要するに国家の主権とともに人権を重んじる人間中心主義の思想である。サイードの『オリエンタリズム』も、基本的にはそうした文脈の中にあったと言える。

もともとコロニアリズムの先進地域である欧米の地域研究者や文化人類学者は、「他者」を理解(領有)する手段としてアジア・アフリカ地域(「第三世界」)の文芸を活用してきた。対するサイード及びサイード主義者たちは、国家間、地域間、ジェンダー間に横たわる差別や抑圧の問題を説明するための資料リストに、小説や民族誌を加えていった。そこでの前提かつ標的は、「他者」や「異文化」を表象しようとする「実在論=リアリズム」の存在であった。

ポストコロニアルな状況をいち早く知覚し、「他者」を表象の対象とみなすいわゆる「実在論」をもっとも真摯に検討してきたのは、おそらく文化人類学者たちである。例えばジェイムス・クリフォードは、民俗誌の書き方を工夫することによりこの問題に対処できると考え、「対話法」や「多声法」により「他者」の声を響かせようとした（*The predicament of culture*, Harvard University Press, 1988）。また杉島敬志は、サイード以前からのポストコロニアリズムを視野に入れてその衝撃を「ポストコロニアル・ターン（転回）」と呼び、反実在論の立場をとっている（『人類学的実践の再構築』世界思想社、二〇〇一）。彼らが認識する文化人類学的表象の危機は、文学の問題でもある。

ここで何より重要なのは、ポストコロニアリズムの基本理念が、その名称が普及されるより前から存在していたという事実である。まず、用語の定義であるが、「植民地（的状況）における多層的な〈支配―被支配〉関係の構造的把握の試み。最終的には、その暴露と解体を目指す思想的営為を指す」としておく。この定義に基づくならば、日本でポストコロニアリズム的意識が芽生えて実践されたのは、サイード以前ということになる。

一九六〇年代までには、ほとんどのアジア・アフリカの旧植民地が国民国家として政治的独立（脱植民地化）を果たした。その頃から、地球の南側に位置する発展途上国（旧植民地）が北側先進国（旧宗主国）から蒙る経済的搾取がクローズアップされ、戦後賠償と開発援助のあり方、資源ナショナリズム、労働移動、人権、ジェンダー、民族、環境、言語帝国主義、文化的支配などの問題が浮上する。これらは一括して「南北問題」と呼ばれ、コロニアリズムとの連続性において捉えられた（日本経済新聞社『南北問題入門：低開発国と日本』一九六四、森田桐郎『南北問題』一九六七、西川潤『アフリカの非植民地化』一九七一、西川潤『第三世界と日本』一九七四、川田侃『南北問題：経済的民族主義の潮流』一九七七、外務省情報文化局編集『南北問題関係資料集』一九七七、寺本光朗『新植民地主義と南北問題』一九七八等）。その間には、海外青年協力隊が派遣（一九六五〜）され、シャプラニール（一九七二〜）、日本国際ボランティアセンター（一九八〇〜）、カラバオの会（一九八七〜）などのＮＧＯも発足した。後にポストコロニアル批評が提出する論点のほとんどは、国際政治経済学、開発経済学、経済発展論（ＮＧＯ論を含む）等の分野において、現地調査を必要とする実践的な課題として着実に議論されていたのである。

アジア・太平洋戦争終結に至るまでの間になされた植民地（的状況）の形成をめぐる加害（関与）の実態糾明が同時期の動きとしてあったことも見逃せない。外交上の基軸として介在する対米関係を重視して日本を弱者（植民地主義の客体）の立場とみなし、敗戦（被占領）のダメージと日米関係の制度上の不均衡を強調し国内のコロニアルな状況を是正しようとする運動も存在した。現行のポストコロニアリズム論者の中には、日本は脱植民地化の経験がない（から意識が低い）と強調する者もいるが、インドネシアの独立義勇兵としてオランダと戦った日本人やベトナム戦争に従軍した日本人らが個人的に第三国の脱植民地化過程に介入した事例も看過できない。また、アジア各地の反日運動も、脱植民地化過程に対する想像力の基盤を今なお与えてくれる。横光利一の長編小説『上海』の背景になった五・三〇事件を考えるときも、「反帝国主義闘争」という辞書的な一般化、あるいは「近代の東洋史のうちでヨーロッパと東洋の最初の新しい戦ひ」という横光自身の言葉に規定されすぎることなく、あえて反日運動の一環としてうけとめることも肝要だろう。

以上のように、日本におけるポストコロニアリズムは、その名の普及以前に、理念と実践の相互関係において体現されてきた。そこでの「他者」とは、表象の対象以前に交渉の対象であった。そうした中で小森陽一は、西洋近代に対する劣等感を「植民地的無意識」と名づけ、侵略と支配を肯定する心情を「植民地主義的意識」と呼び、「ポストコロニアル」を心性のレベルにおいて説明しようとする（『ポストコロニアル』岩波書店、二〇〇一）。だが、それではまるで「脱亜入欧」の精神分析であり、戦後の「南北問題」が見えてこない。実際、戦後日本の経済援助についても資料を挙げずにあげつらい、功罪の罪の面ばかりを強調して「新植民地主義」であると断罪する小森の語り口は、一部のマルクス主義経済学者が北朝鮮に楽園を見ていた時代のアジ演説のようである。『オリエンタリズム』の受容以前に展開されていたポストコロニアルな状況をめぐる諸議論を踏まえないポストコロニアル批評など、幼稚な天下国家論を招きかねない。ポストコロニアル批評の見地から横光の文学をみたときにヒントになるのは、同じ論者による『上海』論の方である。

◉——『上海』と反実在論

よく知られる証言によると、横光利一は『上海』という題名を嫌っており、『唯物主義者』としたかったようだ。最終的に実在の地名が題名に選ばれたことにより、上海を表象するテクストしての代表性が高まったものと思われる。実際、具体的地名がほとんど出てこないにもかかわらず、一九二〇年代の国際都市上海が活き活きと描かれた小説だという類の印象評は少なくない。他方で、「中国民衆」の描き方については、小田切秀雄や前田愛が批判的見解を提出している。それらの先行論に対して、暴動の場面における人々の描写を「物理的」で「非人間的」だとする彼らの論拠を相対化してみせたのが小森陽一である。小森は、「文字・身体・象徴交換―流動体としてのテクスト『上海』―」(『昭和文学研究』一九八四・一)の中で、〈人間主義的〉な立場からは「民衆を侮蔑する」ように見えるかもしれないが、「上海に生起するあらゆる事態を『物自體の動き』という等価性において把握しようとした横光の問題意識からすれば、民衆の動きを『物理的』に描くことは必然的であった」としている。この指摘がなぜ重要かと言うと、『上海』が非〈人間主義〉によって貫かれているとするならば、「他者」を表象の対象とはしていないことになるからである。

『上海』には「他者」がいない。人間同士の相互理解は前提になっていない。『上海』という小説が表象する場所も、ある言語空間にすぎず、「他者」が表象する「異文化」などではない。そこでは、潮流、河水流、資本、株価、為替、金塊相場、流言、群衆、暴徒、踊り子、春婦、人種名で名指された無名者などが絶え間なく動くだけである。記号的な固有名と身体とカメラアイを与えられた人物にしても、登場回数は多いが、渦の中に巻き込まれて蠢く物体のひとつとして描かれている。シンガポールから上海に妻を娶りに来ている甲谷にせよ、確信犯的に上司の不正を言い募ってクビになった参木にせよ、人骨を販売用に製造している山口にせよ、癲癇という身体表現をともない過去を告白する亡命者オルガにせよ、個々人の人生が懸かっていると思われる行動や決断が次々に語られるが、思想的葛藤、浪花節的哀歓、通俗的な感傷(『上海』において「感傷」は「空腹」の前に凋む)を媒介に物語が進行するわけではない。文字の羅列は、登場人物の精神的存在感を希薄化するばかりである。

日本資本の工場に押し寄せる中国の「群衆」の動きは、共同租界に生きる甲谷や参木ら日本人にとっては、「他者」として認識されてよいはずである。「他者」であるはずの存在がモノ化されているということは、そもそも横光は「他者」を表象の対象としていなかったのである。あえてそうすることにより、「物自體の動き」の描写を通じて国際都市を表象する方法を獲得したのである。だとするなら『上海』は、人間中心主義的なポストコロニアル批評によっては容易に批評され得ないテクストだと言えよう。

都会と田舎

米倉　強

◉――文学史における「都会と田舎」の概念

日本の文学史における「都会と田舎」とは何か。たとえ文学史を近現代文学史と限定してみたところで、その実態を明確に規定することは難しい。漠然と「都会と田舎」という言葉を提示された場合、それぞれが抱くイメージは似通っていても、仔細に議論を詰めていけばかなりの相違点が露呈することだろう。それは「都会と田舎」という言葉のコノーテーション性（伴示的意味）の強さに由来すると思われる。従って、いかなる文脈で「都会と田舎」ということが言われているのかが重要であり、それぞれの文脈がその具体的な様相を規定する。例えば、「都会と田舎」というキーワードを「東京と地方」という意味で使用することもあるだろうし、「都会と故郷」という意味合いで使うこともあるだろう。また場合によっては「近代性と前近代性」や「標準語と方言」という意味にまで解釈の幅を広げて使われていることも少なくないのではないか。

ここに挙げた幾つかの例に明らかなように、「都会と田舎」という言い方をした場合、この「都会」と「田舎」は自己完結的なものではなく、相互規定的・関係的な概念だといえる。このことは近代文学を解釈する上で重要なことである。「都会」というものを冷たい人間関係、頽廃的な町並等の、負の側面でもって語る場合、「田舎」からは暖かい家族や豊かな自然というイメージが立ち上げられる。逆に「都会」を民主主義・自由主義的な文脈で語る場合、「田舎」には「地方」に残存する封建制（半封建制）あるいは差別問題といった属性が付与され語られる、といった具合である。特に前者、田舎から都会（主に東京）に何らかの理由で上京してきた主人公が、都会での様々なしがらみ、生活に疲れて「田舎」を憧憬するという場面は、明治以降のかなり多くの文学作品に描かれてきた場面であるといえよう。

◉――昭和の文学者における「都会と田舎」

さて、昭和に入ると、作家における「都会と田舎」は、明治・大正期に比べてもう少し複雑な様相を呈するようになる。昭和戦前の文学史に即し、簡単に具体例を三例ほど挙げたい。まず太宰治の場合。太宰に関しては、創作対象、執筆動機がしばしばそうであったように、東京での生活と郷里である津軽への思いを抜きにして、その文学を語ることはできない。作家として成功することを夢見、憧れ、その一方で左翼運動や女性問題等の実生活に挫折する「都会」。追懐と呪詛の対象としての「田舎」。このように、「都会」、「田舎」それぞれに太宰はアンビバレントな想いを抱いていた。そして太宰には、「東京に生れて、東京に育ったということの、そのプライドは、私たちからみると、まるでナンセンスで滑稽に見えるが、彼らが、田舎者という時には、どれだけ深い軽蔑が含まれているか、（略）」（『如是我聞』一九四八、新潮社）という文章に見られるような、田舎者としてのコンプレックス（明治・大正期の「文学」における地方出身の主人公がしばしばそうであったように）も、抜き難くあったようだ。

　次に「故郷を失つた文学」（『文藝春秋』一九三三・五）で述べられる小林秀雄の位相であるが、かつて瀧井孝作と同車した折、窓越しの小景に感動する瀧井を見て、東京生まれ東京育ちの小林は、次のような感慨を抱いたという。「自分には田舎がわからぬと強く感じた。自分には田舎がわからぬと感じたのではない、自分には第一の故郷も、第二の故郷も、いやそもそも故郷といふ意味がわからぬと感じたのだ、思ひ出のない処に故郷はない。確乎たる環境が齎す確乎たる印象の数々が、つもりつもつて作りあげた強い思ひ出を持つた人でなければ、故郷といふ言葉の孕む健康な感動はわからないのだろう。さういふものも私の何処を捜しても見つからない。」小林は瀧井のように、一方に「都会」があり、従ってもう一方で「田舎」という概念をはっきり持っている人間を当たり前の存在と見做し、「田舎」＝「故郷」＝「思い出」を持たない自身の世代（環境）の特殊性を述べる。そして「言つてみれば東京に生れながら東京に生れたといふ事がどうしても合点出来ない、又言つてみれば自分には故郷といふものがない、といふやうな一種不安な感情である。」と述べるように、「故郷喪失」を「不安な感情」に結びつけ、以後この問題意識を持続させ、批評活動を展開していく。

　もう一例、昭和初期の文学史の特例・特徴として挙げたいのが保田與重郎である。保田の場合、田舎者ゆえの都会へのコンプレックスとは逆の、自身の故郷への絶対の自信が、彼の文学活動を支えていたと言える。「著者は万葉集の詩人たちの故郷を、わが少年の日の郷土として成長した者であった。世界文明に於ける最も古い根源の風景の中に育まれた著者は（略）」あるいは、「私の生れたのは、今は奈良県磯城郡桜井町と言つてゐる。初瀬の谷から降りてくる川と、粟原の谷を流れてくる川の間に、大和の国原の東南の端は帯状になつてつ、まれてゐるが、桜井はこの粟原川の南沿ひである。」（『万葉集の精神―その成立と大伴家持』筑摩書房、一九四二）このように語る保田には、自身の郷里が万葉の里（古の都会）であることからくる、ある種の選民意識があり、特殊なケースではあるが、「都会」に対して「田舎」が精神的に優位な立場を占めていた。これは程度の差こそあれ、保田をはじめとした旧制大阪高校の出身者を中心に結成された「コギト」のメンバーの特徴と言えるだろう。

◉――横光利一・横光文学における「都会と田舎」

さて、ここまでは「都会と田舎」を、作家における「都会と田舎（故郷）」とやや意味を限定した上で見てきたが、ここからは横光利一に於ける「都会と田舎」を幅広い解釈で見ていきたい。まず横光の故郷観であるが、出生地は福島県ではあるものの、父の仕事の関係で各地を転々とし、少年時代に三重県に落ち着く。（が、同地でも近い所で転校を繰り返した。）横光自身「最も印象に残る地は三重県伊賀国東柘植なり。此の地は母の生れし所なれば、多く此の地にて幼年期を送る」（『現代日本文学全集50　新興文学集』改造社、一九二九）と言っているように、横光にとって現実としての幼少期の思い出の地は、柘植と考えてよいだろう。ただし、時期にもよるが、観念上の「田舎」、「都会と田舎」という対比で考えた場合の「田舎」も、実際になじみ育った柘植として横光に想起されているとは必ずしも言い得ない。戦中に書かれた「旅愁」には、それまで横光がほとんど帰省することのなかった、父梅次郎の郷里である大分県宇佐が重要な場として描かれていたりもするのである。この時期横光は震災直後の東京を回想して「大都会が茫茫とした信ずべからざる焼野原となつて周囲に広がつてゐる中を、自動車といふ速力の変化物が初めて世の中にうろうろし始め、直ちにラヂオといふ声音の奇形物が顕れ、飛行機といふ鳥類の模型が実用物として空中を飛び始めた。」と述べており、このあたりからも横光の晩年の「都会と田舎」観が窺えよう。

横光文学を「都会と田舎」というキーワードを軸に読む試みは、およそほとんどの時期、作品においても可能だろう。例えば出世作である「蠅」は、その舞台を「宿場」という田舎から街（「都会」）への移動点に置き、馬車、馭者がそれを媒介するものとして設定され、そこに人々が集まりドラマが展開する、といった具合である。ここでは対象を絞り、横光後年のライフワーク、「旅愁」を「都会と田舎」という視点で見ていきたい。「家を取り壊した庭の中に、白い花をつけた杏の樹がただ一本立つてゐる。復活祭の近づいた春寒い風が河岸から吹く度びに枝枝が慄へつつ弁を落していく。パッシイからセイヌ《ママ》河を登って来た蒸気船が芽を吹き立てたプラターンの幹の間から物憂げな汽缶の音を響かせて来る。（略）二人は河岸に添つてエッフエル塔の方へ歩いていつた」。「旅愁」はパリを舞台に始まる。父の世代の「洋行」を主人公矢代は「渡行」と言い換えるものの、ひとまずこの場合のパリは、日本（＝田舎）を対極に置く「都会」として設定されているといえるだろう。この「都会」で主人公矢代は様々に失望・絶望し、その反動としての期待を「田舎」（＝日本）に盛り込もうとする。また、パリを舞台としていた時期に矢代は一時パリ（＝都会）を離れ「田舎」（＝自然）と向き合う。それがチロルの氷河越えであり、それまで「都会」での堅苦しい議論の場面が続いたこともあり、ここでの「都市と田舎（自然）」の対比は非常に鮮明に描かれているという印象を受ける。そもそも、「旅愁」という作品が、敗戦後に再評価されていくきっかけとなったのは、まさにこのチロルの場面に描かれた自然描写を長谷川泉が次のように評したからに他ならない。「矢代の心の退潮を、またあげ潮に持ち直させたのが抒情的なチロルのアヴァンチュールであつた。ここは「旅愁」中での圧巻である。チロルの風物は極めて印象的である。（略）作者横光が「旅愁」で与えたチロルの描写は、マロニエの花咲くパリのサンゼリゼやルクサンブール公園のそれと共に忘れ難い生彩を放つものである。」（「旅愁」（横光利一　下の二）「国文学　解釈と鑑賞」一九五七・三）長谷川はこのように「旅愁」の前半部を評価するが、この横光の風景描写は、実は日本へと舞台を移した「旅愁」でも変わらず冴えているのである。パリにあって「田舎」だった東京は、日本に帰れば「都会」となる。その「都会」から、矢代が日本の「田舎」に旅行した際、そこの景色はチロルの時と同じように印象的に描かれている。上越の雪山、そこでの朝靄に包まれた温泉の場面。あるいは父の郷里の九州の城山、そこに沈む夕日は建物が犇き合う「都会」の風景と実に対照的だといえる。また、その地方の人々の方言を交えた話し言葉等も細やかに描かれている。「旅愁」というテクストに向き合う上でも「都会と田舎」は欠かせぬテーマとなっているといえよう。

Ⅳ　資料

中学時代の利一

横光利一年譜

一、本年譜は横光利一の著作年譜と生活年譜を併せた形の年譜になることを意図した。

一、作成にあたっては保昌正夫氏作成の年譜（『定本横光利一全集』第十六巻所収）と小林好明氏・松寿敬氏作成の年譜（井上謙『横光利一　評伝と研究』所収）を主に参照したが、それらの記載事項を当時の新聞雑誌や、過去の別の年譜などで可能な限り確認し、その上で記載した。また新たな事項を適宜追補した。

一、「著作・伝記事項」「単行本」は掛野剛史が、「文学・社会事項」は掛野剛史と石田仁志が作成した。

（掛野剛史）

元号	西暦	著作・伝記事項	単行本	文学・社会事項
明治31年	一八九八	3月17日、福島県北会津郡東山村大字湯本字川向（現　会津若松市東山町大字湯本字川向）、東山温泉で生まれた。父横光梅次郎（慶応三年生、三一歳。通称顕利）、母こぎく（明治四年生、二七歳。旧姓中田）の長男。利一と命名。四歳上に姉しずこがいた。父は大分県宇佐郡長峰村大字赤尾（現　宇佐市赤尾）の出身で、利一の本籍も同所。父は土木関係の仕事（「〔自筆〕年譜」〔『現代日本文学全集』第50篇、改造社〕では「測量技師」、東柘植尋常高等小学校の性行録では「請負業」）をしており各地を転々とした。母は三重県阿山郡東柘植村大字野村（現　伊賀市柘植町野村）の出身。関西線の加太トンネルの工事で父が柘植に来ている時、母の生家へ下宿していたのが縁となって結婚したらしい。		独歩「武蔵野」（1月） 子規「歌よみに与ふる書」（2～3月） 蘆花「不如帰」（11月～32年5月）
明治37年	一九〇四	4月、大津市大津尋常高等小学校（現　中央小学校）入学。 5月、大津市鹿関町第六六番屋敷に移住し、西尋常小学校（現　長等小学校）に転校。 6月、軍事鉄道敷設工事のため、父が朝鮮へ渡ることになり、母とともに柘植に戻る。三重県阿山郡東柘植尋常高等小学校（現　柘植小学校）に転校。		日露戦争（2月10日） 日韓議定書（2月）
明治41年	一九〇八	3月、東柘植尋常高等小学校四年をおえたが、前年の小学校令の改正で六年制となり、そのまま五年に進む。 9月、二学期より三重県上野町の丸之内尋常小学校（現　西小学校）に転校。		花袋「生」（4～7月） 藤村「春」（4～8月）
明治42年	一九〇九	5月、大津市鹿関町第六八番屋敷に移住し、西尋常小学校に転校。		『スバル』創刊（1月）
明治43年	一九一〇	3月、大津市西尋常小学校卒業。滋賀県立第二中学校（現　膳所高校）を受験したが失敗。 4月、大津市大津尋常高等小学校（現　中央小学校）の高等科一年に入学。		『白樺』創刊（4月） 大逆事件発覚（5月）
明治44年	一九一一	3月、大津市大津尋常高等小学校高等科一年を修了。 4月、三重県立第三中学校（現　上野高校）に入学。		『青鞜』創刊（9月）

明治45年	一九一二	4月、姉しずこが中村嘉市と結婚し、滋賀県に移住。また、仕事の関係で父母が姫路に移ったので、利一は一人で下宿生活をした。		『奇蹟』創刊（9月） 直哉「大津順吉」（9月）
大正3年	一九一四	3月、三重県立第三中学校卒業。校友会誌『会報』に詩「夜の翅」、紀行文「第五学年修学旅行記」が掲載される。 4月、早稲田大学高等予科英文学科入学。東京市外戸塚村下戸塚の栄進館に住み、後、友人野田白黙、臣永直道らと雑司ケ谷で共同生活をする。まもなく神経衰弱となり、父母の住む京都山科に帰る		漱石「こゝろ」（4～8月） 第一次世界大戦勃発（7月28日）
大正6年	一九一七	1月31日、長期欠席により早稲田大学高等予科を除籍となる。このころより雑誌に小説を投稿しはじめる。3月31日の日付がある小説「姉弟」は、没後に未発表遺稿として『改造文芸』（昭24・10）に発表された。 7月、「神馬」（筆名横光白歩）が佳作として『文章世界』に掲載。 10月29日、「犯罪」（筆名横光白歩。京都府から応募）が懸賞小説当選作として「万朝報」に掲載。 11月、『文章世界』に準佳作として「野人」（筆名横光白歩）が表題のみ掲載。 12月、『文章世界』に準佳作として「音楽者」（筆名横光白歩。『文芸』（昭54・6）に「未発表小説」として掲載。ただし、最終欠落）が表題のみ掲載。		菊池寛「父帰る」（1月） ロシア革命（3月、11月） 龍之介『羅生門』刊（5月） 春夫「病める薔薇」（6月） 直哉「和解」（10月）
大正7年	一九一八	2月、『文章世界』に準佳作として「活火山」（筆名横光白歩）が表題のみ掲載。 3月5日、早稲田大学高等予科に除籍取消願いを提出する。 4月、元級第一学年に編入。同級に中山義秀、吉田一穂、佐藤一英、小島勗、富ノ澤麟太郎、友田恭助、大山広光、古賀龍視らがいた。東京市外戸塚村下戸塚の松葉館に住んだ。『文章世界』に準佳作として「春絵」（筆名横光白歩）が表題のみ掲載。 6月、『文章世界』に準佳作として「姉妹」（筆名横光白歩）が表題のみ掲載。 8月、『文章世界』に準佳作として「骨董師」（筆名横光利一）が表題のみ掲載。 10月、『文章世界』に佳作として「平安」（筆名横光白歩）が表題のみ掲載。 11月、『文章世界』に「伝説」（筆名横光白歩）が表題のみ掲載。 12月、『文章世界』に「春憂」（筆名横光白歩）が表題のみ掲載。 この頃、佐藤一英の詩歌研究会に加わり、ガリ版刷りの詩集『十月』に横光左馬の筆名で「雲」「想妹草」「水車」を寄稿。		武郎「生れ出づる悩み」（3月） スペイン風邪の流行（5月～翌年まで続く） 実篤『新しき村』創刊（7月） シベリア出兵（8月） 寛「忠直卿行状記」（9月） 第一次世界大戦終結（11月11日）
大正8年	一九一九	2月2日、第三回「静雨会」（『文章世界』の投書家による誌友会。於清風亭）に参加。 8月、『文章世界』に佳作として「火」（筆名横光左馬）が表題のみ掲載。原稿に「一九一九年六月」の日付があり、没後、未発表遺稿として『改造文芸』（昭24・10）に発表された。 この年、佐藤一英や藤森淳三の紹介で菊池寛を知り、以後恩顧を受ける。小島勗の妹キミへの恋が芽生え、交際が始まる。		朝鮮で3・1運動（3月）、武郎『或る女』（前編3月、後編6月） 『改造』創刊（4月） 新劇協会第一回公演「叔父ワーニャ」（6月）
大正9年	一九二〇	1月、『サンエス』に「宝」掲載。 8月、「盲者」「芋」「疑戯」を書く。（8月1日付佐藤一英宛書簡）		戦後恐慌（3月） 寛「真珠夫人」（6月～12月）

		9月、小石川区初音町十一番地の初音館に転居する。		
大正10年	一九二一	1月5日、「踊見」（のち「父」と改題。筆名兼光左馬）が「時事新報」の懸賞短篇小説の選外二等に当選。一等は藤村千代（宇野千代）、二等は尾崎泗作（尾崎士郎）、三等は八木東作。 4月30日、早稲田大学専門部政治経済科へ転入。 6月、富ノ澤麟太郎、藤森淳三、古賀龍視とともに同人雑誌『街』を創刊する。「顔を斬る男」（のち「悲しめる顔」と改題）を『街』に発表。 11月6日、菊池寛の家で川端康成を知り、以後親交を結ぶ。 12月7日、長期欠席と学費未納のため早稲田大学を除籍となる。		神原泰第一回個展（1月） 『種蒔く人』創刊（2月） マリネッティ「電気人形」（神原訳、3月） 浅草キネマ倶楽部でロベルト・ヴィーネ監督「カリガリ博士」公開（5月13日） 平戸廉吉「日本未来派運動」宣言（12月）
大正11年	一九二二	2月、「南北」を『人間』に発表。 5月、富ノ澤麟太郎、中山義秀、小島勗らと同人雑誌『塔』を創刊する。「面」（のち「笑はれた子」と改題）を『塔』に発表。20日、瀧田樗陰に習作「突破」を送る。 8月29日、父が仕事先の朝鮮京城府黄金町で死去。母とともに朝鮮へ赴く。		高橋健自「考古学上より観たる邪馬台国」（1月） 日本共産党結成（7月） アインシュタイン来日（11月17日）
大正12年	一九二三	1月、「時代は放蕩する」を『文芸春秋』に発表。 2月、編集同人として『文芸春秋』に名前が記載。 3月、「新しき三つの焦点」を『文芸春秋』に発表。 5月、「日輪」を『新小説』に、「蠅」を『文芸春秋』に発表。 8月、「マルクスの審判」を『新潮』に発表。 9月1日、関東大震災に遭い、小石川区餌差町三四番地、野村初太郎方の二階に移る。 11月、「落された恩人」を『文芸春秋』に発表。 この年、小島キミと同棲。		『文芸春秋』創刊（1月） ㈱マキノ映画製作所創立（4月） 有島武郎、自殺（6月9日） 関東大震災（9月1日）
大正13年	一九二四	1月、「芋と指環」を『新潮』に、「敵」を『新小説』に発表。 2月、「食はされたもの」を「演劇新潮」に発表。 6月、「赤い色」（のち「赤い着物」と改題）を『文芸春秋』に発表。 7月、兵役点呼のため、本籍地（大分県宇佐）を訪れ、その帰りに大津に間借りし、一カ月ほど滞在。 9月、中野上町二八〇二に転居。「無礼な街」を『新潮』に発表。 10月、川端康成、片岡鉄兵、今東光、中河与一、石浜金作、伊藤貴麿、加宮貴一、佐々木味津三、佐佐木茂索、菅忠雄、十一谷義三郎、鈴木彦次郎、諏訪三郎と『文芸時代』創刊。創刊号に「頭ならびに腹」、「新しき生活と新しき文芸（創刊の辞に代へて）―文芸時代と誤解」を発表。 11月、「愛巻」（のち「負けた良人」）を『改造』に発表。	4月、『創作春秋』（高陽社）に「笑はれた子」を収録。 5月、『御身』（金星堂）、『日輪』（春陽堂） 7月、『現代作品選集』（高陽社）に「赤い色」を収録 8月、『幸福の散布』新進作家叢書39（新潮社）	潤一郎「痴人の愛」（3月～6月） 賢治『春と修羅』刊（4月） 『文芸戦線』創刊（6月） 『マヴォ』創刊、ポール・モーラン・堀口大学訳『夜ひらく』刊（7月） 広津和郎「散文芸術の位置」（9月） 千葉亀雄「新感覚派の誕生」（11

		12月、「冬の女」を『改造』に発表。		月）
大正14年	一九二五	1月、「表現派の役者」を『新潮』に、「慄へる薔薇」を『新小説』に発表。27日、母こぎく死去。 2月、「感覚活動」（のち「新感覚論」）を『文芸時代』に発表。24日、富ノ沢麟太郎死去。 3月、「青い石を拾つてから」を『時流』に発表。 4月、「園」を『文芸時代』に発表。 6月、キミが結核で寝込むようになる。（6月19日消印川端康成宛書簡） 7月、「静かなる羅列」を『文芸春秋』に発表。 8月、「街の底」を『文芸時代』に発表。 9月、『文芸時代』で「科学的要素の新文芸に於ける地位」という特集が組まれ、「科学的要素の新文芸に於ける地位」を発表。 10月、「妻」を『文芸春秋』に発表。24日、キミの病状悪化し、神奈川県葉山町森戸鈴木三蔵方別宅内へ転居。（10月24日「よみうり抄」）29日、衣笠貞之助監督の「日輪」が京都マキノキネマ、大阪朝日座他で封切。直後に内務省の検閲により上映禁止となる（昭和2年「女性の輝き」と改題、一部カットされ再上映）。	6月、『無礼な街』（文芸日本社）	『キング』創刊、梶井基次郎「檸檬」、北川冬彦『三半規管喪失』刊（1月） ラジオの試験放送開始（3月1日） 治安維持法公布（4月22日） 衆議院議員選挙法改正公布。男子普通選挙実現（5月5日） 『不同調』創刊（7月） ラジオドラマ「炭坑の中」放送（ヒューズ作・小山内薫訳、8月13日） 萩原恭次郎『死刑宣告』刊（10月）
大正15年	一九二六	1月、「ナポレオンと田虫」を『文芸時代』に発表。 5月30日、相州逗子小坪湘南サナトリウムに転居。（5月30日「よみうり抄」） 6月24日、神奈川県三浦郡逗子町小坪（現　逗子市小坪三丁目）の湘南サナトリウムでキミ死去（二三歳）。7月8日に婚姻届出。28日、キミの告別式が文芸春秋社で行なわれる。 7月、「街へ出るトンネル」を『中央公論』に発表。 8月、「春は馬車に乗つて」を『女性』に発表。 9月、「閉まらぬカーテン」を『演劇新潮』に発表。24日、新感覚派映画連盟製作、衣笠貞之助監督による映画「狂つた一頁」が、武蔵野館他で封切。 10月、「蛾はどこにでもゐる」を『文芸春秋』に発表。	10月、『横光利一著作集』全三巻（金星堂）	川端康成「伊豆の踊子」（1～2月） 福本イズムが風靡（2月～11月） 葉山嘉樹『海に生くる人々』刊（10月） 『現代日本文学全集』（全63巻、改造社）刊行開始（12月3日）。円本が流行する
昭和2年	一九二七	2月、「花園の思想」を『改造』に発表。「幸福を計る機械」を『若草』に発表。「笑はれた子」「笑はれた子と新感覚」（のち「内面と外面について」）を『文芸時代』（同人処女作号）に発表。	1月、『春は馬車に乗つて』（改造社）	

		3月、川端康成、片岡鉄兵ら同人二十六人とともに『手帖』を創刊（～11月）。「愛の挨拶」を『文芸春秋』（戯曲特集）に発表。 4月5日、菊池寛の媒酌で日向千代（二六歳）と結婚。千代は山形県鶴岡の日向豊作の次女で女子美術学校卒。結婚後、府下杉並町阿佐ケ谷に居を構える。 5月、改造社主催「現代日本文学全集記念講演会」で名古屋、京都、大阪、神戸を回る。「今日京都ホテル…明日は大阪」（5月27日消印横光千代子宛書簡） 6月7日より、福島、山形、秋田の三県にて、文芸春秋社主催で催された「文芸講演会」で、菊池寛、川端康成、片岡鉄兵、池谷信三郎らと講師を務める。途中、川端康成と鶴岡の日向家に泊る。 7月27日、午後3時より、芥川龍之介の葬儀が谷中斎場で執り行われる。応接係として参加。 11月、「皮膚」を『改造』に発表。3日、長男象三誕生。	6月、戯曲集『愛の挨拶』（金星堂）	『世界文学全集』（全57巻、新潮社）刊行開始。金融恐慌はじまる（3月） 『文芸時代』廃刊（5月） 岩波文庫創刊（7月10日） 芥川龍之介、自殺（7月24日） 平林たい子「施療室にて」（9月）
昭和3年	一九二八	1月、「眼に見えた虱」「名月」を『文芸春秋』に、「新感覚派とコンミニズム文学」を『新潮』に発表。 2月、菊池寛の衆議院議員選挙立候補に際し、その応援演説にあたる。 4月6日、中学時代の後輩今鷹瓊太郎を訪ねて上海に渡る。約一カ月滞在。 11月、東京市世田谷区北沢二丁目一四五番地の新居に転居。犬養健が「雨過山房」と名付けた。「風呂と銀行」（のちの『上海』第一篇）を『改造』に発表。 12月、「文芸時評」を『文芸春秋』に発表。以降、形式主義文学論争が開始。	10月、『新選横光利一集』（改造社）	全日本無産者芸術連盟（ナップ）結成（3月25日） 『戦旗』創刊（5月） 中村武羅夫「誰だ？花園を荒らすのは！」（6月） 『詩と詩論』創刊（9月）
昭和4年	一九二九	3月、「足と正義」（のちの『上海』第二篇）を『改造』に発表。 6月、「掃溜の疑問」（のちの『上海』第三篇）を『改造』に発表。 9月、「持病と弾丸」（のちの『上海』第四編）を『改造』に発表。 10月、川端康成、堀辰雄らと『文学』を創刊。（～5年3月） 12月、飛行機で大阪に行き、一週間ほど滞在。「二日に大阪に行くことになつてゐる」（12月3日消印横光千代子宛書簡）。「海港章」（のちの『上海』第五篇）を『改造』に発表。	2月、『日輪』（改造文庫） 7月、『横光利一集』新進傑作小説全集4（平凡社）	日本プロレタリア作家同盟（ナルプ）結成（2月10日） フリッツ・ラング監督「メトロポリス」公開（4月3日） 浅草水族館でカジノフォーリー発足（7月） 世界恐慌はじまる（10月） 板垣鷹穂『機械と芸術との交流』刊行、康成「浅草紅団」（12月～翌5年2月）
昭和5年	一九三〇	2月、「高架線」を『中央公論』に、「鳥」を『改造』に発表。		

年号	西暦	事項	著作	社会・文壇
		7月、山形県由良温泉に滞在。(「今日これから東北の方へ行く」7月28日消印藤沢桓夫宛書簡) 8月21日、鶴岡大宝館で講演。 9月、満鉄の招きにより菊池寛、佐佐木茂索、直木三十五、池谷信三郎と満州視察旅行に赴く。「機械」を『改造』に、「鞭」を『中央公論』に発表。 11月、「寝園」を「東京日日新聞」「大阪毎日新聞」に連載(~12月)。	4月、『高架線』(新潮社)	新興芸術派倶楽部結成(4月) 『作品』創刊(5月) 『詩・現実』創刊(6月) ジョイス「ユリシイズ」(伊藤整ほか訳、9月~翌6年6月) 堀辰雄「聖家族」(11月)
昭和6年	一九三一	1月、「婦人―海港章」(のちの『上海』第五篇の一部)を『改造』に発表。 4月、「時間」を『中央公論』に、「悪魔」を『改造』に、「父母の真似」を『文芸春秋』に発表。「花花」を『婦人之友』に連載(~12月)。 6月、「心理主義文学と科学」を『文学時代』に発表。「新しい心理小説」を説き、「純粋文学」に触れる。 7月、「雅歌」を「報知新聞」に連載(~8月)。 8月、山形県由良に滞在。 11月、「春婦―海港章」(のちの『上海』終篇)を『改造』に発表。	4月、『機械』(白水社) 11月、『書方草紙』(白水社)	康成「水晶幻想」(1月) 『オール読物』創刊(4月) 安吾「風博士」(6月) 満洲事変勃発(9月18日) ナップ解散、日本プロレタリア文化連盟(コップ)結成(11月29日)
昭和7年	一九三二	1月、「舞踏場」を『中央公論』に、「馬車」を『改造』に発表。 5月、「寝園」の後半を『文芸春秋』に連載(~11月)。 6月、「午前」(のち『上海』の一部)を『文学クオタリイ』に、「日曜日」を『中央公論』に発表。 9月、「母」を『改造』に発表。 12月15日、文芸家協会秋季総会で新評議員に選ばれる。26日、次男佑典誕生(8年1月届出)。	7月、『上海』(改造社) 11月、『寝園』(中央公論社) 12月、『雅歌』(書物展望社)	満洲国建国宣言(3月1日) 整「新心理主義文学」(3月) 五・一五事件が起る(5月15日) 『日の出』創刊(新潮社、8月)
昭和8年	一九三三	1月、「春」を『中央公論』に、「受難者」を『改造』に発表。6日、小島勗歿。 6月、「雪解」を『週刊朝日』(夏期特別号)に発表。 7月、「薔薇」を『中央公論』に発表。 9月、温海温泉に滞在。「時機を待つ間」を『改造』に発表。		ヒトラー独首相就任(1月30日) 小林多喜二、築地署で虐殺(2月20日) 日本、国際連盟を脱退(3月27日) 季刊『四季』創刊(5月)

年	西暦	事項	作品	文壇・社会
		11月、「書翰」を『文芸』（創刊号）に発表。 12月8日、池谷信三郎没。	10月、『花花』（文体社）、『馬車』（四季社） 12月、『横光利一集』（改造社）	『文学界』『行動』創刊（10月） 『文芸』創刊（11月）
昭和9年	一九三四	1月、「紋章」（～9月）を『改造』に、「時計」（～12月）を『婦人之友』に連載。 3月、文芸懇話会が結成され、会員となる。『梶井基次郎全集』発行。刊行委員に名を連ねる。 4月、改造社主催の直木三十五追悼文芸大講演会で講演。9日大阪、10日京都、11日神戸、12日名古屋。 5月18日、東京帝国大学文学部学友会主催の講演会で「旅行者」と題して講演。 6月、『池谷信三郎全集』発行。編纂者に名を連ねる。「覚書」を『文学界』（復活号）に発表。 9月、「日記」を『中央公論』に発表。文芸春秋社主催の文芸講演会で講演。21日盛岡、22日仙台、23日福島。 10月から刊行の『宮沢賢治全集』（文圃堂書店）の編集委員となる。	4月、『花花』（改造社） 9月、『紋章』（改造社） 12月、『時計』（創元社）	シェストフ『悲劇の哲学』（河上・阿部訳、1月） 森敦「酩酊船」（3～5月）
昭和10年	一九三五	1月、「榛名」を『中央公論』に、「比叡」を『文芸春秋』に発表。「盛装」を『婦人公論』に連載（～11月）。 2月、「天使」を「京城日報」等に連載（～7月）。 3月、文芸春秋社主催の文芸講演会で講演。6日静岡、7日名古屋、8日岐阜。 4月、「純粋小説論」を『改造』に発表。 7月、「『紋章』その他」により、第一回文芸懇話会賞を受賞。友人、門下とともに、句会を中心とする十日会を発足。 8月、山形県湯の浜温泉に滞在。「家族会議」を「東京日日新聞」「大阪毎日新聞」に連載（～12月）。 11月26日、日本ペンクラブの発会式。徳田秋聲、岡本かの子ら十名とともにテーブルスピーチを行なう。内容は「席上の挨拶」として『会報』第一号（昭11・3）に掲載。	3月、『上海』（書物展望社）、『機械』（創元社） 4月、『日輪』雨過山房私版（沙羅書店） 6月、『覚書』（沙羅書店） 9月、『天使』（創元社）	文芸春秋社、芥川賞・直木賞制定、康成「夕景色の鏡」〈のち『雪国』第一編〉（1月） 高見順「故旧忘れ得べき」（2月） 武田麟太郎「横光利一論」（3月） 『日本浪曼派』創刊（9月）
昭和11年	一九三六	1月、「青春」を『改造』に発表。 2月4日、十日会メンバーによる渡欧送別会が神田小川町今文で開かれる。15日、菊池寛、川端康成、阿部真之介発起により横光利一歓送会が開かれる。17日、日本ペンクラブによる武者小路実篤・横光利一の渡欧送別会。18日、東京日日新聞社主催による横光利一渡欧送別「家族会議」講演会（東京日日	1月、『横光利一全集』全一〇巻（非凡閣）刊行開始（11月完結）。 2月、『盛装』（新潮社）	ロンドン軍縮会議から日本脱退（1月） 二・二六事件が起こる（2月26日） 古谷綱武『横光利一』刊（2月）

年	西暦	事項	作品	文壇
		新聞社大会議室）が開かれ「出発に際して」として感想を語る。午後9時半東京駅出発。20日、ベルリンオリンピック取材をかねたヨーロッパ旅行のため、東京日日新聞、大阪毎日新聞の社友として、日本郵船箱根丸で神戸港を出航。高浜虚子と同船となる。 3月から8月まで、パリを拠点にイギリス、ドイツ、スイス、ハンガリー、イタリアへ旅行。 4月3日、「家族会議」（島津保次郎監督）が松竹により映画化され、帝国館他にて封切。 5月5日、ロンドンペン・クラブ主催の晩餐会に参加。高濱虚子が俳句について講演。 6月、パリで大罷業にあう。また、岡本太郎の紹介でトリスタン・ツァラを訪問。 7月9日、パリの万国知的協力委員会で講演。 8月、ベルリンオリンピック観戦。25日、モスクワからシベリアを経由し、釜山より下関着の連絡船で帰国。26日、神戸着。中村嘉市宅へ行き、旅装を解く。31日、午後9時東京着。 9月1日、日比谷音楽堂にて講演。オリンピックを語る。3日、鶴岡着、12日、鶴岡市大宝館での講演会で講演。 11月、『富ノ澤麟太郎集』を編集し、沙羅書店より刊行。14日、午後一時より早稲田大学大隈講堂にて「作家の心理について」と題して講演。 12月、『文芸懇話会』の編集を担当する。		『人民文庫』創刊（3月） 『行動文学』創刊、石川淳「普賢」、太宰治『晩年』刊（6月） 辰雄「風立ちぬ」（12月）
昭和12年	一九三七	1月、「厨房日記」を『改造』に発表。26日、東京オリンピック大会文化競技懇談会に出席。28日、午後6時25分よりＪＯＡＫで放送の趣味講座で「文学と科学」と題して話をする。 2月27日、文壇俳句会に参加する。 3月25日、『文芸春秋』創刊一五年記念東京愛読者大会で講演。 4月、「旅愁」を「東京日日新聞」「大阪毎日新聞」に連載（〜8月）。「春園」を『主婦之友』に連載（〜13年5月）。 8月、日光、鳴子温泉、山形で過ごす。「一昨日は日光へ行きました」「二、三日すれば松島からまた日本海へ引き返さうと思つてをります」（鳴子温泉より8月14日消印中村嘉市宛書簡） 12月2日、「日輪」が番匠谷英一によりＪＯＢＫでラジオドラマ化され、三夜にわたって放送される。20日、夫人と伊勢神宮参拝。「私も暮れの二十日に参詣して、二十一日に山田へ着き、内宮を家内と一緒に這入つて行きました」（昭和13年1月26日沢井善一宛書簡）	2月、『盛装』純粋小説全集1（有光社） 3月、石塚友二編『横光利一文学読本』春夏の巻（第一書房） 4月、『欧洲紀行』（創元社） 10月、菊岡久利編『横光利一文学読本』秋冬の巻（第一書房）	『新女苑』創刊（1月） 直哉「暗夜行路」完結（4月） 中野重治「汽車の罐焚き」（6月） 盧溝橋事件勃発（7月7日） 『新万葉集』（改造社）刊行（12月）

昭和13年	一九三八	1月、「由良之助」を『中央公論』に発表。 3月30日、日本青年外交協会による「青年日本外交の夕」が開催され、「新しき亜細亜」と題し講演する。 4月、川端康成、片岡鉄兵とともに田山花袋の「田舎教師」の跡を訪ねて熊谷、行田、羽生を旅行。片岡鉄兵の川端康成宛書簡に拠れば、12日朝上野出発、14日夕頃帰京という計画。「シルクハット」を『改造』(二〇周年記念号)に発表。 6月18日、札幌市公会堂で「現代生活」と題して講演。 7月、日本文学振興会の評議員となる。「実いまだ熟せず」を『新女苑』に連載(～14年6月)。 11月、博多、熊本で講演後、上海、青島、北京を約40日間旅行。「博多、熊本と講演をすませ、阿蘇に登る」(11月22日川端康成宛書簡)	4月、『春園』(創元社) 11月、『薔薇』(岩波新書) 12月、『家族会議』(創元社)	『人民文庫』廃刊(1月) 石川達三「生きてゐる兵隊」(3月、発禁) 国家総動員法公布(4月1日) 中山義秀「厚物咲」(4月) 火野葦平「麦と兵隊」(8月) 従軍作家が漢口へ出発(9月11日)
昭和14年	一九三九	1月24日、源氏物語刊行記念文芸大講演会で、谷崎潤一郎、山田孝雄らとともに講演。 2月15日、日本文学振興会理事会において菊池寛賞の銓衡委員となる。 5月、「旅愁」を『文芸春秋』に連載(～15年4月)。 5月『宮沢賢治全集』(全六巻・昭和一九年二月完結。十字屋書店)の編集委員となる。21日、東京帝国大学で「転換期の文学」と題して講演。 9月、温海温泉に滞在。 10月、「秋」を『改造』に発表。	4月、『考へる葦』(創元社) 5月、『寝園』昭和名作選集(新潮社) 6月、『実いまだ熟せず』(実業之日本社)。『機械』(改造文庫) 8月、『月夜』(新潮文庫) 11月、『上海』(改造文庫)	重治「歌のわかれ」(4月) 国民徴用令公布(7月8日) 第二次世界大戦勃発(9月1日) 『開拓地帯 大陸開拓小説集』刊行(10月)
昭和15年	一九四〇	1月、「秘色」を『中央公論』に発表。 2月10日、東京日日新聞・大阪毎日新聞主催の文芸講演会で「現代文学」と題して講演。 3月、川端康成、片岡鉄兵とともに箱根、三島方面へ旅行。14日箱根関所泊、15日金谷泊、16日岡崎泊、17日焼津泊。「続紋章」を『改造』時局版に連載(～11月)。 7月、「睡蓮」を『文芸春秋』に発表。10日、文芸銃後運動講演会で「現代の	3月、『横光利一集』新日本文学全集第一巻(改造社) 5月、『横光利一集』全七巻(創元社)刊行開始(～11月) 6月、『覚書』新選随筆感想叢書(金星堂)、『旅愁』第一篇(改造社) 7月、『秘色』(新声閣)、『旅愁』	京大俳句事件(2月) 第一回文芸銃後運動講演会開催(5月)

		考ふべきこと」と題して講演。 8月、温海温泉に滞在。 10月、文芸銃後運動講演会のため林芙美子、高見順、浜本浩らと四国に赴く。「今夜船にて神戸へ」（10月11日消印川端康成宛書簡）	第二篇（改造社） 8月、『上海』現代小説選集（三笠書房）	日独伊三国同盟調印（9月27日） 大政翼賛会発会（10月12日）
昭和16年	一九四一	1月、片岡鉄兵、川端康成、石川達三らと伊豆川奈へゴルフへ行く。「鶏園」を『婦人公論』に連載（〜12月）、「三つの記憶」を『文芸』に、「終点の上で」を『中央公論』に、「天城」を『改造』に発表。 3月、「将棋」を『文学界』（同人特集号）に発表。 5月、「恢復期」を『改造』に発表。11日、三重県立阿山高等女学校に招かれ、「事変と私等」と題して講演。 6月、文芸銃後運動中部地方班の一員として各地で講演。「例の講演にて、清水、豊橋、名古屋をすませ今、敦賀に着きました。明日は金沢、それから七尾、高岡、高山と、どうも思つただけでも疲れます」（6月12日消印中里恒子宛書簡） 8月2日、日本精神道場（神奈川県）で行われた大政翼賛会主催の第一回特別修練会（〜6日）に瀧井孝作、中村武羅夫らとともに参加。 9月、文芸銃後運動講演会のため中山義秀、阿部知二らと山陰山陽地方を講演旅行。岡山で赤松月船と会う。「例の講演の終りで蒲郡へ来ました。山陰、山陽で魚のお美味しいの沢山食べてきました」（9月26日消印中里恒子宛書簡） 10月、吉川英治との対談「日本の精神」を『文芸』に発表。 11月28日、第三回新女苑文化講座で「自分について」という題で講演。 12月8日、大宮市での文芸銃後運動講演会で講演。24日、大政翼賛会議室にて文学者愛国大会が開かれ出席。	3月、『菜種』（甲鳥書林） 9月、『婦徳』（有光社） 10月、『横光利一集』三代名作全集（河出書房）	治安維持法改正公布で予防拘禁制追加（3月10日） アラン『芸術論集』（桑原武夫訳、5月） ゾルゲ事件、東条内閣成立（10月） 軍報道班員として多くの文学者が徴用され各地へ派遣（11月） 太平洋戦争勃発（12月8日）
昭和17年	一九四二	1月、「旅愁」を『文芸春秋』に断続連載（〜18年8月）。 4月、姉中村しずこの長女昌子が横山政男と結婚。式に出席するために島根県平田町の中村嘉市宅に赴く。ここから隠岐などへ出かける。帰京後、義父の危篤の報に接し、鶴岡へ向う。「今丁度、通夜で（十六日夜）十九日に葬式です」（4月18日消印中村嘉市宛書簡） 7月15日、『婦人公論』編集部主催の長期戦下の女性生活講座で筒井政行とともに講演。27日、久米正雄、佐藤春夫らと小石川後楽園で行なわれた勤労奉仕に参加。	1月、『鶏園』（創元社）	日本文学報国会創立（5月26日、発会式は6月18日） ミッドウェー海戦（6月5日）

和暦	西暦	事項	著作	社会
		10月、「秋立ちて」を『改造』に発表。 11月3日、第一回大東亜文学者大会（～10日）が開かれる。4日～5日の文学者会議にて、亀井勝一郎、河上徹太郎らと決議文を起草し、宣言文を朗読。 26日、文芸報国講演会のため、小倉、佐賀、佐世保、大村、長崎へ赴く。（～12月3日） この年結成された日本文学報国会の小説部会評議員となる。「蒙彊文学賞」の銓衡にあたる。	12月、『刺羽集』（生活社）	『文学界』に〈近代の超克〉座談会掲載（9～10月）
昭和18年	一九四三	5月24日、「大いなる一瞬―山本提督の英霊を迎へて」を「東京日日新聞」に発表。 7月、「アッツ島を憶ふ」を『文芸』に発表。 8月、丸の内帝国劇場にて第二回大東亜文学者大会が開催され、挨拶。 9月、「旅愁」を『文学界』に連載（～19年2月）。	2月、『旅愁』第三篇（改造社）	アッツ島玉砕（5月29日） 文学報国会のみそぎ錬成会開催（7月21日）
昭和19年	一九四四	2月、「罌粟の中」を『改造』に発表。 6月、「旅愁」を『文芸春秋』に断続連載（10月、翌20年1月）。 12月25日、片岡鉄兵没。 この年、日本文学報国会小説部門の幹事長となる。		『中央公論』『改造』休刊（6月） レイテ沖海戦（10月24日）
昭和20年	一九四五	2月、「典型人の死―片岡鉄兵追悼記」を『文芸』に発表。 3月、「特攻隊」を『文芸』に発表。 4月、家族を夫人の郷里（鶴岡）に疎開させ、橋本英吉、石川桂郎と自炊生活。 5月25日、東京が大空襲を受ける。「五月二十五日の東京大空襲のときは、まことに僕の家は危く、もう駄目だと思ひましたが、それでも、近所の焼けてゐる家へ三杯バケツで水をかけに行き、最近僕の郡長をしてゐた隣組は町会から十円賞与を貰ひましたよ」（9月12日中村嘉市宛書簡） 6月、鶴岡に疎開。同月末、上郷村に移る。 8月15日、敗戦の報に接する。「駆けて来る足駄の音が庭石に躓いて一度よろけた。すると柿の木の下に顕れた義弟が真つ赤な顔で、「休戦休戦。」といふ。借り物らしい足駄でまたそこで躓いた。躓きながら、「ポツダム宣言全部承認」といふ。／「ほんとかな。」／「ほんと。今ラヂオがさう云つた。」／私はどうと倒れたやうに片手を畳につき、庭の斜面を見てゐた。なだれ下つた夏菊の懸崖が焔の色で燃えてゐる。その背後の山が無言のどよめきを上げ、今にも崩れかかつて来さうな西日の底で、幾つもの火の丸が狂めき返つてゐる。」（「夜の靴」） 12月、家族と世田谷区北沢の自宅に戻る。	12月、『雪解』（養徳社）	東京大空襲（3月10日） ドイツ降伏（5月7日） 日本降伏（8月15日） 多くの文芸雑誌が復刊される（10月） 新日本文学会結成（12月30日）
昭和21年	一九四六	1月、「青葉のころ」を「改造」に発表。	1月、戦後版『旅愁』第一篇（改造社） 2月、戦後版『旅愁』第二篇（改	『近代文学』『人間』創刊（1月）

		4月、「梅瓶」（「旅愁」の最終章となる）を『人間』に発表。 5月、「古戦場」を『文芸春秋』（別冊）に発表。 6月23日、脳溢血の発作を起こし、蜜蜂療法を始める。「六月二十三日からやられましてまだ充分とはいえませず、ついこんなに失礼してをります」（11月10日消印江間章子宛書簡） 7月、「木蝋日記」を『新潮』に、「夏臘日記」を『思索』に発表（いずれものちに『夜の靴』の一部となる）。 12月、「秋の日」（のち『夜の靴』の一部）を『新潮』に発表。	造社） 3月、『紋章』現代文学選（鎌倉文庫） 5月、『時計』（斎藤書店） 6月、戦後版『旅愁』第三篇（改造社）、『春園』（富士書店） 7月、戦後版『旅愁』第四篇（改造社） 8月、『鶏園』（斎藤書店） 9月、『罌粟の中』（新文芸社） 10月、『実いまだ熟せず』（柏書院）	野間宏「暗い絵」（4月） 極東国際軍事裁判はじまる（5月3日） 安吾「白痴」（6月） 中村真一郎「死の影の下に」（8月～22年9月）
昭和22年	一九四七	5月、「雨過日記」（のち『夜の靴』の一部）を『人間』に発表 9月15日、柴豪雄博士の診断を受け、脳溢血の心配はないと診断される。 12月14日、「洋燈」執筆中にめまいを生じる。15日、夕食後、胃に痛みが走り、一時、意識不明となる。30日、病状悪化し、胃潰瘍に腹膜炎を併発。午後4時13分死去。	2月、『機械』（細川書店）、『寝園』（札幌青磁社）、『日輪』横光利一選集（斎藤書店）、『菜種』（養徳社） 3月、『花花』（山根書店） 4月、『天使』（蒼樹社） 7月、『春園』（富士書店）、『横光利一短篇集』（創元社） 8月、『紋章』（新潮文庫） 9月、『雅歌』（蒼樹社） 10月、『時間』（山根書店） 11月、『実いまだ熟せず』青春文庫（永晃社）、『盛装』（美和書房）、『夜の靴』（鎌倉文庫） 12月、『シルクハット』手帖文庫（地平社）	日本国憲法施行（5月3日） 治「斜陽」（7月） 真善美社「アプレゲール新人創作選」刊行（10月） 改正民法公布（12月）
昭和23年	一九四八	1月、「微笑」が『人間』に発表される。3日、自宅で告別式。川端康成、菊池寛らが弔辞を読んだ。戒名は光文院釈雨過居士。墓は昭和24年7月、多磨霊園に建てられた。墓碑銘は川端康成筆。 3月、「洋燈」が『新潮』に発表される。	3月、『微笑』（斎藤書店）	大岡昇平「俘虜記」（2月）

主要参考文献

凡例

一　横光利一に関する文献のうち、最近の著書・論文をリストアップした。なお、各論考中で引用・言及されている雑誌論文は一部を除き、原則として含まない。（著者・書名・論文名、発行所、号数・巻数、発行年月）

二　本欄の作成にあたっては、『横光利一事典』（おうふう）の「参考文献目録」（玉村周）、『横光利一研究』第三号（平一七・三）および『横光利一文学会会報』（平一四・二〜）の「横光利一参考文献目録」（玉村周・松村良）を参照した。

【単行本】

神谷忠孝編『日本文学研究大成　横光利一』国書刊行会、平三・八
玉村周『横光利一』明治書院、平四・一
井上謙編『新潮日本文学アルバム　横光利一』新潮社、平六・八
井上謙『横光利一―評伝と研究―』おうふう、平六・一一
茂木雅夫『横光利一の表現世界』勉誠社、平七・一〇
田口律男編『横光利一（日本文学研究論文集成三八）』若草書房、平一一・三
伴悦『横光利一文学の生成　―終わりなき揺動の行跡』おうふう、平一一・九
保昌正夫『横光利一―菊池寛・川端康成の周辺―』笠間書院、平一一・一二
小田桐弘子『横光利一　比較文化的研究』南窓社、平一二・九
李征『表象としての上海』東洋書林、平一三・二
濱川勝彦『論攷横光利一』和泉書院、平一三・三
井上謙・神谷忠孝・羽鳥徹哉編『横光利一事典』おうふう、平一四・一〇
村上文昭『横光利一「夜の靴」の世界』東北企画出版、平一六・九
野中潤『横光利一と敗戦後文学』笠間書院、平一七・五

＊＊＊

中村三春『フィクションの機構』ひつじ書房、平六・四
喜多川恒男・鈴木貞美ほか編『二十世紀の日本文学』白地社、平七・五
田口律男『都市テクスト論序説』松籟社、平一八・二

【専門誌】

横光利一文学会『横光利一研究』創刊号〜（現在、第四号まで刊行）、平一五・二〜

【雑誌特集】

『早稲田文学』平一一・一一「特集　横光利一」
『国文学　解釈と鑑賞』平一二・六「特集　横光利一の世界」

【雑誌論文】

❶「日輪」「無礼な街」「ナポレオンと田虫」「春は馬車に乗つて」など新感覚派時代

佐藤公一「小林秀雄と横光利一―モダニズムの政治性解析―」『社会文学』一〇、平八・七
十重田裕一「『春は馬車に乗つて』のドラマツルギー」『日本近代文学』五七、平九・一〇
松寿敬「太陽の軌道―横光利一の『日輪』をたどって―」『近代文学の多様性』翰林書房、平一〇・一二
日高昭二「言語の網状組織へ―「頭ならびに腹」私注―」『昭和文学研究』四一、平一二・九
伊藤佐枝「〈合作〉としての形式主義文学論争（一）―内容と他者をめぐって―」『論樹』一八、平一六・一二

掛野剛史「新感覚派時代の横光利一―〈生活〉〈人生〉〈主観〉の磁場に抗して―」『日本近代文学』六九、平一五・一〇

❷「機械」
十重田裕一「『機械』の映画性」『日本近代文学』四八、平五・五
日比嘉高「機械主義と横光利一『機械』」『日本語と日本文学』二四、平九・三
河田和子「〈機械〉の新感覚―横光利一の「鳥」と近代科学の文学受容―」『近代文学論集』三〇、平一六・一一
井上明芳「横光利一『機械』論―語ることへの原理へ―」『國學院雑誌』平一七・一

❸「上海」
小川直美「横光利一『上海』とメカニズム」『大阪経済大学教養部紀要』平九・一二
グレゴリー・ガーリ「植民都市上海における身体―横光利一『上海』の解読―」『思想』平九・一二
舘下徹志「横光利一『上海』の五・三〇事件―歴史叙述の反証可能性―」『昭和文学研究』三七、平一〇・九
石川巧「『上海』の力学―〈場〉の運動に関するノート―」『山口国文』平一一・三

❹「紋章」「天使」と「純粋小説論」
中村三春「〈純粋小説〉とフィクションの機構―ジイド『贋金つくり』から横光利一『盛装』まで」『山形大学紀要』平五・一
井出恵子「『紋章』のモデルたち」『京都語文』五、仏教大学、平一一・三
木村友彦「横光利一『紋章』論―包摂機能としての〈私〉―」『中央大学大学院論究』三三、平一三・3

山本亮介「横光利一『純粋小説論』をめぐる一考察―『偶然』の問題を手がかりとして―」『文芸と批評』平一三・五
真銅正宏「通俗小説の偶然性―横光利一「純粋小説論」の偶然概念をめぐって―」『人文学』一七三、平一五・三

❺「旅愁」「夜の靴」「微笑」
田口律男「横光利一『旅愁』序説　記号の帝国」『国文学　解釈と鑑賞』平六・四
山本幸正「『古戦場』と『夜の靴』」『繍』九、平九・三
森かをる「横光利一と神道思想―『旅愁』の古神道について」『日本文学』平九・九
沖野厚太郎「モダニズムのたそがれ―横光利一『旅愁』論」『文芸と批評』平一五・五
十重田裕一「引き裂かれた本文―横光利一『微笑』と事後検閲における編集者の自主規制―」『文学』、岩波書店、平一五・九～一〇
山本亮介「横光利一『旅愁』試論―病を否定するということ―」『日本文学』平一五・一二
沖野厚太郎、「「こころ」のかなた―横光利一『旅愁』論」『文芸と批評』平一六・五
日置俊次「横光利一『夜の靴』論」『日本文学』平一七・九

❻その他
川端香男里・保昌正夫・井上ひさし・小森陽一、「座談会昭和文学史―横光利一と川端康成」『すばる』平一〇・一
酒井直樹「『国際性』によって何を問題化しようとしたのか」花田達朗，吉見俊哉・スパークス編『カルチュラル・スタディーズとの対話』新曜社、平一一・五

（作成　石田仁志）

執筆者紹介（あいうえお順）

安藤恭子（あんどう・きょうこ）一九五九年東京生。大妻女子大学短期大学部助教授、『宮沢賢治〈力〉の構造』（朝文社）、『近代日本心霊文学誌』（共編著、つちのこ書房）

石田仁志（いしだ・ひとし）一九五九年東京生。東洋大学助教授、「横光利一『純粋小説論』への過程」（『国語と国文学』第七十四巻第五号）

伊藤佐枝（いとう・さえ）一九七二年生。東京都立大学非常勤講師、「〈合作〉としての形式主義文学論争（一）」（『論樹』18号）、「『暗夜行路』と「運命」」（『日本文学』552号）

沖野厚太郎（おきの・こうたろう）一九五九年下関生。専業主夫、「アレゴリーとしての歴史」（『文藝と批評』八五号）、「モダニズムのたそがれ」（『文藝と批評』八七号）

小平麻衣子（おだいら・まいこ）一九六八年東京生。日本大学助教授、「田村俊子「暗い空」」（国文学解釈と鑑賞別冊『女性作家《現在》』）「愛の末日―平塚らいてう「峠」とその周辺」（『語文』一一五号）

掛野剛史（かけの・たけし）一九七五年生。武蔵野大学非常勤講師、「新感覚派時代の横光利一」（『日本近代文学』69集）、「啓蒙装置としての雑誌と小説――「新女苑」と横光利一「実いまだ熟せず」」（『昭和文学研究』47集）

河田和子（かわだ・かずこ）一九六六年岡山生。九州大学大学院比較社会文化学府博士課程、佐賀大学非常勤講師、「〈機械〉の新感覚―横光利一の「鳥」と近代科学の文学的受容―」（『近代文学論集』30号）

黒田大河（くろだ・たいが）一九六四年大阪生。近畿大学非常勤講師、「アジアへの旅愁―横光利一の〈外地〉体験」（『日本近代文学』六〇集）、「重層化する〈声〉の記憶」（岩波『文学』二〇〇四年三月）

小林洋介（こばやし・ようすけ）一九七七年埼玉生。上智大学大学院生、「横光利一「機械」における〈無意識〉」（『横光利一研究』3号）、「物理的現象としての〈心〉―横光利一「雅歌」の試み―」（『昭和文学研究』52集）

佐山美佳（さやま・みか）一九七一年栃木生。総合研究大学院大学博士課程、『悲しみの代価』から『愛巻』へ―『稲妻』を視座とした書籍タイトルの問題―」（『横光利一研究』創刊号）

重松恵美（しげまつ・えみ）一九七二年愛媛生。佛教大学非常勤講師、「石川淳と安部公房」（『梅花日文論叢』12号）、「石川淳「鳴神」論」（『日本文芸学』38号）

渋谷香織（しぶや・かおり）一九五七年北海道生。駒沢女子大学教授、『日本語の表現』（共著、圭文社）、「『上海』の改稿をめぐって」（『東京女子大学日本文学』66、67号）

島村健司（しまむら・けんじ）一九七〇年和歌山生。龍谷大学非常勤講師、「横光利一「面」（「笑はれた子」初出稿）の受容史―「本文」の流通と再生産―」（『日本近代文学』第六九集）など。

島村　輝（しまむら・てる）一九五七年東京生。女子美術大学教授、『読むための理論』（共著、世織書房）、『臨界の近代日本文学』（世織書房）、「劇薬・暴力・探偵物――「機械」の逆説」（『早稲田文学』99・11）

田口律男（たぐち・りつお）一九六〇年延岡市生。龍谷大学経済学部助教授、『都市』（有精堂）、『横光利一』（若草書房）、『漱石文学全注釈10彼岸過迄』（若草書房）、『都市テクスト論序説』（近刊、松籟社）

土屋　忍（つちや・しのぶ）一九六七年北海道生。武蔵野大学専任講師、『近代の夢と知性』（共編著、翰林書房）、『南方徴用作家』（共著、世界思想社）、『「戦後」という制度』（共著、インパクト出版会）。

十重田裕一（とえだ・ひろかず）一九六四年生。早稲田大学教授。『定本横光利一全集補巻』（共編著、河出書房新社）、『山田美妙「竪琴草紙」本文の研究』（笠間書院）、『文学者の手紙6高見順』（博文館新社）

内藤千珠子（ないとう・ちずこ）一九七三年生。早稲田大学非常勤講師、『帝国と暗殺―ジェンダーからみる近代日本のメディア編成』（新曜社）、『文化のなかのテクスト』（共著、双文社出版）

中沢　弥（なかざわ・わたる）一九五九年東京生。湘南国際女子短期大学助教授、『妊娠するロボット』（共著、春風社）、「梶井基次郎と表現主義」（『日本文学』一九九三・九）

中村三春（なかむら・みはる）一九五八年岩手生。山形大学教授、『係争中の主体　漱石・太宰・賢治』（翰林書房）、『フィクションの機構』（ひつじ書房）、『言葉の意志　有島武郎と芸術史的転回』（有精堂）

錦咲やか（にしき・さやか）一九七六年栃木生。桐朋学園音楽図書館勤務、「資料・中上健次小説（&ルポルタージュ）ガイド」（『文藝別冊　総特集　中上健次』河出書房新社）

日置俊次（ひおき・しゅんじ）一九六一年岐阜生。青山学院大学教授、『ノートル・ダムの椅子』（角川書店）、「横光利一のパリ講演『我等と日本』」（『青山学院大学文学部紀要』47号）

松村　良（まつむら・りょう）一九六三年東京生。聖学院大学・駒沢女子大学非常勤講師、「横光利一「旅愁」の〈時差〉」（『国学院雑誌』第一〇五巻第十一号）

水野　麗（みずの・れい）一九七四年秋田生。秋田工業高等専門学校講師、「ドッペルゲンガー小説に見るジャンルの形成と変容」（『情報文化研究』第15号）

山本亮介（やまもと・りょうすけ）一九七四年神奈川生。日本学術振興会特別研究員、「夏目漱石「心」試論」（『津田塾大学紀要』第三七号）、「小林秀雄の一断面」（『日本近代文学』第七三集）

米倉　強（よねくら・つよし）一九八〇年宮城生。都立大学大学院生、「「旅愁」論――帰国後の矢代耕一郎に関する考察――」（『横光利一研究』第4号）「「旅愁」（続篇）論」（『論樹』第19号）

米村みゆき（よねむら・みゆき）、甲南女子大学専任講師、『ジブリの森へ』（森話社）、『宮沢賢治を創った男たち』（青弓社）、「アニメ論―カレル・ゼマンとジブリ」（『国文学解釈と教材の研究』49巻6号）

横光利一の文学世界

発行日	2006年4月20日　初版第一刷
編　者	石田仁志・渋谷香織・中村三春
発行人	今井　肇
発行所	翰林書房
	〒101-0051　東京都千代田区神田神保町1-14
	電 話　03-3294-0588
	FAX　03-3294-0278
	http://www.kanrin.co.jp/
	Eメール●kanrin@mb.infoweb.ne.jp
印刷・製本	アジプロ

落丁・乱丁本はお取替えいたします

ISBN4-87737-227-X